黒龍の柩(上)

北方謙三

幻冬舎文庫

黒龍の柩

（上）

黒龍の柩（上）

第一章　斬　人　7
第二章　隊　規　71
第三章　散る花　111
第四章　明日の空　178
第五章　いま京で　249
第六章　大　政　316
第七章　濁　流　410

第一章　斬　人

一

血の匂《にお》いが強かった。

じっと立っていると、屋内の争闘の気配よりも、家全体から漂い出すような血の匂いが、歳三《としぞう》の全身を包みこんだ。

池田屋の周辺には、新選組隊士の姿しかない。出動を約束した会津《あいづ》の藩兵などは、遠巻きにしているだけだ。そこまで逃げきる者が何人いるか、というほどの距離である。

歳三は、緊張を解いてはいなかった。近藤以下十名しかいなかった時は、凄絶《せいぜつ》な斬り合いにならざるを得なかっただろう。自分の隊が到着してからは、捕える余裕が出てきているはずだ。しかし、逃げ出してくる者は、まだいそうだった。そんな者をひとりふたり捕縛《ほばく》して、自分たちも働いたと会津の兵などに言わせたくはなかった。

屋内で、呼び交わす声が聞える。ところどころ、明りもつけられていた。それでもまだ、時折斬撃《ざんげき》の気配は伝わってくる。

不意に、黒い影が庭の方から飛び出してきた。抜身の白さが、それだけ生きているもののように、闇《やみ》の中で動いた。それから、乱れた呼吸が伝わってきた。

池田屋から、長州《ちょうしゅう》藩邸まで遠くない。会津をはじめとする出動した藩兵が展開しているのは、それよりずっと遠くだから、逃げ出した者が長州藩邸に駈けこむのは、それほど難しくはないだろう。池田屋の周辺で捕縛するしか、方法はなかった。

飛び出してきた黒い影の前に、歳三は立った。

「このっ」

男は声をあげた。横薙《よこな》ぎに刀を振り、勢いが余ってたたらを踏んだ。二の太刀を落ち着いて打ちこもう、という気になったようだ。正眼《せいがん》に構え、気息を整えようとしている。刀を抜くまでもない、と歳三は判断した。二歩前へ出、間合に入った。無造作すぎる動きに逆に虚を衝《つ》かれたのか、気を溜《た》める前に、男は再び打ちこんできた。

横に動いてかわし、手首を摑《つか》み、歳三は男の躰《からだ》を投げ飛ばした。手首は放さなかったので、刀を握ったままの男の手が、逆に反ったようになった。

「副長」

走ってきた隊士のひとりに、歳三はその男を任せた。

呼び交わす声は、まだ聞えている。争闘の気配が、ようやく間遠くなった。やはり、血の匂いは強かった。ほかでも外に逃げ出してきた浪士が捕えられたらしく、近くで怒声が聞えてきた。

新選組だけが、人を斬る役目を露骨に押しつけられた。いやというほど、それはわかった。しかも、池田屋に斬りこんだ時点で、近藤は自分も含めて四人しかいなかったのだ。それでも斬りこんだところは、いかにも近藤らしかった。

庭や物置などの探索がはじめられた。歳三の隊の二十数名は、それほどの激戦をしたわけではなく、疲労も少なかった。

歳三は隊士をひとり呼び、市中の残党狩りは出動している藩兵に任せる、という伝令に出した。

それから、はじめて歳三は池田屋の中に踏みこんだ。まず、井戸の水を運ばせた。それから、隊士の負傷の具合を調べさせた。沖田総司《そうじ》が、倒れたまま動けないでいる。血を喀《は》いたようだ。ほかに、死者が一名、重傷が二名だった。

二階にいた近藤が降りてきて、桶《おけ》に汲《く》んだ水を飲んだ。

「済まなかったな、歳」

なにを近藤が謝ったのか、歳三にはよくわからなかった。

もともと、浪士が決起するという情報を摑んだのは、歳三だった。その後もあらゆる情報を分析し、池田屋近辺に集結という結論を出したのだ。しかし、奉行所から、四国屋《しこくや》丹虎《たんとら》に集結という知らせが入った。近藤はそれを無視することができず、隊士を二手に分ける決定を出したのだった。池田屋は鴨川《かもがわ》の西岸であり、四国屋は東岸である。川を挟んでいる分、実際の距離より遠い。歳三は、はじめから西岸に力を集中することを主張していた。

近藤は、それについて謝ったのかもしれない。

浪士は、七名が死亡。二十名以上を捕縛という報告が入った。決起を計画していた浪士のほとんどを、壊滅《かいめつ》させたと言ってよかった。

ようやく、会津の藩兵も池田屋の近辺までやってきて、残党狩りに加わりはじめたようだった。

「総司、寝ていろ。探索にはまだ時がかかりそうだ」

身を起こしかけた沖田にむかい、歳三は言った。隊士が二人、三人と集まってきて、腰を降ろした。みんな、はじめに斬りこんだ者たちだった。人を斬った直後の、人間の眼は違う。ものうそうで、それでいて強い光を宿している。

「酒と握り飯を運びこむように頼んである。もうすぐ届くだろう」

誰にともなく言い、歳三は腰をあげた。庭に、浪士の屍体《したい》が並べられているのだ。

桝屋喜右衛門《ますやきえもん》という商人が、探索で浮かびあがってきていた。捕縛は歳三の判断で、ひと眼見た時から、武士だと直観した。骨格といい、節くれた手といい、こめかみの面擦《めんず》れといい、武士としか思えなかったのだ。

京には、攘夷派《じょういは》の浪士が多数潜入し、不穏な空気が漂っていた。なにかやるだろうということは、誰もが予想していた。

桝屋喜右衛門への訊問《じんもん》は一刻ほどで切りあげ、すぐに拷問《ごうもん》をはじめた。手を汚すということについて、真剣に考えたのは、京へ入ったばかりのころだった。汚すよりも、否応なく汚れた。桝屋の拷問を自分自身でやることにも、歳三はなんの抵抗も覚えなかった。拷問が有効な手段であることは、実証済みだった。極限の苦痛と恐怖を与えてこそ、拷問の効果があがるというのも、歳三の持論だった。長い時をかけて、じわじわと苛《いじ》め抜くのは、性格に合っていない。

桝屋喜右衛門は、剛直でしぶとかった。拷問で死なせてしまう者もいるが、それは命に関わるところを責めるからだった。命に関わらなくても、人間の躰には苦痛を感じるところはいくらでもある。そういうところを責めれば、意識ははっきりしているので、苦痛のいやな叫び声も聞かなければならない。

桝屋というのは、古高俊太郎《ふるたかしゅんたろう》という、長州系の浪士だった。自白したのは、京炎上計画で、その混乱に乗じ、帝《みかど》を長州に移すことまで考えられていた。

古高の自白だけでなく、あらゆる情報を綜合《そうごう》して、浪士の集結は鴨川の西岸、池田屋近辺と歳三は結論を出した。奉行所が、なぜ東岸と言ったのかは、わからない。ただ、情報には、摑むものと摑まされるものがある。

夜が明けたころ、浪士の捕縛は二十三名という報告が入った。ほとんどは、新選組の手による捕縛だった。

「きつい斬り合いでな。おまえが来るまで、捕縛などということは考えられなかった」

「だろうね、近藤さん」

「総司には、無理をさせてしまったが」

労咳《ろうがい》を患《わずら》っている。しかし、血を喀いて動けなくなるほどひどいとは、考えていなかった。時々、軽い咳《せき》が止まらなくなる、という印象しかいままでなかった。

「会津侯には、お喜びいただけるであろう」

新選組は、まだ会津藩預りというかたちで、ようやく認められているだけだが、こういう働きをすることによって、誰も無視はできなくなるだろう。

まだ血の匂いが残る部屋に、酒樽《さかだる》と握り飯が運びこまれていた。

池田屋の周辺では、会津藩兵の動きが、ようやく慌しくなっている。

六日午《ひる》ごろには、探索もあらかた終了した。

壬生《みぶ》の屯所《とんしょ》への帰還である。『誠』の旗を先頭に立てた。通りでは、人々が喝采《かっさい》を送る。京を火の海から救った、という誇りに似たものが隊士の中にある。それは悪いことではない、と歳三は思った。みんな胸を張って、堂々と歩こうとしている。

喝采は、勝ったからだ、と歳三は冷静に受け止めていた。肚《はら》の中では、ただの人斬りの集団と思いながら、笑顔をむけ、拍手を送っているのかもしれない。

屯所には、新しく料理人として入る男が、待っていた。身もとは、山崎烝《すすむ》に調べさせてあり、偶然だが六月六日から来ることになっていた。

「うまいかどうかより、食あたりなどがないようにしてくれ」

四十数名の隊士中、三十余名しか出動できなかったのは、食あたりのせいで、料理人はすでに追い出していた。いくら隊士が望んだからといって、こんな時季に生ものを食わせれば、こういうことにもなる。

「お言葉ですが、うまいものを作るのが、料理人の仕事でございます。食あたりなど、論外のことで」

使用人はもっと小さくなっているものだが、この男は歳三が言ったことが気に入らないらしい。それをそのまま表現するとは、変っていると言ってもいいだろう。血の匂いをさせて帰ってきた隊士たちを、こわがっている様子もない。久兵衛《きゅうべえ》といった。三十になったばかりというところか。

「わかった。任せよう。もし食あたりが出るようなら、ただではおかんぞ」

「土方様《ひじかた》、魚の甘露煮《かんろに》はお好きでございましょうか？」

「なに？」

「子を抱いた鯉《こい》を輪切りにし、身が崩れないように、長い時をかけて煮たものでございます」

「なぜ、そんなことを俺に訊《き》く？」

「滋養がありますので。鰻《うなぎ》などもよいのですが、これは、日もちがいたします」

「滋養があるのか。沖田という隊士がいる。そいつに届けてやってくれ」

「沖田総司様でございますね」

「日もちがするのなら、折詰にして、あとで俺にも届けてくれ」

「あとで、とは？」

「三日後ぐらいかな」

「それなら、新しく作ったものを。この屯所にある鍋なども、試してみたいので」

歳三は、軽く頷《うなず》いた。追い出した料理人より、いくらかましかもしれない。

浪士の残党狩りは、翌日も続けられた。

新選組からも、二十名ほどが出動している。京の浪士が、消えてしまったとは思えなかった。長州藩などは、再び尖鋭化しかねない。

「申しわけありません、こんな時に寝込んでしまって」

「おまえも、時には躰の養生をしろ、総司。局長も、心を痛めておられた。池田屋で死んでいても、不思議はなかったのだぞ」

「でも、もうだいぶ気分はいいのです。見廻りぐらいには、出ようかと思っています」

肌が、透けるように白くなった。もともと、江戸にいるころから色白ではあったが、今の状態は池田屋で血を喀いてからだ。

「歩いてみたいのですよ、副長。池田屋からの帰り、『誠』の旗があれほど誇らしく見えたことはないのです」

若い分、沖田は純粋だった。喝采も、そのままに聞えたのだろう。沖田だけでなく、屯所の雰囲気も、あの日を境にガラリと変った。

「会津侯からも、お呼びはかかっているのでしょう？」

「幕府と朝廷から、褒美《ほうび》がいただけるらしい。会津侯を通してだ」

池田屋で、会津藩は新選組にだけ闘わせた。歳三は、そのことは忘れる気がなかった。

「私は、京に来てよかったと思っています。いや、試衛館《しえいかん》にいてよかった」

「言葉に出して言うことではない、総司」

「そうですね。新選組は、これからだ」

これからもっと、人斬りに使われる。池田屋の件でも、長州藩は新選組を目の敵にしているという。憎まれ役を、平然とつとめさせるのが、会津藩だった。

しかしそれは、いつまでもというわけではない。やがて、長州と戦《いくさ》になりかねない雲行きだった。その時は、会津藩が前面に立たなければならなくなるだろう。

「久兵衛という料理人が、うまいものを運んできてくれるのですよ。副長にそう言いつけられていると言って」

「そうか。鯉を甘く煮こんだものは、うまかったか?」

「とても。身がひきしまっていて、鯉とは思えないほどで、滋養がたっぷりでした。ほんとうは、あれですっかり病気など吹き飛んだと思うのですが」

「そういう軽率さがいかん。あと五日は、寝ていろ。そうだ、俺も久兵衛に鯉の甘露煮を貰《もら》って、山科《やましな》に届けてくるか」

「山科ですか」

見廻りに出る、点呼がはじまっていた。食あたりで倒れていた者たちも、久兵衛の料理で次々に回復しはじめている。

近藤とともに歳三が会津藩邸に出向したのは、その翌日だった。

朝廷から百両、幕府から五百両の報奨金は、松平容保《まつだいらかたもり》ではなく、家老から渡された。近藤は、ひたすら低頭し、喜んでいた。そういうところに、近藤の人の好《よ》さが出る。特に朝廷からの報奨金には、感激していた。帝の知るところではないだろうと歳三は思ったが、近藤には言わなかった。

屯所へ戻ると、すぐに報奨金の分配が行われた。分配することに歳三は反対しなかったが、本来ならば隊の資金にすべきものだと思っていた。

池田屋の件で、長州藩ではまた強硬論が強くなっているという。当たり前といえば、当たり前だった。新選組が暴れすぎたからだ、と公言する会津藩士もいた。そんなものは放っておくにしても、長州系の浪士との対峙《たいじ》は、新選組が第一に考えなければならないことだった。かつて、天誅《てんちゅう》と叫んで、幕府要人を襲ったその刃《やいば》が、そのまま新選組にむかってきかねない。

隊規を厳しくするところから、歳三ははじめようと思っていた。いまでも充分に厳しいが、これからは入隊希望者も増えてくる。訓練も、いままで以上にやらなければならない。

「明日、鯉の甘露煮が用意できるか？」

厨房《ちゅうぼう》を覗《のぞ》いて、歳三は久兵衛に言った。

「ちょうど具合よく出来あがっております。折に詰めるのでございましたな」

「沖田が、うまいと言っていた」

「ありがとうございます」

「俺も、そのうちひとつ食いたい」

「おや、土方様は、まだ召しあがっておられませんでしたか」

「忙しくて、隊士たちと飯を食う暇がなかったのだ」

隊士とは、以前からあまり口を利かないが、池田屋のあとは特に避けていた。あれで、人がどんなふうに変るか、離れているとよく見える。

巡回を終えた隊も、報告書を出させるだけでなく、歳三自身がいくつかの質問をした。古高俊太郎に対する拷問がどういうものだったか、隊士たちが知るに及んで、歳三は自分が冷酷な人間と思われていることにも気づかざるを得なかった。

それは、都合の悪いことではなかった。これから新選組をまとめていくうえで、期せずして峻烈《しゅんれつ》な印象を隊士に与えることになったのだ。隊の機構も、少しずつ変えていかなければならない。

巡回の隊士が、出発するところだった。先頭に掲げられた『誠』の旗に、歳三はちょっと眼をやった。

二

山科の、雑木林の中にある、小さな家だった。

訪《おとな》いを入れると、下女が姿を見せた。歳三を見て頭を下げ、奥に入るとまたすぐに出てきた。奥の座敷に通された。

山南《やまなみ》は、起きあがっていて、縁で外を見ていた。左腕はまだ不自由そうだし、座っているが、右の脚をおかしな恰好《かっこう》に折り曲げていた。

「顔色はいいな、山南」

「こうして、のんびりしていればな。顔色ぐらいはよくなってしまう」

山南の腕と脚の傷は、大坂で受けたものだった。昨年の暮である。将軍家警固のために、先乗りしていた山南が、どこかで攘夷派の浪士と斬り合いになったらしい。発見された時は、三人の浪士と山南が倒れていたという。浪士は三人とも死んでいたが、山南には息があった。すぐに宿所にしていた商家の離れに運ばれ、医師の手当てを受けた。正月に歳三が隊士を率いて大坂に行った時も、まだ意識は回復せず、予断を許さない状態だった。

歳三は将軍家の上洛の供をしたので、一度見舞ったきりである。腕や脚より、脇腹を槍で突かれた傷がひどく、しばしば血を喀いたのだという。

意識が戻ったのは、歳三が大坂を出発してからだった。三月には、山科に移ってきた。肺を傷つけたらしい脇腹の傷は癒《い》えていたが、腕と脚の自由が利かなかった。刀は握れるが、上段には構えられない。正眼からも、足が出ず打ちこめない。それに、体力もひどく落ちていた。

「やったのだな、土方」

「ああ、やった」

「これで、新選組は間違いなく認知されたのではないのか。皮肉なことだが、まず倒幕派に認知され、会津藩など仕方なく追認するということになるのだろう」

「会津藩は、争闘の結着がつくまで、遠巻きにして眺めていただけだった。会津藩にしてそれだ。駆り出されたほかの藩の兵は、ただ見物するという気分しかなかっただろう」

「それが、新選組を利することになった。いまのところは」

「いまのところか」

「こういう時勢では、あまり先まで読めん。おまえはつらいだろう、土方。新選組は、抗《あらが》いようもなくひとつの方向にむかいつつある。ここにいると、それがよく見える」

山科も、もう新緑は終り、初夏の光に満ちている。歳三は、山南敬助《けいすけ》と並んで腰を降ろし、しばらく深くなった樹木の緑を眺めていた。

下女が、茶と一緒に、久兵衛が作った鯉の甘露煮を、少しだけ皿に盛ってきた。

「土産《みやげ》か、土方の？」

「屯所の新しい料理人の、久兵衛という者が作った。総司が、気に入っていてな」

「ほう、総司がか」

「池田屋では、血を喀いた。危ないところだった。会津が加わっていれば、総司がそんな目に遭うこともなかった」

山南は、ひと口、鯉に箸《はし》をつけた。

「会津藩を、あまり責めるな、土方」

「俺は、京都守護職が本来やるべきことを、きちんとやって貰いたいだけさ。いまのままじゃ、幕府方の軍勢が京にいて、他藩に睨《にら》みを利かせているということにすぎん」

「その他藩が、長州や薩摩《さつま》や土佐《とさ》でなく、幕府寄りの藩ということだな」

「薩摩など、実に巧妙に立ち回っている。呆《あき》れるほどだ。俺は、会津侯は、薩摩を敵と思い定めるべきだと思う。二本松の薩摩藩邸に浪士が逃げこんでも、抗議すらせんのだ」

「そういうことか」

「政争は、上でやればいい。そこで薩摩と組んで、長州を追うのもいい。しかし京都守護職は、薩邸に浪士が逃げこむことについては、厳重な抗議をすべきだろう。薩摩はいずれ、幕府の敵に回る。それは、明らかなのだ。右手と左手を使い分ける薩摩の、どちらかの手は切断すべきだな」

「上で結んで、下で対立する。それもまたいいか」

「俺は、薩摩藩士をなんとかしろ、と言っているわけではない。脱藩した倒幕派の浪士を、保護することをやめさせたい」

「しかし、戦になりかねん」

「やるなら、早くやった方がいい、と俺は思う。戦というのは、求心力でもある。いまなら幕府に集まる藩を多くできる。それで、薩摩や長州と決定的に対立させてしまえばいい」

「土方らしいな」

山南が笑った。鯉は気に入ったらしく、また口に運んだ。

「総司は、血を喀くほどにひどいのか？」

「いまは、元気なことを言っている。しかし、乱戦に耐えられるとも思えんな」

山南は、沖田をよくかわいがっていた。土方もかわいがったが、山南を慕っているという感じは確かにある。江戸にいたころから、山南と沖田は、よく出稽古《でげいこ》にも一緒に出かけていた。沖田の剣が、意表を衝《つ》くような感性的な剣ならば、山南の剣は理論的で正統な剣だった。そして二人とも、非凡な腕前を持っている。

山南は北辰一刀流《ほくしんいっとうりゅう》で、試衛館の食客という恰好だったが、沖田が天然理心流《てんねんりしんりゅう》かというと、必ずしもそうとは言いきれなかった。近藤の剛剣とは、どこか筋が違う気がする。天然理心流を学びながら、自分でなにかを得たというところがあるのだろう。

山南と沖田が、何度か道場で対峙しているのを見たことがある。お互いに認め合っているようで、どちらも打ちこまなかった。土方と対した時、沖田は遠慮なく打ちこんでくる。江戸を発《た》とうというころには、その打ちこみを凌《しの》ぐので土方は精一杯だった。

「総司は、江戸へ帰した方がいいのではないかな、土方」

「受け入れるわけがない。おまえなら、わかるだろう」

「まあ、そうだな」

「それより、おまえが江戸へ帰ることを考えたらどうだ、山南？」

「俺なら、受け入れると思うのか？」

「さあ。おまえは、総司のように若くない。近藤さんより歳上なのだ」

「そして、新選組のあり方については、近藤さんともおまえとも、いくらか意見が違う」

「意見は、人それぞれに違うさ。それより、なにかいやなことが起きそうな気がする」

歳三は、ほんとうにそう思っていた。山南とは、心が通い合っているつもりだった。池田屋の件で、新選組がどの方向にむかうのか、鋭く見通しているのも山南である。

江戸を出る時、人斬りの集団になる、という気はなかった。浪士組を組織した、清河八郎《きよかわはちろう》に利用されたくないという思いで、袂《たもと》を分ち、芹沢鴨《せりざわかも》らと壬生浪士組を結成して会津藩預りというかたちで、京の警備に当たることになった。規律、と歳三が言い山南が強調したのは、芹沢鴨らを抑えるためではなかった。もともと規律を守ることとは無縁の集団であった芹沢一派を、粛清《しゅくせい》するために規律を持ち出したにすぎない。芹沢は粗暴だったが腕は立ち、また人を魅《ひ》きつけるものも持っていた。歳三と山南が担ごうとしていた近藤勇《いさみ》は、腕は芹沢と互角だと思えたが、人の好さと地味な性格で、頂点に立つ男としては見劣りがすると思えた。壬生浪士組を自分たちのものにするための、規律だったと言っていい。壬生浪士組はやがて新選組となり、禁門《きんもん》の変《へん》を迎えることとなる。

芹沢一派の排除は、粛清というより暗殺で、周到に準備を整えたのが、歳三と山南だった。あの時から、手は汚れていた、と歳三は思っている。山南には、その意識は希薄で、むしろ池田屋などで手を汚したと考えているふしがあった。

「俺の怪我のことを考えているなら」

山南が、歳三を見てにやりと笑った。

「いまはもう、剣を執《と》れる。踏みこみは以前と同じようにできるようになったし、腕も少しずつあがるようになっている」

「そうなのか」

「上段からの打ちこみができるようになれば、近藤さんも俺を怪我人扱いにはできまい」

山南が戻ってくれれば、新選組にはもう一本しっかりした柱が通ることになり、新しい隊士の受け入れもやりやすくなるはずだった。しかしやはり、歳三にはどこか危惧《きぐ》があった。なにがどうとは言えないが、妙に不吉な気がしてならないのだ。

「とにかく、総司はしばらく休ませることだ、土方。あいつは怪我ではなく、労咳なのだからな」

「おまえのように、しっかり休んでくれればと思う」

歳三の言葉を皮肉ととったのか、山南はなにも言おうとしなかった。

動乱の中に身を置きたい。江戸で、浪士組の徴募に応じた時は、みんな同じ気持だった。政治というものは甘くない、と思い知らされたのが、徴募の中心人物であった清河八郎の動きだった。なんと、清河は勅定《ちょくじょう》という手段で、浪士組を勤皇《きんのう》に取りこもうとした。江戸での動きを考えていたのだろうが、清河に倒幕という考えがあったかどうかはわからない。将軍家警固のための浪士組であるので、幕府の許可がないかぎり江戸へは戻れない、というのが清河に対して取り得た、唯一の政治的手段だった。京に残ったのはわずか二十数名で、会津藩に頼るしかなかった。

確かに、動乱の中に身を置いた。新選組として、その存在も多少は認められはじめていた。どういう認められ方かはっきりしたのが、池田屋だった、と歳三は思っている。それは、山南も同じだろう。手柄を立てたと、単純に喜んでいる近藤とは、そのあたりの考え方は根本的に違っていた。新選組は、極論すれば、人を斬ることによってこれから存在を認められていく。池田屋で、その方向がはっきりしたと言っていいだろう。その先に、なにがあるのか。山南と、それを語り合うことはできるのか。

「もうすぐ、京も暑くなるだろうな」

山南が、ぽつりと言った。

歳三は、久兵衛の鯉を口に入れてみた。意外に、歯ごたえがある。そして、甘味があまりなかった。

「暑い京か。二度目になるのだな」

江戸から上京して、まだ二度目の夏を迎えようとしているだけだった。

芹沢鴨の一派を暗殺して新選組の主導権を握ってから、まだ一年も経っていない。もう何年も京にいるような気分だが、そんなものだった。

「長州は、夏の間に動くだろうか、土方？」

「どうだろうな。俺は、意外に早く動くという気がする。人間の激情は、それほど抑えられはせん」

　山南が、低い声で笑った。

「俺も、怪我の養生で、気が長くなってしまったのかな」

「相手が浪士ではなく、長州藩ということになれば、新選組は会津藩の指揮下に組み入れられるだけだろう。足軽隊ほどのこともないのだ」

「なにを望んでいる、土方？」

　自分でも、よくはわからなかった。これからも、浪士狩りを続けることになるだろうが、そこに活路はあるのか。

　もともと、歳三も山南も浪士である。幕府に恩顧を受けているわけではない。それでも会津藩は、幕府への忠誠を求めてくる。

「なあ、山南。清河は、なにをやろうとしていたのだろうか？」

「俺も時々それを考えるが、よくわからん。詐欺師《さぎし》のようでもあり、誰よりも遠くを見ていた、という気もする。将軍家が、なにも勤皇に反するということはない。清河は、早すぎたのかもしれん。公武合体の動きにうまく乗れば、なにか俺たちが思いつかないようなものを作ることができたのではないかな」

「俺たちは、早すぎたのか、遅すぎたのか？」

「遅すぎた。おまえらは、そう思っているだろう。芹沢などを始末するのに、時をかけすぎたのだ。いや、はじめから芹沢とは違う道を選ぶべきだったかもしれん」

「俺は、遅すぎたとは思っていない。道は、まだあるはずだ」

言ったが、空しさに似たものを歳三は感じていた。自分のような田舎者が泳いでいくには、時勢の流れが速すぎる。

久兵衛の鯉を、もうひと口食った。六月六日、池田屋から帰還した時、久兵衛が待っていたというのも、笑いたくなるようなめぐり合わせだった。あれから、食事はいいものになっている。新選組も、会津藩にうまいものを食わされていくのかもしれなかった。それに毒が混じっているとしてもだ。

「そろそろ、俺は帰るよ」

山南は、歳三を引き留めようとはしなかった。外まで送って出てきた山南の歩調は、言った通りしっかりしたものだった。

「夏には、戻れる」

別れ際、山南はそう言った。

三

京では、浪士の残党狩りが続いていた。

池田屋でこそ、近藤は四名で斬りこんだが、それは新選組のやり方ではなかった。数名でひとりを倒す。隊士は、そういう訓練を重ねてきているのだ。

いくら残党狩りをしても、浪士の京潜入はやまなかった。長州藩が動きはじめる。誰もが、そう読んでいた。

直接には池田屋の事件が長州の藩論を硬化させたと言われているが、ほんとうの背景は、昨年の攘夷派公家《くげ》の朝廷からの追放にある。

六月も半ばを過ぎると、新選組にも会津藩から出動の要請が来た。近藤を筆頭に、大部分の隊士が出動した。それでも、総勢で四十数名である。陣を敷いた九条河原に、『誠』の旗を押し立てているので、派手な宿陣には見えた。新選組であるということも、京の人々の耳目を惹《ひ》きつけ、見物に来る市民の姿もあった。

「歳、今度の戦で、新選組に働きどころがあると思うか？」

近藤は二人きりの時は、歳三を歳と呼び、隊士がいる時は土方か副長と呼ぶ。鴨川の水際だった。見物人が多いことを喜ぶ隊士もいるが、近藤はさすがに戦全体のことを考えていた。噂《うわさ》では、長州藩は五千だという。そこまで多くなくても、二、三千はいるだろう。それに対する幕府方は、数万の規模である。

四十数名の新選組など、ものの数ではなかった。やはり、二人、三人と、浪士を狩り出しては倒す、人斬りの集団なのだ。

「会津侯は、隊士を増やせと言っておられるようだ。俺も、二百人ぐらいにできたら、と思っている」

隊士の手当は、会津藩から出ている。これを幕府からの俸給にできないものか、と歳三は考えていた。しかし、旗本、御家人《ごけにん》の子弟を集めた見廻組《みまわりぐみ》が、ほかにあった。役目は新選組と同じとされているが、京市中の治安の維持に力を注ぎ、陰惨なものになることが多い浪士狩りは、あまりやらない。

「二百か」

「それぐらいいると、戦でもそこそこの戦力にはなる。四十数人ではな」

「いずれ、大幅に増やすことにはなるだろうが、隊規をもっと厳しくしないことにはな」

「これ以上、厳しくか？」

「隊士を増やせば、長州や薩摩の間諜《かんちょう》も、多分入りこんでくる。そういう疑いのある者は処断する、という態勢は作っておいた方がいい」

改めて言うまでもなく、それは歳三の役割りだった。入隊希望の者も、すでにかなり屯所を訪れている。

河原では、隊士が槍の訓練をくり返していた。厳しい訓練だが、人数はいかにも少ない。それに火器がほとんどなかった。近藤は刀で充分と言っているが、いまの戦は火器だと歳三は以前から思っていた。刀が届かないところにも、銃弾は届く。

「いま、入隊を希望している者は、どれほどいるのかな？」

「三十人というところで、使えるのはその半数だろう」

「そんなに、少ないのか」

食いつめた浪士が、集まってくる。そこが、倒幕の浪士と違うところでもあった。志に命を賭《か》けられないのなら、隊規に命を賭けさせるしかないのだ。

「慌てて屑《くず》を集めても、仕方がないぜ、近藤さん」

「それはそうだが」

近藤は、池田屋で武名をあげたと思っている。それは一面では正しいが、恐怖を感じさせた部分もないとは言えない。

「ここで、のしあがっていくしかないのだぞ、歳。俺はこの通りの無骨者だが、おまえには才覚がある。集めた隊士は、俺自身で鍛えあげてもいい」

「俺は、江戸で徴募すべきだと思っている。無論、使いものになるやつは、こっちでも加えるが」

かすかに、近藤が頷いた。

三十人という入隊希望者に、いくらか衝撃を受けたのかもしれない。

近藤は、武骨だが荒々しくはなく、隊士に口うるさくなにか言うこともなかった。剣はどこまでも剛直で、京に来てからはそれに一瞬の鋭さも加わっている。真剣でまともに相手ができるのは、元気な時の沖田ぐらいかもしれない。

歳三も、剣に自信を持っていないわけではなかった。ただ、人を斬って、それでなにかが大きく変るとも思っていない。長州系の浪士を中心とした攘夷派が、一時、天誅と叫びながら京で暗殺をくり返した。その結果は、公武合体派の強硬な動きを生み、自らの首を締めることにしかならなかったのだ。

新選組を人斬りの集団にしてはならない、と思いながら、時勢が否応なくそちらへむかわせる。

「歳、俺たちは、もっと上を求めていいのだ。会津や桑名《くわな》の藩士と較べても、ずっと過酷な仕事をしている。隊士にも、それだけ報いてやりたいではないか」

「気持はわかるよ、近藤さん」

歳三は、石をひとつ拾って、川面《かわも》に投げた。

京の緊張は、日増しに高まっていった。

流言では、京へむかっている長州軍は六千で、それに三千以上の浪士が加わろうとしている、という。実際は二千五百で、それに五百近い浪士が加わっていた。

中規模程度の市街戦、と軍議では予測されていた。無論、その軍議に新選組が出る幕などない。会津の本営からの伝令が来たら、それに従って動くことが決められているだけである。

勝敗は、明らかだった。しかし、長州藩にはそれが見えないらしい。実際に、京へ攻めこんでくる、という情勢になっている。

新選組の陣も、訓練にさらに熱が入っていた。

「あまり無理はさせるなよ、総司」

ほんとうは、沖田自身に無理を避けて貰いたい、と歳三は言いたいところだった。沖田の若さには、汚れがない。それは、見ていて羨《うらやま》しく、時には眩《まぶ》しいほどだった。悲しい眩しさだ、とそのたびに歳三は思う。

「副長、長州軍が京に入ってくる前に、新選組を中心にして、斬りこみ隊を組織できないものでしょうか？」

「逸《はや》るな、総司。会津侯の下知のもとと、きつく申し渡されている。軍規の違反はならんぞ」

「軍規に違反するつもりはありませんが、腕が鳴って仕方がないのですよ」

「戦は、全軍でやるものだ。そしてそれが終ったあとの、残党狩りの仕事まで、俺たちはしなければならんのだ」

「見廻組が、目障《めざわ》りです。やつらも、残党狩りに出てくるのでしょうか？」

「もし出てきたとしても、事は構えるな。実力は俺たちが上だということは、誰でもわかっているさ。むこうも、沖田総司に近づこうという、命知らずはいないだろうしな」

訓練を見ていても、沖田の剣はさらに妖《あや》しい殺気のようなものを放つようになっていた。向かい合っただけで、腰が砕けて座りこむ隊士までいる。

「総司、もうすぐ山南が帰ってくるぞ」

「山南さんが」

沖田の顔に浮かんだ喜色から、歳三は眼をそらした。

「思いのほか、怪我の回復が順調だった。虫の息だったのが、嘘《うそ》のようだ」

山南も沖田も、死線を越えている。それもまた、歳三には羨しく感じられてしまうものだった。沖田は笑っている。白い、透き通るような肌が、歳三には痛々しいものに見えた。

「一時は、駄目かもしれない、と私は思っていました」

沖田は、まだ笑い続けていた。

長州軍が近づいていた。山崎を中心に、伏見、嵯峨《さが》などに展開しているという。いつ、戦端が開かれても、おかしくない状況になった。

長州は本気でやるつもりなのか、と歳三は考えていた。総勢で二千余である。それに対する幕府軍は、諸藩の連合とはいえ、八万に達しようとしていた。較べるのも愚かなほどの、兵力差である。しかし、二千余が一丸になれば、かなりのことをやるかもしれない。池田屋でも、三十数名のところへ四名で斬りこみ、圧倒したのだ。ただ、あれは不意討ちと言ってもいい。幕府軍の迎撃態勢は、万全なのである。諸藩の連合軍というところに、長州は活路を見出そうとしているのだ。

衝突がはじまったのは、七月十九日だった。

山崎と伏見から進攻した部隊は、たやすく阻止できたようだ。新選組は、御所警備の会津藩の指揮下で、先鋒《せんぽう》と言ってもいい位置に配された。ただ、前線からは遠い。

そう思っていたら、下立売門《しもだちうりもん》、中立売門《なかだちうりもん》の防衛線が突破された、という噂が流れた。確かに、その方面からだけは、衝突の気配が近づいている。

会津藩の守備位置は蛤御門《はまぐりごもん》周辺で、本陣からの伝令が届く前に、歳三は突撃してくる長州軍の姿を見た。

「局長、来ました」

「おう、働きどころもないのかと思ったが、これはまた、絶好の機会を長州が与えてくれているわ。いいか、副長、長州軍の横腹を衝いて、まず勢いを止めるぞ」

歳三は、全隊に冷静に号令をかけた。幸い、長州軍は火器よりも刀、槍が中心である。四十数名の突撃でも、その勢いは束《つか》の間《ま》止まった。次いで、長州軍が現われたことに気づいた会津軍も突撃してきた。

歳三は、ぶつかった長州兵を、二人斬った。すでに死相を帯び、少々斬ったぐらいでは倒れそうもなかった。確実に、急所を狙った。何度の衝突をくり返して、ここまで進んできたのか、長州軍はまるで火の玉である。会津藩の数千も、押され気味になった。

「歳、このままでは、御門が破られるぞ」

近藤も、冷静に敵兵の急所を狙って斬りつけている。

「ここは、防ぐ以外に、手はない。会津の本隊が駈けつけるまで、少しでも敵の勢いを削ぐことだ」

斬りつけてくる長州兵の迫力は、凄絶なほどだった。新選組は、小さくかたまって、それを受けている。水の流れを、石がひとつ遮っている、という感じだろう。

長州兵の斬撃が来た。歳三はそれを、下から斬りあげ、腕を飛ばした。それでもその兵は、片腕をのばして摑みかかってくる。横に刀を薙ぎ、首筋を斬った。噴きあがった血が、雨のように頭上から降り注いできた。近藤も、ひとりの首を斬り飛ばした。もはや、首を斬るか、心臓を突くか、頭蓋《ずがい》を断ち割るかしなければ、長州兵は倒れない状態だった。会津兵を、押して押して押しまくっている指揮者がいる。その男の周囲には、妖気《ようき》さえ漂っているような感じだった。

「いかん、近藤さん」

その男の方へむかおうとした近藤を、歳三は止めた。

「なぜだ。あの男を斬り倒せば」

「それより、まとまったまま退《ひ》くんだ。薩摩藩が到着した。やつら、はなから斬り合いなどする気はないらしい」

歳三は、全員に、構えたまま退け、と命令を出した。長州兵は、新手にむかおうとしている。

京は、燃えていた。風の強い季節ではないが、京の市街のほとんどから、煙と炎があがっている。

薩摩藩兵が、ずらりと整列した。構えたのは刀でも槍でもなく、銃だった。連射がはじまった。長州藩兵が、次々に倒れていく。一斉射撃で、長州軍の勢いはほぼ止まった。指揮官が、刀を構えて前へ出てくる。それも狙い撃ちされた。何発かの弾を受け、一度倒れたが、再び立ちあがってくる。それとともに、長州軍が勢いを取り戻しそうになった。大音響がし、大砲が撃たれた。十発ほどの砲撃で、また長州軍の勢いは止まった。

全軍突撃の命令が出、新選組も先頭で崩れかけた長州軍に斬りこんだ。弾を受けてなお立ちあがった指揮官と、歳三はむき合った。

「長州藩、来島又兵衛《きじままたべえ》」

絞り出すような声で、男が名乗る。

「新選組、土方歳三」

次の瞬間、馳《は》せ違った。したたかに胴を薙いだが、殺したとは思わなかった。立っている。二の太刀。兼定《かねさだ》を低く構えた瞬間、来島又兵衛の首から血が噴き出してきた。沖田が、にやりと笑っている。歳三と馳せ違ったあと、沖田とも馳せ違ったらしい。

乱戦だが、長州軍は炎の中を敗走しはじめていた。そのまま追撃に移り、伏見《ふしみ》で兵がまとめられた。

敗走した長州軍が、天王山《てんのうざん》に集結しているという。攻撃は、翌早朝という通達が届いた。

「銃というのは、数が揃《そろ》うとすごいものだろう、近藤さん」

「確かにな。あれだけが戦ではないが」

長州軍は、銃砲隊というより、斬りこみ隊と言った方がよかった。しかも寡兵《かへい》で、蛤御門までの防衛線を、すべて突破してきたのだ。鬼になれば鉄砲など、と近藤は考えているのかもしれない。

戦は火器の時代でも、新選組はまだ、刀で闘うしか方法はなかった。

隊士たちは、兵糧《ひょうろう》をとり、思い思いに眠りはじめた。

長州藩はどうなっていくのか、ということについて、歳三は考えはじめた。このまま、潰《つぶ》れていくのか。それとも、魁《さきがけ》としての栄光を担《にな》うのか。時勢の流れは速い。歳三には、よく読みきれなかった。

早朝から、会津藩は動きはじめた。天王山を、じりじりと締めあげていく。もはや、戦闘らしい戦闘はなかった。真木和泉《まきいずみ》ほか十数名の長州系浪士が、自刃《じじん》して果てただけである。

残党狩りのため、新選組は大坂にむかった。

翌朝から探索をはじめ、八名の残党を捕縛し、抵抗した四人を斬った。

「これで終りかな、歳？」

京への帰路、近藤がぽつりと言った。

「残党を狩り出したりするのは、お手のものだと思われてる。まあ、それだけの働きはしてきたからね」

「戦になったら、五十名そこそこというのは、大して役に立たんな」

「江戸へ行けよ、近藤さん。何人か連れて、江戸で隊士の徴募をやるのだ。その方が、京でやるよりずっといい」

「江戸か」

「しばらくは、京でも大きなことは起きないさ。それに、半分以上焼けちまってるだろうし」

「考えてみよう。それに、会津侯のお許しもいただかなければならんし」

会津藩士ではないんだぜ、と言いかけて、歳三は口を噤《つぐ》んだ。いまの近藤にとって、会津藩は主君に近い存在なのだ。

拠《よ》って立つ場所を、人は求める。新選組にとって、それは会津藩以外に考えられない。しかしこんな時勢の中で、拠って立つ場所をすぐに求めてもいいのか。まずは、ひとりで生き、時勢に流されてみるべきではないのか。流されることで、なにかが見えてくる。拠って立つ場所を求めることで、なにかを見落とす。歳三はそんな気がしていたが、口には出さなかった。新選組という組織を、すでに背負ってしまっているのだ。

京の市中を、まだ余燼《よじん》がくすぶっていた。

鴨川の河原には、焼け出された人の群れがいる。京の人間は、こんなことにも馴れているのだろう、と歳三はなんとなく考えた。

四

久しぶりの、壬生の屯所だった。

深い感慨はなかった。近藤がいて、土方がいて、そして沖田総司がいる。なんとなく、そう思うだけだ。

自分はなぜ、あの時大坂で死ななかったのか。山南の頭に去来するのは、そればかりだ。生き延びたのは、皮肉でしかないと思えた。

屯所の門を潜ると、若い隊士が声をあげた。

それに呼び集められたように、十数人の隊士が出てきた。その中に、沖田の姿もあった。

山南は、まず近藤のもとへ挨拶《あいさつ》に行った。

「もう、怪我はいいのか、山南？」

労《いたわ》るような近藤の言葉も、平凡なものにしか聞えなかった。

「手も脚も、もう自由に動かせます。運があったということでしょうか」

「命に縁があった。そういうことだろう。京はかなり焼けたが、幸いこの屯所は無事だった。隊士も、少しずつ増えはじめている」

長州軍と、蛤御門で激突があったのが、十日前だ。寡兵にしては、長州軍はよく闘った。尊皇攘夷という信念が、人をそこまで強くできるのか、と思ってみても、いまの山南にはただ白々しいだけだった。

「総長という地位を用意してある。局長がいて、総長がいて、副長がいる。そういうかたちだ、山南」

「誰が、それを？」

「土方だ」

近藤は、汗ばんだ顔に扇で風を送っていた。山南は、かなり歩いたにもかかわらず、汗ひとつかいていない。

近藤の居室を辞すると、一番隊の隊士を中心にした、若い者たちが待っていた。沖田が、一番隊長である。

「また、山南さんと一緒に闘えるのですね」

以前より、沖田は痩《や》せ、肌も白さを増していた。蒼白《そうはく》と言う方がいいかもしれない。

「おまえ、血を喀いたそうじゃないか」

「池田屋では、なにかちょっと調子が狂いましてね。あのころ、食欲もなかったのです。いまはこの通りで、蛤御門の戦でも、なんのことはありませんでした。久兵衛という料理人が、時々、私のために滋養のあるものを作ってくれるのです。それが、うまい」

「そうか。ならいいのだが」

沖田が、白い歯を見せて笑った。それが痛々しいものにしか、山南には見えなかった。

「一番隊は、やはり最強の面々か？」

「一番隊だけでなく、いまの新選組には、一騎当千の者が揃っていますよ、山南さん」

藤堂平助《とうどうへいすけ》が言った。

「私はいま、八番隊長です」

藤堂は、なにが嬉《うれ》しいのか、声をあげて笑った。

局長の近藤に次ぐ部屋が、山南には用意されていた。

そこに、久兵衛という料理人が、酒肴《しゅこう》を運んできた。三十歳前後と思われ、沖田や藤堂と較べると、挙措《きょそ》はいかにも落ち着いていた。

「鯉の甘露煮、なかなかの味だった。もとは武士か、久兵衛？」

「昔のことは、忘れております」

動揺も見せず久兵衛はそう言い、卓に料理を並べた。武士だったのだろうとは、挙措を見て思ったことだった。言わなくてもいいことを言った、と山南は思った。

若い隊士との宴会が終ったころ、外出していた土方が戻ってきた。

土方の姿を見ると、若い隊士たちの間から、明るい空気が消えることに、山南は気づいた。土方は島田魁《かい》を伴っていて、ちょっと挨拶しただけで奥へ消えた。

しばらくして、一番隊、二番隊に呼集がかかった。

隊士が出動していく気配を、山南は居室で端座して感じていた。よくも悪くも、これがいまの新選組なのだろう。

廊下を歩く音がして、土方が部屋に入ってきた。

「浪士狩りか？」

「まあ、そんなところだ」

「つまりは、人斬りの道から行先は変えられんということか、新選組は」

「皮肉を言うな、山南」

「そうではない。おまえの心の内が、なんとなく俺には見えるような気がするのだよ」

「どんなふうに？」

「自分の思いと、組織の間で、引き裂かれている。しかも、決してそれを他人に見せることができない。こんな時勢の中で、組織をひとつ守り抜くのは、並大抵の苦労ではあるまい、土方」

「おまえは、総長だぜ、山南」

「実際には、大して仕事はない。飾りもののようなものだ。さっき、近藤さんと話していて、そう思った。いかにも、おまえらしいやり方だと思ったよ」

「不服があるなら」

「よせ、土方。おまえはいまの新選組のありようを、自分ひとりで受けとめようとしている。近藤さんはあの通り、実直なんだ。総司や藤堂は、若すぎる。せめて俺が、一緒に受けとめてやれればいいのだが」

「いつから、人の心の底をしたり顔で読むようになった、山南？」

「したり顔ではない」

山南は、ちょっとだけ笑った。言葉とは裏腹に、土方は寂しそうな表情をしている。

「士道に、生きるか」

「この時勢の中で、士道がなにかを問うことなど意味はない、と考えているだろう、山南？」

「意味のないものに、意味を持たせなければならん。それが、組織を守るということでもある」

土方は胡座《あぐら》をかき、壁に背を凭《もた》せかけた。腕を組み、眼を閉じている。

「おまえは、いつも俺より遠くを見ているのか、山南？」

「いや、遠くを見るようになった。そうしたら、おまえが見ているものも見えるようになった。そんな気がしている」

「俺が見ているもの？」

「一緒に江戸を出た時、おまえはなにか大きなものを見ていた、という気がする。得体の知れない、大きなものを。そうだな、夢を見ていた、と言った方がいいかもしれん。清河八郎が、そのまま浪士組として京に留まっていれば、われわれは時勢をもう少ししっかり見きわめる余裕があっただろう。見きわめたのち、浪士組に留まるか、脱退するかを決めればよかった。しかし清河は浪士組の大部分を連れて江戸へ帰り、われらは取り残された。会津藩に頼るしかなかったし、芹沢一派との確執も抱えてしまった。新選組は、おまえが見ていたものの大きさなどには関わりなく、こうなるしかなかった」

「時勢の流れが速すぎたのだよ、山南」

「俺も、そう思う。漠《ばく》たる夢を抱いて京に出てくるとは、いかにものんびりしたものだった。しかし、土方。おまえは、この時勢の中で、感じるものを感じ、見るべきものを見てきたはずだ」

「なにを言いたい、山南」

「新選組のありようとは別に、おまえはおまえの夢を抱き得るところにいる、と俺は思っている。秘めたる夢をな」

「そういうおまえは」

「俺はいいのだ」

「なぜ?」

「なぜでもだ。おまえの夢のために、俺の命など、屑のように使ってくれていい。俺は、それでいいんだ」

「わからんな」

山南と喋《しゃべ》る時、土方はいつも静かな口調になる。近藤と喋る時とも、沖田や島田と喋る時とも、違う口調だった。

庭で、蟬《せみ》が鳴きはじめている。二人で、しばらくそれに耳を傾けた。

「怪我をして、ひどく変ったな、山南。前より、俺の近くにいるという気がするよ。新選組について、おまえのような言い方をした者もいないし」

新選組は、これから大きな組織になっていくだろう。近藤も、江戸に隊士の徴募に出かける、と言っていた。佐幕派の、特殊な集団。軍ではなく、見廻組のように、警邏《けいら》のための集団でもない。人を斬るための集団。

組織をきちんとさせるために、土方が取り得る方法は、それだけだったのだろう。佐幕派に新選組あり、と存在を決定的に印象づけないかぎり、臨時雇いの殺戮《さつりく》集団にしか過ぎなかったはずだ。

「なあ、山南。おまえには、いまどんな道が見えている？」

「新選組が、自分たちが思っているより、ずっと大きな組織になっていく。しかし、それも本格的な戦がはじまるまでだ。俺は、幕府と倒幕派の戦にならないかぎり、この国の混乱は収束しないと思っている。その戦で、新選組が見せる役割りは、小さいだろう」

「そうだな。いくら隊士が増えたとしても、百五十とか、そんなものだろう。多ければ、二百を超えるかもしれんが、幕府軍全体から見れば、取るに足りない勢力だ」

「幕府は、勝てると思うか、土方。外様《とざま》の大藩はほとんど敵に回ると考えてだ」

「本気でやれば、勝てるだろう」

「本気でか」

「蛤御門まで、長州の二千余の兵に、あっさりと攻めこまれた。いま幕府の動員令に従って出兵している藩など、本気で戦をやる気はないのだと思う。いま京では、会津、桑名の両藩。それに越前《えちぜん》藩かな。そんなものだよ。幕府直属の旗本が、どれほど近代化された軍になるかで、勝負は決まると俺は思っている」

「なにか、おかしいな。公武合体論が出たり、一橋慶喜《ひとつばしよしのぶ》が暗躍したり」

「上の方のことは、俺にはまだよく見えん。幕藩体制というものが、いいのかどうかもわからん。長州あたりは、外国と較べると古すぎる政治体制だと言っているが、外国のものがそのままいいのかどうかも、俺にはよくわかっていない」

「当たり前だよな、土方。開国だ攘夷だと騒ぎはじめたころも、どちらが正しいのか俺にはよくわからなかった。もしかすると、どちらも正しく、どちらも間違っている、という気がしたほどだ」

土方が、腕組みを解いた。

「いつまでも、こんな話はしていられん」

「まったくだな、土方」

「ただ、おまえとは、時々喋りたい」

それだけ言い、土方は腰をあげた。

夕刻近くになり、蟬の鳴声がいっそうかまびすしくなっている。

土方が外出したのは、山南が壬生に戻った翌々日だった。どこへ行くとは言わなかったが、帰りは三日後ということになっている。島田魁だけを伴っていた。

山南は、当然のように土方の代りをやることになった。まず、市中見廻りの指揮である。

一番隊、二番隊の見廻りについていった。二番隊の隊長は、永倉新八《ながくらしんぱち》である。先頭に『誠』の旗を押し立て、二列縦隊で進む。町人だけでなく、武士も道をあける。若い者は、こういうことに酔うだろう、と山南は思った。あれが沖田、あれが永倉などと、言い交わしている声も聞える。

沖田も永倉も池田屋では近藤とともに斬りこんでいる。そんなことも、町人たちは知っているようだった。

市中見廻りは、形式的な仕事だった。示威程度の意味しかない。無論、斬りかかってくるような浪士もいなかった。

本来の仕事は、探索方のもたらす情報によってなされる。つまり浪士の潜伏先を突きとめ、急襲して捕縛するか斬るかする。市民を巻きこまない夜中に、行われることが多いようだった。市中見廻りをしているのは、新選組の表の顔である。

長州藩兵の攻撃で焼けた家の跡には、もう新しいものが建てはじめられている。だから、焼けたという印象が、京の市中からは消えかけていた。

屯所へ戻ると、点呼が行われ、解散となる。しばらくすると、三番隊、四番隊の出動だった。一日じゅう、京のどこかで『誠』の旗が押し立てられているのだ。

屯所の庭では、のべつ誰かが稽古をしている。集団戦の稽古が中心で、見ていて山南はかすかな違和感を覚えた。数人でひとりを斬るという稽古は、剣の道や、士道というものからはかけ離れている。

「山南さん、久しぶりにお願いできませんか？」

沖田が、竹刀を持ってきて言った。

やってもいいか、という気分に山南はなった。怪我の養生の間も、剣を振ることは怠っていなかった。

黙って竹刀を受け取ると、山南は庭へ降りた。二十人ほどの隊士が、遠巻きにして息を詰めている。自然体なのは、山南と沖田だけだった。構え合う。沖田の全身から、不意に妖気に似たものがたちのぼる。しかし、それが山南を惑わせることはない。

静かな対峙だった。心気が澄み渡ってくる。お互いの気が、潮合に達するのを待てばいいだけだった。沖田の思念も、同じだ。それがよくわかった。

躰に、なにかが満ちてきた。満ち満ちて、不意に弾ける。

動いていた。沖田も。馳せ違うかたちになった。相正眼の、同じ対峙に戻った。位置が入れ替っているだけである。

「見事」

声が聞えた。縁に立って、近藤が見ていた。

「いやあ、やっぱり山南さんはすごい」

竹刀を降ろし、沖田が言う。山南も沖田も汗ひとつかかず、遠巻きにして見守っている隊士たちの方が、脂汗を流していた。

「総司は、やはり突きか」

「山南さんには、通じないな、俺の突きは」

真剣では、かわせなかったろう、と山南は思った。沖田の突きを、瞬間払い、胴を薙いだ。沖田も、それを払った。竹刀の動きを、さすがに近藤は見てとったようだ。

近藤は羽織を着ていて、隊士二名を供に、そのまま外出していった。

見ていた隊士たちが、ようやく動きはじめ、沖田に竹刀の動きがどうだったのかなどと訊いている。沖田は、嬉しそうにそれを説明していた。

井戸端へ行き、山南は桶の水を飲んだ。

「いいものを、見せていただきました」

水を汲みにきたらしい久兵衛が、言って軽く頭を下げた。

山南は、部屋へ戻った。

予感があり、端座したまましばらくじっとしていた。

不意に、腰のあたりに痛みが走りはじめる。それは生きているもののように、躰の中で拡散したり収縮したりして、やがて鳩尾《みぞおち》のあたりに凝集されてきた。ほんとうの痛みは、これからだった。夏の陽射しの中でもほとんど汗をかかない山南の額に、脂汗が滲《にじ》みはじめる。

背を曲げたくなるのを、山南は耐えた。転げ回りたい。喚《わめ》き声をあげたい。その思いも、抑えた。こういう痛みに襲われるようになったのは、怪我が快方にむかってからだった。はじめはちょっと気になる程度の痛みで、しかも間遠く、忘れたころにやってきた。その間隔が少しずつ縮まり、いまでは一日に一度は襲ってきた。しかも、苛烈《かれつ》な痛みである。

一度、死にかかった。そう思って、耐えるしかなかった。大坂で、発見されるのがもう少し遅ければ、自分は死んでいたのだ。だから、この命はただの拾いものなのだ。

汗が、顎《あご》の先から滴《したた》り落ちている。眼は閉じているが、それでも視界が暗くなるのが、はっきりとわかった。

半刻ほど、鳩尾の痛みは続いた。そして、ようやく楽になってきた。手が、動かせる。山南は手拭《てぬぐ》いをとり、顔から首筋の汗を拭《ぬぐ》っていった。

五

蔵屋敷から長州藩が退去したので、大坂も静かになっていた。

歳三は、言われていた旅館で、丸一日待った。内密に会いたい、という山岡鉄太郎《やまおかてつたろう》からの伝言があったのだ。手紙もなにもなかったが、それも内密だからだろうと思った。

江戸で浪士組が結成され、中山道《なかせんどう》を京へ移動した時、浪士取締役としてついていたのが、幕臣の山岡鉄太郎だった。

いい腕をしていて、しかも剛直な人柄だったから、勝手放題を続けていた芹沢鴨も、山岡の言うことだけには逆らわなかった。あの旅で、歳三も、近藤や山南も、山岡に認められたというところがある。歳三にとっては、大事な幕府への繫《つな》ぎ役という思いがあった。

丸一日待って現われたのは、山岡の大きな躰ではなく、総髪の小柄な男だった。

「俺は、勝《かつ》ってもんだ」

軍艦奉行で、神戸に操練所を作った勝海舟《かいしゅう》であることは、すぐにわかった。

「別に、山岡が来られなくなったわけじゃねえ。俺が、あんたと会いたくて、山岡に伝言を頼んだんだよ」

幕府の、奉行と名のつく人間の前に出たのは、はじめてだった。歳三は、どんな態度をとればいいのか迷い、そんなことがわかるわけがないと思い直し、ごく普通に対した。名乗りはしたが、この男がほんとうに軍艦奉行なのかどうかも、わかりはしないのだ。

「山岡から、近藤や山南や土方という名は聞かされていた。骨がある男だとな。俺は、幕府方にどんな人間がいるのか、知っておきてえんだよ」

「それで、われらがお目にとまったのですか。光栄の到りです」

「なに寝呆《ねぼ》けたことを言ってやがる。おめえらにゃ、文句のひとつも言っておこうと思ってる。人を斬りすぎる。池田屋のありゃ、なんだ？」

「われらが斬っているのは、幕府に逆らおうとする者たちだけです。池田屋で斬ったのは、京を焼き、天子を長州に連れ去ろうとしている浪士たちでした」

言いながら、変った男だ、と歳三は思っていた。仮にも、奉行と名の付く男である。それが会津藩預りの浪士にしか過ぎない自分を呼び出し、人を斬りすぎるなどと言いはじめたのだ。

「捕まえるだけってのは、できねえのかい、土方の。同じ日本人だ。しかも攘夷と騒いでいるやつらは、江戸でのうのうと暮している旗本どもより、よっぽどこの国のことを考えているんだよ。そいつらを斬るのは、この国にとってもよくねえし、おめえらにとっても、決していい事じゃねえ」

歳三は、じっと勝海舟を見つめていた。なにを考えているか、わからない。しかし、言っていることの意味は、理解はできる。山南も、多分、理解できるだろう。近藤は、憤激するかもしれない。

どちらの言い分も、正しい。つまり絶対に正しいということはなく、勝った方が正しい。開国と攘夷を較べて、山南がそう言ったことがあった。時勢の中の正義とは、もともとそんなものなのだ。

「新選組は、命をかけております。何人もの死者をだしながら、このお勤めに携っておりま す。それを、幕閣《ばっかく》の上の方から、悪いと言われなければならないのですか。新選組は、京都守護職の支配下にあり、勝様のおっしゃりようは、京都守護職の存在すら否定するように、私には聞えます」

「俺は、どっちも否定しちゃいねえよ。せめぎ合い、人物が揃っている方が、勝つんだろよ。どちらであろうと、その人物を潰し合うのはやめさせてえ」

「勝様は、幕閣であらせられるはずです」

「だから？」

「裏切りの言い分に聞えます。私が斬ると申したら、いかがなされます？」

「おめえは、そんなことはしねえさ。おめえと山南という男はな。旅の間、おめえらをそばで見ていた山岡が、そう言ってる」

「あのころから、新選組はずいぶんと変っております」

「俺が、想像した以上にだ。京に残った連中は、いずれ消えるしかなくなる、と俺は思っていた。なんにもねえんだからな。会津あたりに便利に使われて、それで終りだろう、と思っていた」

その情況は、確かにあった。いまも、ないわけではない。しかし、新選組は自らの存在を認めさせる闘いをしてきた。

「われら、百名にも満たぬ集団です。勝様のような方が、なぜ関心を持たれるのです？」

「百人も、いねえのか。そんなわずかな人数が、この国を潰しかねねえんだよ。そしてそういう集団にしたのは、土方、おめえだ」

「規律を正し、結束をかためなければ、いまの京の中では、闘っていけません」

「それができる。それがさせられる。幕府をなぜ守らなければならないのか、という深い考えもなくだ。おめえにじゃなく、おめえのとこの若いもんにだ」

「私にも、ないかもわかりませんよ」

「あろうがなかろうが、おめえは幕府を守るという大義名分を、きちんと利用してる。大義名分なんてのは、なにかをやる時に利用するもんだからな」

勝が、歳三を見てにやりと笑った。

とんでもないことを勝は言っているが、歳三はそれが不思議だとも感じなかった。こういう男もいたのか、という思いが強くある。会津藩士ばかりと接してきたので、こういう幕閣と話していることが、不思議に新鮮でもあった。

「勝様は、いまの幕府をどのように考えておられるのですか?」

「いずれ、なくなるだろうな」

「それはまた」

「いいか、土方。幕府ってのは、前を見てなにかやったことがねえ。つまりそうやってずっとやってきたんで、いきなり前を見たりはできねえわけだ。ぽつん、ぽつんと前を見る人物が現われはするが、幕府の中で足を引っ張られたりする。または、殺されたりな。幕論が二つに割れてなんてこともねえんだよ。いままでは、それでよかったんだろうがな。古い家みてえなもんで、間取りを変えたくても変えられねえ。出入口を変えたくても、大黒柱が邪魔をしたりする。使い勝手が悪すぎるのさ」

「それでは勝様は、長州や、そして間違いなく薩摩や土佐にもある倒幕論を、是認されるのですか?」

「こんな時代だ。そういう考えはあってもいいだろうさ。ただ俺は、幕臣の家で育ったんでな。ひでえ貧乏暮しだったが、上様の臣という気持が捨てられねえ、古いところもある。どうやって折り合いをつけようか、自分でも考えこんでるってとこかな」

「そういうことを、常に言われているのですか、勝様は?」

「常にじゃねえが、よく言うな。幕閣の、頭の硬い連中の前じゃ言わねえが」

「よく、生きておられます」

「おめえにそう言われると、自分でもそんな気がしてくるな。幕臣の中で、俺を斬ろうってやつも、少なくねえ。攘夷派の浪士に狙われることもある」

勝は、大して気にしているようでもなかった。小柄で、華奢《きゃしゃ》と思えるほどだが、そこそこに腕は立つ。それ以上に、肝《きも》が据《す》わっている。それも、不思議な据わり方だ。いま、歳三が抜刀すれば、腰は抜かさないまでも、かなり狼狽《ろうばい》はしそうだ。しかし、言っていることも考えていることも、なにひとつ変らない。そんな感じなのだ。

「今日は、こんなところでいいや。新選組は、これからも人を斬るだろうということが、おめえを見ていてよくわかった。仕方なく、人を斬り続けていくんだろうってな」

「それが、使命でありますので」

「じゃねえな。しかし、まあいいか」

勝は、宿の女中を呼び、茶を頼んだ。

運ばれてきた茶を、勝はゆっくりと飲んだ。

数カ月前、神戸に海軍操練所が開設され、幕臣だけでなく、広く全国から人材を募っている、という話は知っていた。頭取である、勝の意向だという。

集まってきている者の中には、長州藩士までいるという噂があった。勝を見ていると、それもほんとうかもしれない、という気もしてくる。第一に、操練所の塾頭格が、坂本龍馬《さかもとりょうま》だというのだ。土佐藩の脱藩浪士でありながら、勝の直弟子であり、同時に土佐勤王党《きんのうとう》とも近く、京の攘夷派浪士とも薩摩藩とも繋がりがある。

坂本は、新選組の標的でもあった。

「新選組というのが、なぜか気になってな。見廻組というのがあって、これは幕臣の子弟だ。数も多い。だが、おめえらみてえに、ぴしっとはしてねえ。おめえらより、ずっと待遇もいいんだろうが。それで、山岡が言ってた、近藤とか土方とか山南とかいう名前を思い出した」

「私は、まだ面食らっております」

「そうは見えねえよ、土方。おめえの眼は、冷徹に俺を測ってやがる。組める相手かどうかも含めてな」

確かに、勝の言う通りだった。この男と組んだらどうなるのか、と京へ出てきてはじめて歳三が考えた相手ではあった。

「俺は、人斬りは嫌《き》れえだよ。人を斬るやつじゃなく、斬ってもの事を解決しようってことがな。土佐に、岡田以蔵《いぞう》ってのがいる。一時、俺の弟子の坂本ってやつが、俺の警固にと連れてきたことがあった。何人も、人を斬ったやつだ。幕臣も、斬られてる。ところがこいつが、かわいいやつでな」

「岡田以蔵は、もし京で見つければ新選組が斬ります。それから、坂本龍馬も」

「おいおい、物騒なことを言うなよ。俺はこう見えても、気が小せえんだ。血なんか見ると、腰を抜かすね」

「そうは見えません」

「そりゃ、俺だって、はったりで生きてきたってとこがあってよ。なにしろ、幕閣相手じゃ、山岡みてえに、真っ直ぐな気持だけじゃなにも通じねえからな」

「幕府に忠誠を尽して、生きざるを得ないのです。人を斬ろうが斬るまいが」

「小せえな。せめて、この国にとでも言ってみなよ。そう言うだけで、見えるものが違ってくるもんだ」

　勝は、口もとだけで笑った。

「今日は、これでな。ついでみてえに、呼び出しをかけて、悪かった。次からは、京にいる時、呼び出すことにする」

　歳三は、軽く頭を下げた。

　勝が去ると、次の間にいた島田魁が入ってきた。

「おかしな男ですね、勝海舟というのは」

「あんな男も、幕府にいるのか、と話していて思った」

「また、呼び出してきそうですよ」

自分と会ったという痕跡《こんせき》を、勝はほとんど残していない、と歳三は思った。呼び出しも、山岡の名でだった。見かけより用心深く、周到な男なのかもしれない。

「山崎と、連絡をつけてみてくれ、島田」

京で敗走した長州藩の兵の多くが、大坂の蔵屋敷に逃げこんだ。そこに焼討ちをかけようという意見も、大坂では出たらしい。止めたのが、勝だったという話も聞いた。長州藩は蔵屋敷から立退《たちの》き、いまは下男の老人が二人いるだけで、無人に近い。

それでも、大坂にいて、再度京への潜入を狙っている浪士は、かなりいそうだった。それを、山崎烝が探っている。

山崎との連絡は、すぐに取れた。大坂にはかなりの長州藩士が残っている気配で、その中の十二名は居場所も特定できているという。ただ、これという大物はいなかった。

「こっちの方は、無駄足だったかな」

「せめて、桂《かつら》ひとりの居場所でもわかれば、と思いますが」

新選組の、最大の標的のひとりだった。ただ、大坂の警備は職掌外で、動くにはいくつもの許可が必要だった。

「明日、帰りますか、予定通り」

「そうだな。ま、せっかく来たのだ。大坂の中を見てみるか」

夕刻だった。歳三は、島田と二人で外へ出た。大坂には、京とはまた違う活気がある。その活気も、時勢の流れというものを、はっきり感じさせた。乱世は儲《もう》かる、と考えている商人も、少なくないはずだ。

「淀川《よどがわ》の物流を止めれば、昔は京は干上がったそうだ。いまも、あまり変らんのかな」

「さあ、昔よりはましだ、とは思いますが」

島田は、外を歩く時は、いつも四方に眼を配っている。いつでも、刀を抜ける態勢でいるのだ。

必要ない、と言おうとした時、暗闇《くらやみ》から五人出てくるのが見えた。擦れ違う時、五人は二人を取り囲むように動いた。

「名を、訊きたい」

「ならば、先に名乗れ」

歳三は、正面の男を見つめて言った。

「間違いない。こいつは、新選組の土方歳三だ。気をつけろよ、みんな」

五人が、一斉に抜刀した。淀川の船着場のそばで、昼は人が多いが、夜になると人通りは絶える。

歳三は、兼定の鯉口《こいぐち》を切った。島田は、すでに抜き撃ちの構えをとっている。

五人とも、殺気立ってはいるが、こちらを威圧するほどではなかった。数を恃《たの》んでいる気配もある。島田との、呼吸は合っていた。

斬りつけてきたひとりに、島田が抜き撃ちを浴びせる。その瞬間、歳三も動いていた。抜刀しながら、見据えていた正面の男に背をむけ、背後にいたひとりを、横一文字に斬り倒した。残った三人が、呆然《ぼうぜん》と立ち尽した。

歳三は、歩くように、正面にいた男の前に進んだ。踏みこむというほどの威圧がなかったのか、男が退《さ》がるのが一瞬遅れた。歳三は、下から剣を撥《は》ねあげた。大刀《たち》ごと、男の両腕が飛んだ。島田はひとりを袈裟《けさ》がけに斬り倒していて、残っているのはひとりだけだ。歳三は、刀の血を切り、鞘《さや》に収めた。島田が、男にじりじりと詰め寄っていく。絶望的な叫びをあげて斬りこんできた男の首を、存分の余裕を持って、島田は斬った。倒れる前に、男の頭は背後に落ち、自らの背中にぶつかった。皮とわずかな肉とで、胴に繋がっているだけだ。

「番所に知らせてこい、島田」

四人には、まだ息があった。止《とど》めを刺したいという素ぶりを島田はしたが、歳三は許さなかった。刀を鞘に収め、島田は駈け出していった。

四人があげる、呻《うめ》き声が聞える。その声の中に、歳三は立っていた。こんな連中を斬って、なんの意味がある。それは自らの問いかけのようでもあったし、勝に言われたことが蘇ったようでもあった。

こんな連中でも、闘うこととは別なことで、なにかができたかもしれないのだ。

歳三は、袈裟に斬られた男の脇に、屈《かが》みこんだ。呻くだけではなく、なにか言葉を口にしていたからだ。

「言いたいことがあるのか、なにか？」

攘夷。男は、そう言ったようだった。関心をなくして、歳三は腰をあげた。

命をかけるのは、攘夷になのか。それとも、攘夷と叫んでいる集団になのか。ちょっと間違えば、開国と攘夷の主張が、入れ替っていたとしても、不思議ではなかった。その程度のものではないのか。

「副長」

島田が駈け戻ってきた。

「すぐに、奉行所の役人が来ると思いますが、どうしますか？」

「待とう」

島田は頷き、黙って歳三のそばに立った。淀川の流れの音が、はじめて歳三の耳に届いてきた。

駈けつけてきた役人は、倒れている五人を見て息を呑《の》んだ。

即死している者がひとり。あとの四人も、相当の重傷で、助かるかどうか、きわどいところだった。役人はさらに増え、十人ほどになった。

「お手前方二人で、この五人を？」

傷の検分を終え、与力《よりき》らしい男が歳三の前に立って言った。明りもいくつか出され、闇に浮かびあがった光景が、血の匂いをいっそう濃くしている。

「訊いているのだ」

「そう、われわれ二名で、この五人を斬った」

「みんな、ひと太刀《たち》で倒されている。事情を訊かなければならん。奉行所まで同道して貰おう」

「断る」

「なにっ」

「われわれは、襲われたから反撃したまでだ。そして、きちんと番所に届けた。それで充分だろう」

「五人も斬っておいて、どういうつもりだ？」

「どんなつもりもない。身を守った。それだけのことだ」

与力は、姓名を訊くことさえ忘れていた。

「われわれにも、役目があるのだ」

「なにが役目だ。こういう者たちを放置しておいた、奉行所の責が問われるべきであろう。不逞《ふてい》の浪士を大坂から追い出すのが、役目ではないのか？」

「愚弄《ぐろう》するか、貴様は」

「お待ちください」

年嵩《としかさ》の同心が、止めに入った。与力は、まだ若い。家柄だけで与力になった。そういう男だろう、と歳三は思った。

「まず、御姓名を伺いたい？」

「名乗れ、そちらから。そこの青成りの与力もだ」

二人が、名乗った。与力の方は、刀の柄に手をかけている。

「新選組、副長、土方歳三」

「同じく新選組、島田魁」

新選組と聞いて、その場の空気が凍りつくのが、歳三にはわかった。

「事情を？」

「それは、いま話した通りだ。調べるなら、息のある四人を調べて貰いたい。われわれが新選組と知って、襲ってきたのだ」

それ以上、同心はなにも言わなかった。歳三は、立ち尽し、全身をふるわせている与力の前に立った。

「斬るのか、俺を。なら、斬ってみろ」

与力の躰のふるえが、さらに大きくなった。歳三が一歩踏みこむと、与力は尻餅をついた。袴《はかま》が、濡れていくのがわかった。

「なにか不審があるなら、壬生の屯所にまで来たまえ」

失禁した若い与力を見降ろして、歳三はそれだけ言い、歩きはじめた。誰も、止めようとはしない。

「まったく、奉行所の役人はなにを考えているのでしょうか。われわれに同道せよとは。息のあるやつを訊問して、仲間の居所を訊くべきだというのに」

島田は、なにか言い続けているが、歳三はもう聞かなかった。人を斬らざるを得なくなっている。それを考えていた。新選組であるがゆえに、人を斬る場に立ってしまう。

宿まで、歳三はそればかり考えていた。

翌朝、船で京へ戻った。

屯所にむかって歩いている途中で、三番隊の巡回と行き合った。三番隊長の斎藤一《はじめ》は、すぐに土方と島田を見つけた。

「御留守の間、異常はありませんでした」

直立して、斎藤が言う。歳三は軽く頷き、行けと手で示した。

「斎藤も、いい隊長になりましたな、副長。報告する時、眼が不必要に動きません」

「そうだな」

人を斬ると、明らかに眼が変る。清河八郎の浪士組が江戸へ帰った時、残った者がいて会津藩預りになったと聞き、斎藤一は加わってきた。だからこれまでに斬った人の数は、すでに六、七名に達しているだろう。

壬生浪士組に加わってきた経緯から、歳三は斎藤のすべてを信用してはいなかった。会津藩が送りこんできた、隠し目付という可能性を否定しきれないのだ。それなら、それでいい。いずれ、そういう能力を、新選組のために使う機会も、あるだろう。

屯所に戻った。

近藤は外出中で、山南が庭に立ち、隊士の稽古を見ていた。このところ、ぽつぽつと腕のいい入隊希望者が現われている。そういう者に、集団戦の訓練をしなければならなかった。

腕がいい者は、ひとりで闘いたがる。だから、まず沖田や永倉と立合わせ、その自信を打ち砕くのである。

「人を斬ってきたな、土方」

山南が、そばへ来て言った。山南が敏感になっているのは、血の匂いなのか。それともまるで別のものか。

歳三は、隊士の稽古に眼をむけたまま、ただ頷いた。

第二章　隊　規

一

近藤が、永倉新八《ながくらしんぱち》、武田観柳斎《かんりゅうさい》、尾形俊太郎《しゅんたろう》を伴い、江戸へ下った。隊士徴募のためである。江戸では、先行した藤堂平助《とうどうへいすけ》が待っているという。

そういうことに、山南《やまなみ》はあまり関心を持てなかった。隊士の数を増やしたいと強く望んでいるのは、近藤のようだ。土方《ひじかた》は、黙って近藤のやりたいようにさせていた。

近藤出立の翌日には、隊士をひとり切腹させた。外で問題を起こしたわけではないが、上層部に批判的な意見を、堂々と言ったりしていたのだ。土方は、それも許さないほど、隊規を引きしめるつもりのようだった。江戸から、新しい隊士が入ってきた時のことを、考えているのだろう。

浪士狩りという新選組の仕事は、相変らず変らない。

山南は、三条小橋のそばを、土方と二人で歩いていた。めずらしく、土方の方から声をかけてきたのだ。単衣《ひとえ》に袴《はかま》という、気軽な恰好《かっこう》だった。

「山南、おまえの怪我が治ったのは、認めるが」

「だから？」

「どこか、悪いのではないのか。そんな気がする。隊士との稽古《けいこ》を見ていても、沖田が労咳《ろうがい》を病んだころと、どこか同じようなところがあってな」

「考えすぎではないのか？」

「自分の命は好きに使ってくれ、と俺に言ったことがある」

「隊士なら、みんなそうだろう。おまえに、命を預けざるを得なくなっている」

「考えすぎか」

土方は、周囲を警戒するでもなかった。浪士の数は、ずいぶんと減っている。まして、新選組の土方に斬りつけてくる者など、京にはいないと思っているのか。

三条小橋を渡り、土方は小さな旅籠《はたご》に入った。

「なんだ、ここは。浪士でも潜んでいそうな宿ではないか」

「実は俺も、以前に御用改めで踏みこんだことがある。浪士はいなかったが。ある人物に呼び出されていてな」

その人物が誰なのか、土方は言おうとしなかった。番頭が、離れの方へ導いていく。離れの入口で迎えたのは、若い男だった。上方の者ではない。はっきりとわかる、江戸者の気配を漂わせていた。

「これはどうも、土方様。御足労をいただきまして。氷川《ひかわ》坂下の殿様も、わがままで」

出てきたのは、白髪の、いなせな感じのする老人だった。

「新門辰五郎《しんもんたつごろう》でございます、山南様」

老人は、山南にもきちんと頭を下げた。

名は、知っていた。町火消の頭領であるが、江戸の町火消全体を束ねていると言ってもよかった。おまけに娘が、禁裏守衛総督《きんりしゅえいそうとく》、一橋慶喜《ひとつばしよしのぶ》の側室であるはずだ。

「おう、入ってくんな」

新門辰五郎がなぜ、と考える前に、奥から声がかかった。

奥の部屋の、庭に面した縁で団扇《うちわ》を使っているのは、どこかで見たことがあるような小男だった。

「俺は勝《かつ》ってもんだ。山南ははじめてだな」

軍艦奉行の勝海舟《かいしゅう》なのだ、と山南は思った。土方は、勝としばしば会っているということなのか。

「座んなよ。九月になっても、京はまだ暑いな。戦《いくさ》だなんだと、暑苦しいことばっかり続いたからかな」

「御用は、やはりなにもないのですか、勝様？」

「ねえよ、土方」

土方は、笑って腰を降ろした。山南も、並んで座った。若い者が冷えた麦茶を運んできて、土方と山南の前に置いた。

「ここ二日ばかり、俺は辰五郎と、どうやって徳川家を守りゃいいのかってことを、喋《しゃべ》くってた。わからねえんだな、なにも」

「われわれも、幕府を守りたい思いは同じです、勝様」

「おいおい、土方。俺は徳川家と言ったんで、幕府だなんて言っちゃいねえよ」

なんでもないように勝は言ったが、山南は肺腑《はいふ》を衝《つ》かれたような気分に襲われた。はじめて声を聞くこの小男は、幕閣《ばっかく》にいながら、すでに幕府を見限っている。

「山南、おめえはどうやりゃ、徳川家を守れると考えている？」

「さて、どの徳川家の話でございましょうか？」

山南が言うと、勝の団扇の動きが一瞬止まった。

「なあるほど。土方が、おめえを俺に会わせたがったはずだよな」

勝の眼が、じっと山南を見据えてきた。団扇は、また動きはじめている。

土方は、遠くを見るように眼を細めていた。いきなり、微妙な話題になってきた、と思ったのかもしれない。

「なんだって、おめえは新選組なんかにいやがる。人斬りの眼じゃねえぞ」

「何人も、斬っています」

「わからねえなあ。おめえもわからねえが、土方もわからねえ」

勝が、せわしなく団扇を使い、唸《うな》るような声をあげて庭の方に眼をむけた。

「御前、めしの支度ができておりますが」

辰五郎が入ってくると、膝《ひざ》をついて言った。

「御前はやめろ、殿様もだ、新門の」

辰五郎は、微笑しているだけだった。

膳を運んできたのは、女中ではなく若い者たちだった。離れだけでなく、宿全部を借りきっているらしい、と山南は思った。京で見る火消の若い衆は、いかにも場違いではあった。

「どの徳川って、おめえは徳川家がいくつもあると思ってやがるのか、山南？」

「われらが新選組をお預りいただいている会津《あいづ》侯も、徳川家の係累であられます」

「会津松平を、なぜ俺が守らなくちゃならねえ。俺が徳川家と言うのは、上様をおいてほかにねえさ」

「徳川将軍家でございますな」

確かめるように言った山南から、勝は大きく顔をそらした。答えなかったというより、そっぽをむいたという感じだった。

「蛤御門《はまぐりごもん》のことで、今後長州《ちょうしゅう》は幕府の征伐を受けるのでございましょうね」

土方が、箸《はし》を執《と》りながら、とぼけた声で言った。土方のこういう声は、試衛館《しえいかん》に道場破りなどが現われた時に、よく聞いた。しかし、京へ来てからはたえて聞くことのなかったものだ。

「幕府だけで、やれってか。え、薩摩《さつま》なんぞ、はなからそんな気はねえ。長州を、京から追い出してりゃ、それでいいのよ」

「私の危惧《きぐ》を、ひとつ申しあげます」

「ほう、山南の危惧ね。土方は、幕府に忠誠を尽して、危惧なんかねえという顔をしているが、おまえの危惧は土方のものでもあるのかな？」

そのはずだった。しかし、そうだと勝にむかっては言えなかった。

「薩長《さっちょう》の連合というのは、あり得ないのでしょうか？」

「なんだと？」

「そうなれば、幕府はひどく苦しい立場に追いこまれます。幕閣の間で、そのような話が出ることはあるのでしょうか？」

「幕閣に、そんな人間は片手で数えられるほどもいねえよ」

「薩長には？」

「さあな」

「土佐《とさ》もあります。動きやすいと言っていい立場です。土佐勤王党《きんのうとう》も処断されたところですし」

「近藤は、江戸だってな」

唐突に、勝は話題を変えた。隊士の徴募に、と土方が答えた。二人ともそれ以上喋ろうとせず、ただ箸を動かし続けていた。

半刻ちょっとで、山南は土方とともに宿を辞した。通りまで見送りに出た若い衆が、人々がふり返るような、威勢のいい挨拶《あいさつ》をした。

土方が、なぜ自分を勝に引き合わせたのか、山南は考えないようにした。察してやるべきことだ、と思える。

結局、勝はあれ以上突っこんだ話はなにもしようとしなかった。しかし、なにか伝えようとしていることは、肌で感じられた。

「徳川家か」

「徳川将軍家でなくな」

土方が言った。山南は土方の方を見たが、視線は合わなかった。二人並んで、三条小橋を渡った。

「勝海舟という男が見ているものが、俺にはわかるような気がするのだよ、山南。気がするだけだがな。そして、それはひとりで受け止めるには、恐ろしすぎる。だから、おまえを巻きこんだというところかな」

「鬼の土方が、恐ろしいか」

山南は言ったが、土方は本音を吐いたのだろうとも思った。

将軍という地位に、勝海舟はまるでこだわっていない。京の政争で、中心的な役割を果たしているひとりである、一橋慶喜も、それほどこだわっているようには思えない。それゆえ、公武合体派を構成することも、難しくはなかったのだ。

さまざまな人間が、さまざまな絵図を描いている。それが、いまという時だった。その中で、新選組はどうあればいいのか。

「近藤さんの隊士徴募は、いろいろと問題があるのではないのか、土方？」

「どういうふうに？」

「新選組の名と組織を利用しようとする人間が、江戸にもいないわけではない、ということだ。近藤さんが選ぶ基準は、腕が立つかどうかということだろうからな」

「充分に、隊規はひきしめてある」

「そうだな。しかし」

「隊内で動きが取れなければ、分裂の画策をはじめるかもしれん。おまえの心配は、それかな?」

「なにが起きるか、わからない。あまり硬直しないことだ」

一番隊の見廻りと遭遇した。沖田が、嬉《うれ》しそうな笑みを見せた。

「勝海舟は、意味深長なことを言った。俺はこれから、じっくり考えてみる」

「それを、おまえに任せようと思ったのさ、山南。じっくり考えるということをな。俺は、考えるどころではなくなりそうだ」

一番隊をやり過し、押し立てられた旗を眼で追いながら、土方は呟《つぶや》くように言った。

二

先行していた藤堂平助の働きもあったのか、江戸での隊士徴募はうまく運び、二十数名で京へ戻るという知らせが入った。

二百名でなく、二十名というのが、いかにも近藤らしいと歳三は思った。まず二百名を集め、その中からふるい落としていく、という発想が近藤にはない。

これからさらに隊士が増えると、壬生《みぶ》の屯所《とんしょ》では手狭になる。西本願寺《にしほんがんじ》の集会所を屯所にしたい、と土方は交渉しはじめた。どちらかというと、西本願寺は、攘夷派《じょういは》の浪士寄りである。近藤はいやがるだろうが、新選組のやり方は、ここで示しておいた方がいい。

西本願寺の境内に、交替で隊士を常駐させた。浪士取締の名目だが、有無を言わさぬ強引さだと、相手方は感じているだろう。

隊規のひきしめは、沖田、斎藤に命じて、いっそう力を入れさせた。二人のやり方は、峻《しゅん》烈《れつ》をきわめた。これから、新隊士が増えるということで、二人は張り切っている。

「近藤さんの書簡で、気になることがあるのだがな、土方」

ある夜、山南が部屋に入ってきて言った。

「伊東甲子太郎《いとうかしたろう》のことか？」

「北辰一刀流《ほくしんいっとうりゅう》で、俺は一度立合ったことがある。伊東は道場主で、直門《じきもん》というわけではなかったが」

「できるのか？」

「俺は、斬れると思う。やってみなければわからん、というところはあるが」

「なるほど、いい腕だ」

「それより、あの男は水戸学に心酔していたはずだが。つまり、もともとは攘夷論者だ。この数年で、どう変ったかわからんが」

「入隊してくるのは、なにか別の魂胆があるということだな？」

「純粋に、新選組入隊を望む、とは考えられないのだ。藤堂平助も同じ北辰一刀流だが、二人は面識があったのだろうか？」

「藤堂が、熱心に近藤さんに薦めたようだが、面識があったのかどうかはわからん。近藤さんの眼は、伊東の腕にむいている」

「厄介《やっかい》な男を抱えこむ。そうなりそうな気がするのだ。伊東と話をする前に、こんなことを言うのは性に合わんが」

「俺も、実は気にしている。しかし、取りこんでみるのも面白い、という気になっているのだ、山南。どうも、野心家の伊東は、放っておいても京に出てきて、なにかをやりそうだからな」

「しかし」

「新選組を使ってなにをやる気なのか。新選組は、伊東に利用されるほどのものにすぎないのか。いろいろ、試してみたいことが俺にはあるのだ」

山南の挙措《きょそ》は、このところいっそう静かになった。歳三《としぞう》の前に座っているいまの山南は、江戸から京へむかうことを決めたころとは、まるで違う。ふっと、山南が消えていなくなった、と感じることもある。それでいて、隙《すき》はない。

それが、剣で到達した境地とは違うことを、歳三ははっきりと感じていた。もっと忌《いま》わしい、不吉な境地である。

「藤堂のことが、いささか気になってな」

山南には、小さなことは気にして欲しくなかった。藤堂と伊東の関係も、はっきりとは把握していない。面識があるないなどということではなく、藤堂は一時、伊東道場に通っていたことがあるはずだった。藤堂に慕われながらも、山南はそういうことも知らなかった。たえず、遠くを見ている。それが山南敬助《けいすけ》という男の眼だった。歳三や近藤と較べると、学識も豊かだった。江戸で浪士組に加わった時も、歳三とも近藤とも違うものを、山南は見ていたはずだ。それが怪我から復帰してからは、しばしば歳三と同じものに眼をむける。山南の遠くを見る眼が、新選組には必要だ、と歳三は考えていた。

「氷川坂下の狸《たぬき》の肚《はら》は読めたのか、山南？」

歳三が山南を勝海舟に会わせたのは、勝に言われたことだったが、山南の遠くを見る眼で、勝の考えを読んで欲しいということもあったのだった。

「たやすく、他人に肚を読ませるような男ではないな。また会ってみたい。そう思わせる男ではあるが」

「定見がないというのか、土佐の坂本《さかもと》なども、弟子扱いにして憚《はばか》ることがない」

「それは、定見がないからではない、と俺は思う。むしろ、あれが定見なのだ、勝海舟という男のな」

そういう言い方もできる、と歳三は思った。いまのところ、勝を嫌う感情は出てきていない。不思議な男だった。

「俺やおまえが、思いも及ばないことを、勝は考えているような気がする。間違いなく、あの男は徳川家と幕府を分けて考えているし、日本という国についても思いをめぐらせているようだな」

「そこまでは、俺も考えた。あとのことは、おまえに任せる。そろそろ、近藤さんたちが帰ってくるころだし」

「伊東甲子太郎の性根も、俺が見きわめておこう、土方」

山南は、やはり静かすぎた。病である、と言ったのは久兵衛《きゆうべえ》だが、いまのところそれらしい気配が、歳三には見えていない。山南とは、しばしばこうやって喋っていたかった。

近藤の一行が、戻ってきた。

近藤の一行というより、はじめから伊東甲子太郎の一行という感じがあった。

参謀という処遇が、伊東に与えられた。副長に次ぐ地位で、隊内第四位ということになる。いずれは、土方と並んで、副長二人ということにしよう、という合意もできた。

一見しただけで、伊東がどういう男なのか、見きわめることが土方にはできなかった。

「新選組という場を与えられて、私は幸せです。隊務に精励いたします」

伊東の挨拶も、殊勝なものだった。近藤は、伊東一派の剣の腕に満足しているようだ。盛んに、隊内の和を説いている。

最近、近藤には、頂点に立つ者の風格が出てきた。局長という地位が、人を作りはじめたと言ってもいい。

近藤が頂点にいるかぎり、新選組が大きく乱れることはない、と歳三には思えた。ただ、近藤に時勢を泳ぎきる能力はない。

「おまえに似ていないか、伊東甲子太郎？」

歳三は、山南を連れ出して言った。学識があり、温厚で、剣の腕は立つ。人の話もよく聞く。

「似ていない。あの男の心の中は、野心のみだ。隊士に慕われる役回りは、俺ひとりで充分ではないか、土方」

「そうだな、まったく」

いまは隊規に従っているし、今後もそうするだろう。しかし、新選組隊士になりきれないなにかを、伊東一派は持っている。それは、ただの不平分子より面倒なことではあった。

京は、平穏だった。それは浪士狩りなどがないという意味での平穏であり、宮中では相当の政治的駆け引きが続いているようだ。

そして、長州征伐が計画されていた。一説では十五万に達する兵力で攻めると言われていたが、精兵三万があれば充分だろう、と歳三は考えていた。

十五万の軍を出すというのなら、幕府の示威にすぎない。しかし、誰に対して示威をするというのか。それよりも、訓練を積んだ幕府軍三万で、長州軍を圧倒する方が、本来的な意味での示威になり、幕府の力を認めさせることになるはずだった。

幕閣に対して、勝海舟が示す軽侮と失望が、歳三にもわかるような気がした。

「ところで、山南。おまえはやはり、どこか悪いのではないのか？」

「どこか、とは？」

「それは知らん。しかし病なら病と、俺には隠さずに打ち明けてくれんか。おまえがまたどこかで静養ということになれば、俺も考えなくてはならんからな」

小さな料理屋の二階だった。

新選組の土方がいるということで、料理屋でも気を遣《つか》い、二階にほかの客は通していない。山南敬助の名や顔は、京市民の間であまり知られていない。

「俺は、どこへも行かんよ、土方」

「病なら治して貰《もら》いたい、と俺としては思うのだがな」

山南は、酒もあまり飲まなくなった。そして、人前での食事を控え、自室に久兵衛に運ばせている。

「俺は、勝海舟の肚を見切り、伊東甲子太郎の野望もあばいてから、消えるつもりだ」

「消える」

「そう、遠からず、俺は消える」

ほんとうに、山南は消えるだろうと、歳三はそれほどの衝撃も覚えずに思った。なにか、そういう忌わしい予感のようなものは、山科《やましな》を訪ねた時からかすかにあり、山南が帰隊してからは、日ごと強くなっている。理由はない。いつも、ふと思うだけだ。

黙って、歳三は盃《さかずき》を口に運んだ。

「総司《そうじ》より、ずっと早い。そう思っている」

労咳である沖田も、いずれは死ぬ。いや、誰でも死ぬが、それが異常に早いということだ。歳三は、ただ盃を重ねた。

「もう、言っておくべき時機だね」

山南が盃に口をつけ、舐《な》めるように飲んだ。

「腹の中に、硬いでき物がある。外から触れても、わかるほどだ」

「それが？」

「消えることはない。日々、大きくなり、やがて俺を食い尽す」

そういう病を、歳三は知らないわけではなかった。別の動物のように、でき物がその人間を食い尽し、痩《や》せさせ、やがて凄絶《せいぜつ》な痛みの中で死へ追いやる。手の施しようがない病だ、ということを医師からも聞かされた。しかし、歳三が知っているのは、もっと老いた男だった。

「長いのか？」

「いや、おかしいと思ったのは、暮ごろからだ。なんとか、怪我は克服できそうだと思いはじめたころで、皮肉なめぐり合わせだと思ったものだよ」

「ひどく痛む、という話を聞いたことがあるが」

「夜中に多い。死んだ方がましだ、と思うほどだな。俺の命をどう遣ってもいいとおまえに言ったことがあったが、もう大して役にも立たない命になっている」

歳三は、なにも言えず、ただ盃を口に運んだ。医師を捜せ、という言葉も、多分、ただむなしいだけだろう。

山南は、遠くを見るような眼を、歳三の方へ戻した。

「俺を勝海舟に引き合わせたのは、おまえにも虫の知らせのようなものがあったからだろう。あの男の肚の内を読み切ることが、今後のおまえを決めるという気がするのだ。そして、俺はそれを読み切ってみせる。残りの命のすべてで、読み切る自信がある」

「そうか。おまえは、死ぬのか」

「こういう時勢の中に、生まれてきた。なにかができるかもしれん、と本気で考えた。江戸でも、そんな話をしたよな。どんな生き方をし、どんな果て方をしようと、力のかぎり生きようと思っていた。だから、病に殺されるのは、無念だ」

なぜ、沖田が。沖田総司が労咳にかかった時、そう思ったものだった。なぜ、山南が。いまは、そうは思わない。死生の際を、歩き続けてきた。そういう死もあるのだ、といまは思えてしまう。そういう自分が、哀しくもあった。

「おまえをひとりにして、済まんと思っている。若い者たちも、おまえに頼るしかあるまい。近藤さんは、頂点に立ち続けようとするだろうからな。それは、時には滅びに繋《つな》がってしまう」

近藤勇《いさみ》は、新選組の局長であってはじめて、存在の意味がある男だった。しかし、時勢は動いている。激しすぎるほど、動いている。浪士狩りなど、そのうち意味のないことになる。その時、新選組はどうするのか。近藤は、それを考えはしない。

「新選組とともに死ぬ。おまえに、そんなことは考えて欲しくないのだ、土方」

「言おうとしていることは、わかる、山南」

「難しいぞ」

「夢のようなものでいい。なにかが、はっきりと見えればな」

「それが、俺の最後の仕事だろうな。おまえが見ることができる夢のありかを、捜し出すことが」

静かな会話だった。宵《よい》の口で、下の通りにはまだ人が多いようだ。

「ほんとうに、死ぬのか、山南？」

「自分で、はっきりとわかる。痛みが、俺を殺すのではない。痛みは、死の跫《あしおと》のように、俺にそれを教えているだけだ」

「大坂で、死んでいればな」

「まったくだ。おまえと俺には、さまざまなものが見えてきている。そういう時、俺だけ死なねばならんというのは、業腹《ごうはら》だよ」

「しかし、死ぬのか」

「死ぬ」

歳三は、もうそれ以上なにも言わず、外の通りの人声を、ぼんやりと耳に入れた。

その夜から、歳三は山南を誘い出さなくなった。隊内で言葉を交わすことも、滅多にない。

山南は、参謀という地位にいる伊東甲子太郎と、よく一緒に飲んでいた。若い隊士も、二人のもとによく集まっている。山南と伊東の話は、多分、そばで聞くに値するものなのだろう。時勢から、歴史に及ぶまで、二人の話題は豊富らしい。

「どうした、総司？」

沖田が、屯所をひとりで出ていこうとしているのが見え、歳三は声をかけた。

「ひとりで、どこかで酒でも飲もうかと思いまして」

「なら、一緒に行くか」

言うと、沖田は嬉しそうな顔をした。

祇園《ぎおん》まで、歩いた。芸者も呼ばず、小さな料理屋でむき合った。

「おまえは、山南や伊東のところへ行かないのか、総司？」

江戸で呼んでいたころのように、歳三は沖田の名を口にした。沖田は、黙って酒を口に運んでいる。

「ずいぶんと、勉強になるという話だぞ」

「勉強すれば、浪士を斬れるのですか？」

「なぜ斬らなければならないのか、自分なりに納得したいのだろう」

「斬らなければ斬られる。それが、新選組でしょう。私は、そう思っています。人を斬ることで出発したのに、なぜいまさら納得するために勉強しなければならないのです？」

沖田は、本能のようなもので、自分の死を感じとっているのかもしれない。ただ、頭ではそれがわかりたくないのだ。

「山南さん、なぜあんなに変ってしまったのでしょう？」

「もともと、荒っぽいことは好きでなかったし、学問はあるのだ」

「そういうことではなく、どこか本心を見失っているように、私には思えるのです」

やはり病人の勘なのか、と歳三は思った。山南はおまえより先に逝《ゆ》くかもしれない、という言葉を歳三は呑《の》みこんだ。

山南の動きはこのところ活発だが、浪士狩りに出動したりはしない。伊東や若い隊士と話す以外、盛んに外出している。そのうちの半分は、京か神戸にいることが多い、勝海舟に会うためだということを、歳三は知っていた。伏見《ふしみ》には、新門辰五郎が買った家があり、そこに勝がいる時も出かけている。

沖田は、それ以上山南の話をしようとしなかった。めずらしく、盃を重ね、蒼白《あおじろ》い肌が朱に染っている。

一刻ほどで、話も尽きた。

その男が立ち塞《ふさ》がったのは、祇園からの帰り道だった。立っただけで、異様な気配が肌を打った。

沖田が、歳三を庇《かば》うような恰好で、前へ出た。男は動かないが、放つ気配はやはり沖田を圧倒するほどだった。

沖田が、全身に気を漲《みなぎ》らせはじめた。気と気がぶつかり合う。

男が遣うのは、明らかに居合《いあい》だった。沖田がひと太刀《たち》受ける間に、自分が斬り倒せる、と歳三は思った。抜刀していれば、沖田の突きが勝ると思えたが、抜き撃ちの勝負となれば、相手に分がありそうだった。しかし、ほんとうにそうなのか。沖田の、妖《あや》しさを増した剣は、思いもかけない動きをすることがある。

男が、息を吐いた。それで、男の放つ気はきれいに消えた。沖田の気も、少しずつ収束している。

「新選組、土方さあでごわすな？」

薩摩言葉だった。ただ、ほんとうの薩摩弁は、もっとわかりにくい。この男なりに、わかりやすく喋ろうとしているのだろう。

「土方だ」

「こん、お若い方は？」

「沖田総司」

「うおほっ」

男が奇妙な声をあげ、大きく頷《うなず》いた。

「おいどん、薩摩の中村半次郎《はんじろう》ごわす」

名は聞いたことがあった。薩摩で、一、二の腕だという。居合のほか、示現流《じげんりゅう》の手練《てだ》れだという話だった。

「見て欲しか」

男が、いきなり抜刀した。なんの殺気もなく、土方も沖田も微動だにしなかった。

「兼定《かねさだ》か」

中村が宙に翳《かざ》すようにした刀を見て、歳三は言った。

「さよう」

中村は、放りこむような仕草で、刀を鞘《さや》に収めた。歳三も、刀を抜いた。中村が、顔を近づけてくる。

「兼定ごわすな」

「さよう」

歳三は、ゆっくりと鞘に収めた。中村が、じっと歳三に眼を注いできた。

「戦場で、お会いもそう」

中村が、踵《きびす》を返して駈け去っていく。

「驚きました。副長を斬る気があったわけではなさそうですが。それにしても、いい腕をしていますね。いるのですね、あんな男も」

「戦場で会おう、と言い捨てて去ったな」

「帰りましょう、副長。せっかく飲んだ酒が、冷めてしまいました」

歳三は、沖田と並んで歩きはじめた。

三

時勢の流れは、人を変える。

もともと野心家であったが、なんであろうと利用できるものは利用して、のしあがろうというものまで、かつては伊東甲子太郎に感じることはなかった。

いまは、新選組を利用しようとしている、と山南は思った。おまけに、先を見通す能力も持っている。

聞いていても、惚《ほ》れ惚《ぼ》れするほど、弁舌はさわやかだった。おまけに美男で、剣の腕も立つ。しかし、江戸の一介の道場主だった。それが、時勢を動かす京で足場を作るために選んだのが、新選組という組織だった。そこで、人と人、人と組織の繋がりを作りあげ、別の方向へ転進していく。

伊東は、勤皇論者《きんのう》であった。水戸学の影響も受けている。それが底にあったとしても、やはり伊東は、幕府につくより朝廷につくべきだ、と利得で嗅《か》ぎ分けていた。公武合体などということも、混乱を収拾させるための一時の方便で、やがては朝廷を担ぐ勢力と幕府の対立になる、と読んでいる。

そこで新選組を二つに割り、朝廷側につくつもりなのか。あるいは、もっと別の方策を立てているのか。

山南は、伊東と二人で話す機会も多く作った。しかし、そこで探りを入れようとはしていない。伊東がなにか言い出すのを、ただ待っているだけだった。

死を自覚した時から、山南にとって、勤皇も佐幕も、どうでもいいことに見えはじめた。志そのものが、色褪《いろあ》せたと言っていい。ただ、消えない情念はある。新選組に対する思いであり、土方への友情であり、沖田やほかの者たちをかわいいと思う心情だった。

考えてみれば、些細《ささい》なものだけが、心の中に残っている。些細なものこそが、ほんとうは大切なものだったのではないか、とさえ思いはじめていた。

開国も攘夷も、勤皇も佐幕も、これから生きる人間が拠《よ》って立とうとするものにほかならない。死が見えた瞬間に、すべてが色褪せる。無残なほど、色褪せるのだ。

「伊東君、いま隊士の人望は、君に集まっている。しかし、土方をないがしろにするなよ。あの男あってこその、新選組だ」

土方を弁護することも、山南はしばしば言ってみた。それは山南の、乱を好まぬ常識的な部分が言わせているのだ、と伊東は判断しているようだった。

「私も、あえて土方さんと事を構えようという気はない。しかし、いまの隊規は、非情にすぎないだろうか。どこか、隊士が気を抜くところも必要なのだ、と私は思う。それについては、臆《おく》せずに言っていくつもりだ」

隊規の厳しさで、土方への反感を徐々に煽《あお》る。伊東は、そういう方法をとっているようだ。まずは、効果的なやり方と言っていい。

それに、ひっそりとしたものだが、近藤は妾宅《しょうたく》を構えた。それについて、伊東はなにも言おうとしないことで、近藤を味方にしようとしている気配もある。

近藤は、成りあがりのやりそうなことを、臆面もなくはじめたと言っていいのかもしれない。

「山南さん、幕府はやっぱり、もっと朝廷を大事にすべきではないだろうか。私は、帝《みかど》の権威を幕府が利用しすぎると考えている。いま行われようとしている長州征伐にも、勅命《ちょくめい》を利用している」

「帝の御意思が、長州を潰《つぶ》すことにあるかどうかは、誰にもわからんが」

「長州を潰すなら、幕府だけでやればいい」

「尊皇という意味では、長州は他に劣るものではない、と私も思うが。しかし、伊東君、新選組は会津藩預りで、そういうことに関係する立場にないのだぞ」

「誰もが考える。上から下まで、誰もがこの時勢を考える。私も、考えた通りのことを言っている。新選組でも、そういう意見を出し合い、会津侯に上申するなり、朝廷に奏上するなりすればいいのだ」

政争に朝廷の権威が利用される。それは幕府だけがやっていることではない。むしろ、反幕派の方に、その傾向が強いと言ってもいい。いや混乱の中で朝廷の権威が利用されるのは、歴史の常ではないか。

それは言わず、山南はただほほえみ返す。

伊東は、さまざまなことで議論を挑んできたが、山南にはその底の浅さがうんざりするほどよく見えた。尊皇攘夷という、志として語られる大義も、やはり底が浅いと、山南には見えていた。尊皇攘夷論者が、いまの日本の政治を任されたとして、攘夷をほんとうに貫けるのか。そのために、米国、英国、仏国などと、国の命運をかけて闘えるのか。

「私は、新選組をただの人斬りの集まりにしたくない。浪士狩りも、一時は必要だった。新選組の存在が、京の治安を回復させたことも、間違いのない事実だが、やがてそれは、役目として必要なくなる」

伊東は、山南の前で少しずつ本音を吐きはじめた。山南がこの小物から訊《き》き出したいのは、具体的になにをやるつもりか、というだけのことだが、さすがにそれはまだ口にしない。

山南は、伊東よりずっと大物に、翻弄《ほんろう》されていた。勝海舟である。長州征伐が決定されてから、にわかにその動きが活発になっているのだ。

長州が潰れることで、この国の火種が消える。勝は当然そう考えているだろうと思ったが、実はまるで逆の動きをしているという。

薩摩の西郷吉之助《きちのすけ》と、しばしば密会している、と勝自身の口から聞いた。伏見の、新門辰五郎が妾《めかけ》に構えさせた家でである。そこには、幕臣だけでなく、脱藩浪人などもよく集まっていた。

長州征伐は幕府をあげて行われるはずだったが、一方の主力である薩摩が、交戦に消極的だという噂《うわさ》が流れていて、長州藩の降伏恭順ですべてを終らせようとしている動きもあるのだという。

勝海舟が、どこまで先を読んでいるのか、山南は必死に探ろうとした。

はじめて会った時から、もう七、八度は会ったことになる。突っこんだ話もした。勝の喋ることの中に、徳川家という言葉はしばしば出てくる。長州を潰してはならないように、徳川家を潰してもならない。一度、そう言ったこともあった。

長州征伐で、実際に交戦すれば、長州藩領は焦土《しょうど》と化すだろう。幕閣も、薩摩も、はじめはそのつもりだったはずだ。そうすることにより、一時的にはこの国はひとつの考えに統一される。あくまで一時的で、時勢の流れから見れば、瞬間にすぎないかもしれない。長州という共通の敵を失えば、幕府と薩摩は対立する。その時、土佐は、肥前《ひぜん》は、どう動くのか。いずれにしても、薩摩は幕府との対立の、表面に立たなければならない。

そういうことを、勝海舟は、西郷吉之助に説いたのだろうか。

自分の人生の終りにさしかかった時、とんでもないものが見えてきた、と山南は思っていた。必死でそれを見つめようとはしているが、見きわめたところで、なにができるわけでもないという、冷めた思いもまたある。

ただ、新選組はこれからも存在していく。土方も、沖田も生きていく。

思えば、北辰一刀流をきわめた自分が、田舎の実戦剣法である天然理心流《てんねんりしんりゅう》に惹《ひ》かれ、試衛館に出入りするようになったのは、土方や沖田や井上源三郎《げんざぶろう》らに、なにか熱いものを感じたからではなかったか。名門にはない、なにか。生きることへの貪欲《どんよく》さ。そういうものが、試衛館にはあった。そして、土方や沖田や井上は、それぞれに違ったかたちで、一途だった。

「氷川坂下の殿様は、人のありようについて、諦《あきら》めているようなところがございましてね。あっしなんざ、軍艦奉行にまでなって、なにを拗《す》ねてるんだと思いますが、そういうことでもねえと、山岡様《やまおか》はおっしゃいますし」

新門辰五郎が、しみじみとした口調でそう言ったことがあった。

病は、確実に進行していた。

なにかを食う。すると、冷や汗が出るような痛みに襲われる。吐くと楽になるのだが、山南はその痛みに耐える方を選んだ。

しばしば、特に夜中だが、いきなり襲ってくる痛みと較べると、それはかわいいものだった。いきなり襲ってくるといっても、予感のようなものは必ずあり、だからその間、人を避けることもできた。

もっと生きたい。切実な思いとしてそれはあったが、心の奥に押しこめておくようにした。意味のない欲求だからだ。

「山南さんは、新選組が議論ばかりしている集まりになることを、もう認めてしまっているのですか？」

沖田に、一途な瞳で見つめられながら、そう言われたことがある。沖田は、いくらか悲しそうでもあった。

「私が、しばしば伊東君と話をしていることを言っているのか、総司？」

「伊東参謀とだけでなく、私や井上とは、話をするのも避けておられるように見えます、山南さんは」

「それは、悪かった。私と話をしたければ、いつでも応じるが」

「勤皇がどうの、佐幕がどうの、という話ですか？」

沖田の眼の中にある反撥の光が、山南には眩《まぶ》しいほどだった。人を斬る。新選組は、命じられた人を斬る。それだけでいいというのは、自分のためにだけ動こうとしている伊東などと較べると、ずっと純粋で、人の持つ真実があった。生きる。その点についてだけは、沖田は誰よりも切実な思いを抱いている。俺も同じだよ、という言葉だけ、山南は沖田の前で呑みこんでいた。

長州征伐は、勝海舟が言っていた通りになった。長州は、主謀とされた三名の家老を切腹させ、保護していた公家《くげ》を太宰府《だざいふ》に送ることで、領地が焦土と化することを避け得た。幕府は、大袈裟に真剣を持ち出し、ただ素振りをして終ったという感じだった。

勝海舟は、西郷吉之助という男を、うまく利用したのか。あるいは西郷の読みが、勝の思惑と一致したのか。

怪物のような男たちがいる。

山南は、そういう感慨に襲われただけだった。自分の視線とはまるで違うものが、この時勢を動かしている、という思いだけが募った。

長州征伐が交戦なしで終ったことについて、会津侯は悲憤慷慨《ひふんこうがい》している、という話が伝ってきた。それに合わせるように、新選組では近藤の思いが隊士に語られた。

八十名近くになった、全隊士の前である。

「長州が、ほぼ無傷で幕府の討伐を凌《しの》ぎきったいま、再び、長州を中心とした攘夷派浪士の、京への流入がはじまるだろう。新選組は、それを阻止せねばならん。京を護るということは、帝をお護りするということであり、勤皇の志を全うすることでもある。いずれ、上様も上京されよう。浪士といわず、長州藩士も斬ってよい。上様が帝をお護りになる。その前線にいるのが、われらなのだ」

旗本が言っているような言葉で、近藤のいまの心境をよく表わしていた。再び浪士の京への流入がはじまる、ということについて以外は、著しく時勢への認識も欠いている。

「会津、薩摩におくれは取れぬ。身を挺して帝をお護りするのは、われらである」

隊士の中には、鼻白んだ表情をしている者と、感激に身をふるわせている者がいた。

近藤は、実直である。その実直さを山南は嫌いではなかったし、頂点に立つ者の威風が漂い出しているのもいい、と思っていた。ただ、なにかを語るべきではない。もともと勤皇の思いは抱いているが、それはこの国の人間のすべてがそうだと言ってもいい。わざわざ口にすることでもないのだ。

新選組と言えば、江戸では大変な人気であったというし、そういうものに近藤も惑わされはじめているのかもしれなかった。

確かに、新選組には、実力はある。三百の兵に匹敵すると言ってもいいだろう。五百の藩士を京に置いている藩でも、実戦部隊は二百ちょっとというところだ。大藩でないかぎり、京に常駐しているのは、百前後というのが多かった。そういう意味では、実戦力は相当なものと言える。

しかし、会津藩預りの、浪士にすぎないというのも、また事実だった。将軍が帝を護り、平和に国論が統一されれば、必要のない組織でもある。

「伊東に影響されたかな、いささか」

土方が、ぽつりと言った。

「帝をお護りするということについては。あとは、増長だという気がする」

「俺は、近藤さんが好きなのだよ、山南」

「俺が言ったことが、悪口に聞えたか」

山南の居室だった。土方が山南の部屋に入ったというだけでも、隊士たちは注目しているだろう。

「おまえが担ぎあげる人間としては、ふさわしいのかな、あの程度が」

「なんだと」

「俺は、帝と幕府を一体のように語って欲しくないのだよ」

山南の眼を、土方が覗《のぞ》きこんでくる。

「帝は永久不変でも、幕府は変る。徳川の前は、どうであった。その前は？」

「山南、言っていいのか、そんなことを」

少しずつ、声が大きくなってきた。すでに、外にも充分聞えているだろう。

「ものも言えないような隊規を作ったのは、おまえだろう、土方。だから、俺が言っているのだ。隊士がこんなことを言ったら、おまえは許すまい」

「それが、おまえの新選組に対する考えか。許さんぞ、山南」

「私は、おまえの上にいる総長だ。それを忘れるな、土方」

山南も、怒鳴り声をあげた。

「江戸を出てきた時のことを、考えろ、山南」

「ここは、京だ。時勢の流れが、すべて集まる京だぞ」

「話にならん」

土方が、腰をあげ、障子《しょうじ》を開けると出ていった。

土方にしろ山南にしろ、隊内で怒鳴り声をあげることなど、ほとんどなかった。隊の空気が、凍りついたようになっている。

怒鳴り合いの効果は、すぐに出た。

伊東から、宴席の誘いがあった。それも直接ではなく、伊東が江戸から伴った、腹心の隊士を通じてである。伊東と二人きりならということで、山南はその申し出を受けた。

目立たない、旅籠が用意してあった。

「土方と、あまり事は構えない方がいい、山南さん」

むき合って座ると、すぐに伊東はそう切り出してきた。

「根に持たれると、厄介だぞ」

「だからと言って、黙っていろと言うのかね。伊東君？」

「なにを言い争ったかは、訊くまい。とにかく、土方と対立するのはやめておけ」

「議論がないところに、なにが生まれるというのだ？」

「気持はわかるが、もうしばらく耐えてくれないか。山南さんと、声は揃えられると思う。しかしいま、土方を孤立させるのもよくない」

「そうだな。孤立すればするほど、土方は隊規で隊士を縛《しば》りつけようとするかもしれん」

伊東がほほえみ、頷いた。

もうしばらく、と伊東は言った。つまり、時機を待って、なにかやるつもりだ、と言ったようなものだった。そのあたりが、伊東の無防備なところではある。

「山南さんは、北辰一刀流では、私の大先輩に当たる」

伊東が、銚子《ちょうし》を差し出しながら言った。

「山南さんの噂は、よく聞いたものですよ」

「もう、剣の時代ではないさ、伊東君」

「私も、そう思いますよ。蛤御門の話を聞いていても、火器の時代になったのだ、と考えざるを得ない。薩摩藩の一斉射撃で、それまでの長州軍の勢いは止まったそうではありませんか」

剣で闘いたい者は、剣で闘えばいい、と山南は考えていた。火器の時代などと得意になって言ったとしても、土方などとうの昔にそう考えていた。

あまりうまくない酒を、山南は一刻ほど飲んだ。伊東の話は、およそそうだろうと予想できるものから、なにも出ていなかった。

屯所の自室へ戻ると、山南は襲ってきた痛みに耐えた。なんという痛みなのだ、と思う。自分が自分でなくなり、人が人でなくなってしまう。そう思えるような痛みだった。この痛みは、多分、死ぬまで続くのだろう。人生にとりついた、痛みのようなものだった。

少しだけ、吐いた。吐くことはあったので、押入れの中に桶《おけ》をひとつ用意してある。血が混じった吐瀉物《としゃぶつ》だった。血は、多く出る時もあれば、まったく出ない時もあった。

いつの間にか、紅葉の季節も終りはじめていた。山頂から山裾《やますそ》に、火が燃え移るように動いていた赤い色も、もう麓《ふもと》に達しそうになっている。それも、やがては燃え尽きる。紅葉が燃え尽きるよりも、もう少し長く自分は生きられそうだ、と山南は思った。

新選組は、軍資金が潤沢《じゅんたく》になっていた。長州征伐に参加を要請されると踏んで、かなり無理な資金集めをやった。ほとんどが、大坂の商人から出させたものだった。それがいまごろ集まり、結果として隊を潤すことになった。軍資金は、借入れるという名目だが、貸す方も借りる方も、返済が行われるとはまったく思っていない。だから、徴発と言ってもよかったが、実力が認められないかぎり、それはできない。利にさとい大坂の商人たちが、あまり抵抗せずに金を出すほどの存在に、新選組はなっている。

山南は、金についてのことなど、どうでもよかった。伊東の肚のうちは、ほぼ読めている。勝海舟の肚を読むのに、必死だった。それが読めさえすれば、自分は死んでもいい。そう思っていた。勝の読みが、この国の今後を決めていくような気がする。

勝が神戸にいる時も、山南は出かけていった。のべつそばにいる山南を、勝はうるさがりもしなかった。面倒な時は、ほとんどいないような扱いで、暇な時は差しむかいで酒を飲もうとしたりする。そのあたりも、勝という男が、山南にはよくわからなかった。

伏見の、新門辰五郎の家には、しばしば出かけた。辰五郎は、大抵在宅しているからである。一橋慶喜から呼び出されたり、勝海舟がやってきたりで、江戸にいる時より忙しいと言っていた。

山南は、歓迎されている、という気がしていた。よく一緒に飲みたがったからである。若い者相手では、両方とも気詰りなのだ、と辰五郎は言っていた。若い妾はいるが、それに溺《おぼ》れるような歳でもないらしい。

「長州は、やっぱりぶん殴っちゃいけなかったのかい、山南さん？」

「さあな。勝様あたりが、考えられたことなのだろうが」

「庭の中まで、殴りこみをかけられたようなもんだろう。やくざだったら、やり返すね。でなけりゃ、馬鹿にされる。行って、むこうが謝ったからって、許しゃしねえよ」

「そう考えているやつらを宥《なだ》めるので、勝様も大変なようだぜ」

「氷川坂下の殿様が、総大将ってわけじゃなかった。あの殿様が総大将なら、やる時はやるよ。俺は先代のころから庭の手入れに行っていて、あの殿様が小せえ時から知ってるんだ。やる時は、やったよ、必ず」

「そうか」

「まあ、いいわな。戦となりゃ、やくざの喧嘩《けんか》より、ずっと多くの人が死ぬ」

やる時は、やる。勝を見ていると、山南もそう思った。やる時を、いつと決めているかなのだ。

「山南さんも、新選組じゃ、思う通りのことができねえだろうな」

「どういうことだい、そりゃ？」

「俺は火消の頭だから、わかるんだよ。若いもんを束ね、死地に駈けこませるのがどういうことかってね。あんたもそうだが、土方の旦那《だんな》は、もっと大変だろうね」

辰五郎の話を聞いていると、時々感心することがある。誰も見ないような角度から、辰五郎はもの事を見る。

「山南さん、死に急いじゃいけねえよ」

「ほう、そう見えるかい？」

「見えるね。ほとんど死んでるように、俺には見えることもある」

辰五郎は、酒を飲んでいた。山南も盃に口をつけていたが、あまり飲まなかった。辰五郎に、無理強いされたことはない。

「毎年、桜を見ましょうや、山南さん。あれを見ていると、俺は生きていてよかった、と思うようになった。桜が、俺のために咲いてくれたってね」

来年の桜が見られるのか。山南は、なんとなくそんなことを考えた。

第三章　散る花

一

山南《やまなみ》の全身からは、静かな気配が漂い出している。それがどういうものか、沖田には判別できなかった。不用意に打ちこむと、いきなりすべてが凍りつくような返しが来る、と肌が感じていた。沖田の知らない、山南だった。これが真剣だったら、この気配はほとんど耐え難いものだろう。木刀で、これほどのものが伝わってくるのだ。

全身に、汗が滲《にじ》み出していた。顎《あご》の先からも、滴《したた》り落ちていく。躰《からだ》が熱いわけではなかった。芯《しん》の方は、冷え冷えとしているのだ。そのくせ、汗だけは体表に滲み出してくる。気圧《けお》されながら、同時になにか不思議に懐かしいもののようにも、その気配は感じられた。なんなのか、考える余裕はない。

ふっと、押してくるもののすべてが消えた。山南が、木刀を下げる。沖田は、はじめて肩で息をした。取り巻いていた隊士たちからも、息を吐く気配が伝わってきた。

「強くなったな、総司《そうじ》」

山南の口調は、穏やかだった。

「山南さんこそ」

喘《あえ》ぎながら、沖田は山南が汗ひとつかいていないことに気づいた。

「いままでの山南さんとは、まるで違っていました。別の人のように」

山南がほほえみ、縁にあがっていった。

めずらしく、山南から言い出した稽古《けいこ》だった。対峙《たいじ》し、構え合ったまま終るのがいつもの二人の稽古だったから、見ていた隊士たちは、緊張はしても、別段おかしな感じは受けなかったはずだ。

しかし沖田には、山南が変ったことがはっきりとわかった。気になるが、言葉では言いにくいようなもどかしさがあった。

庭では、ほかの隊士たちの稽古が再開されている。

汗を拭《ぬぐ》おうと思ったが、それはもうひいていた。

このところ、山南は外出が多い。隊士の出動に同行することなど、なくなっていた。それが、おかしなことだとは思わない。探索方の山崎烝《すすむ》など、屯所《とんしょ》にいることの方がめずらしいぐらいだ。

それでも沖田は、山南が変ったと思っていた。伊東甲子太郎《いとうかしたろう》という、あまり好きにはなれない男が入隊して、山南と親しくなったためというのも、どこか違う感じがした。自分から遠ざかったと思いながら、すぐそばにいると感じてしまったりもするのだ。総司、と呼びかける声には、いままでにはない深い親しみがこめられているような気もする。

山南の剣には、以前からどこか風格があった。近藤は豪剣で、土方《ひじかた》は不屈の剣という感じがある。江戸で、沖田は山南の風格に憧《あこが》れた、というところがあった。その風格を、山南はいまも失っていない。

しかしさっきの稽古は、まだ沖田を戸惑わせていた。圧倒してきた気配とは別に、山南がたえず自分になにか語りかけ続けていたような気がしてくる。

「おい、おまえの剣と山南の剣、どこか似てきたな」

ほかの隊士の稽古を見ていると、土方がそばに立って言った。

「見ていたんですか？」

「ぶつかり合っていた。人が心に抱く悲しみのようなものがな。俺には、よくわからんが」

土方は、謎のようなことを言った。次の言葉を待ったが、土方はなにも言わない。

一番隊に出動命令が出たのは、その日の夕刻だった。

長州の桂小五郎《かつらこごろう》が潜伏、という情報があったようだ。二番隊もともに、土方が直接指揮をするらしい。隊伍を組んで行くのではなく、三々五々に、潜伏先と見られる旅籠《はたご》の近くに集結した。

「一番隊、行け。外に追い出すのだ。桂は、殺すなよ」

土方が言った。

一番隊の九名は、声もかけずに旅籠の戸を蹴破り、二階に駈けあがった。

浪士が、五人いた。備えはあったのか、即座に抜き合わせてくる。沖田は、桂小五郎の姿を捜した。斬撃《ざんげき》が来る。無造作に沖田は踏みこみ、浪士の腹を突いて、すぐに刀を引き抜いた。二人が屋根から外へ逃げようとし、もう二人は抵抗するので、隊士に取り囲まれて斬り伏せられていた。

「いませんね」

下へ降り、沖田は土方に言った。土方も、それほど情報を信用していたわけではなかったらしい。軽く頷《うなず》き、引き揚げの声をあげた。沖田が突いた浪士だけが、死んでいた。四人を捕縛《ほばく》したというかたちだ。

「副長、私は二本松の方を一応回ってみようと思うのですが。ひとりで」

捕縛した四名を、新選組が屯所へ連行する。別働隊がさらに動き続けていると思わせないためには、ひとりがよかった。二本松には、薩摩《さつま》藩邸がある。このところ、浪士の逃げ場所が、薩摩藩邸になっていた。

土方は、ちょっと考えるような表情をしたが、頷いた。特別に、単独行動を許すということだ。

沖田は、急がなかった。

まだ宵《よい》の口であり、新選組の隊士が駈けていれば目立つ。だんだらの羽織も、脱いだ。駈けてはいないが、沖田の足は速かった。二本松の薩摩藩邸が見通せる場所まで来て、闇《やみ》に紛《まぎ》れるように、沖田は塀《へい》のそばに立った。こういう場合、待つのは一刻半とかぎられていた。土方が決めたことで、理由は知らない。決められた通りにするというのが、沖田の習い性になっていた。

沖田は気配を殺したまま、昼間、土方に言われたことを思い返していた。人が心に抱く悲しみがぶつかり合う。意味がありそうで、しかしわからなかった。

伊東甲子太郎が入隊してから、山南と土方の仲は険悪になったと言われ、そうかもしれないと沖田も思っていたが、いくらか違うのではないか、という気もしてきた。山南は確かに変ったが、それは自分が思っていたような変り方だったのだろうか。毎日のような外出といい、怪我から復帰した山南には、わからないところが多い。しかし、いままでにない気配で圧してくるものの、剣の風格そのものは変っていないのだ。

半刻ほど待った時だった。

人が駈ける気配があった。沖田は、塀から背を離し、駈けてくる影の前に立った。二人。

不意に、沖田を強い気配が打った。

桂ならば、薩摩藩邸に入る前に、斬る。そう決めていた。藩邸への入口は、沖田の背後である。道を塞《ふさ》ぐというかたちで、沖田は立っていた。

強い気を放っているのは、前にいる男だった。見憶《みおぼ》えがある。この気にも、一度接した。薩摩の中村半次郎《はんじろう》。土方と同じ、和泉守兼定《いずみのかみかねさだ》を差料《さしりょう》にしている男だ。そして背後のひとり。見憶えはなかった。聞かされていた、桂小五郎の特徴とは、まるで違っている。闇の中でも、それはわかった。

「なんかっ」

中村が声を出した瞬間に、沖田は気を発した。中村が、跳び退《すさ》る。

「おう、襲撃か。誰ぜよ」

土佐《とさ》の訛《なまり》がある、と沖田は思った。それ以上、見定める余裕はなかった。中村の影が、嘘《うそ》のように近づいてきていた。次の瞬間、沖田は全力で横に跳んだ。腹のところを、切先が掠《かす》めていった。全身に、粟《あわ》が生じる。無意識のうちに、抜刀していた。

中村は、示現流《じげんりゅう》の打ちこみの構えをとっている。沖田は、突きを出す構えだった。気が張りつめぶつかり合った。固着は動かない。相討ち。沖田はそう思った。というより、躰で感じた。それしかない。

剣が、同化する。躰になる。動いたところに、自分の死があり、相手の死もある。これほどの手練《てだ》れと対峙するのは、京へ来てはじめてだった。

死ぬるかもしれない。沖田の思念の中に、それがよぎった。それから、すべてがとけて無になった。

跳び退った。中村も退《さ》がっていた。二人の間に、鞘《さや》ごと大刀《だいとう》が落ちていた。もうひとりの武士が、投げこんだようだ。張りつめていた空気が、攪拌《かくはん》され、散り、曖昧《あいまい》なものになった。

「たまげたぜよ、おまんら。名乗らんで、殺し合いかよ。わしゃ肝《きも》がこまいきに、こがいなこと、よう耐えられんのじゃ。二人とも、死ぬぜよ」

男の声が、さらに空気を掻《か》き回した。

「新選組、沖田総司さあでごわすな」

中村が言い、兼定を鞘に収めた。

「ほお、新選組の沖田。京じゃ、名の通った男じゃのう。わしらは、薩摩藩邸に行くところだがや。新選組、敵でもなきゃ、味方でもないきに。通してくれんかのう」

のこのこと男が出てきて、大刀を拾いあげた。邪気のない男だった。沖田も、刀を鞘に収めた。いまのところ、薩摩も土佐も敵というわけではなかった。

道をあけると、二人は沖田の前を擦り抜けるように通り、ふり返りもせず、藩邸の門の方へ行った。

ひとりになると、羽織を拾って、沖田は歩きはじめた。桂を待とうという気は、なくなっていた。待ったところで、来るはずもない。

死ねるかもしれない、と思った自分を思い返しながら、沖田は屯所にむかって歩いた。中村半次郎と対峙している間、自分の内部にあったのは、喜びではなかったのか。

京へ来て、労咳《ろうがい》に罹《かか》った。なぜとは、もう考えなかった。ひどく血を喀《は》いたのが二度。一日に数回は、血の痰《たん》が出るし、時として軽い咳《せき》が止まらなくなる。いずれ、遠からず死ぬ。労咳とは、そういうものだ。血を喀いて、死にたくなかった。体力が尽きた時、やわな腕の相手に、むざむざ斬られたくもなかった。相討ち。中村半次郎とは、多分それでしか結着はつかないだろう。望み得ないほどの相手だった。

自分は、死ぬのがこわいのではない。ぶざまに死ぬのが、こわいのだ。そのためには、殺し合える手練れが必要なのだった。

屯所へ戻った。

捕縛されたうちの二人は無傷で、取調を受けているところだった。

「早かったな」

土方はなにも訊《き》かず、短くただそう言った。

長州が、闘うことなく降伏してから、藩士の京潜入は増え、出動の機会も多くなっていた。しかし、これはと思うほど腕の立つ相手と、沖田は出会わなかった。池田屋のような、ぎりぎりの争闘もない。

それからも、三日に一度ほどの出動はあったが、のちに放免されるような、ただの浪士を捕えるだけのことが多かった。

庭での稽古以来、沖田の山南に対する感情は、また微妙に変ってきていた。いま、新選組の中で、まともに沖田と稽古をしようなどという隊士はいない。本気で突きを浴びせたりするからだ。

山南に、腕の衰えはなかった。むしろ、気では沖田を圧倒した。そういう山南のありようが、単純に沖田は嬉《うれ》しかった。

年の瀬になっても、山南の外出は続いた。土方がそれを咎《とが》めないのは、ただ総長という立場を考えてのことだけではない、と沖田は感じていた。

しかし山南がどこへ行こうと、土方がなにを考えていようと、沖田には大きな関心はなかった。沖田が求めていたのは、激しい争闘の場だった。

「総司、来い」

近藤は、よく沖田を連れ出した。局長であり、剣の師でもある。近藤にかわいがられることも、沖田には嬉しかった。それに、近藤と一緒にいても、面倒な時勢の話などは出ない。むしろ、剣の話になることが多かった。

「おまえの突きは、一対一ではそれに勝るものはあるまい。しかし、多人数を相手の時は、突いた瞬間にほかの者の攻撃を受けかねない。工夫するのは、そこだな」

「はい。深く突きを入れず、刀を撥《は》ねあげます。それで、流れの中で上段に構えを取ることができます。突いた相手を斬り降ろすことも、ほかの相手の攻撃に移ることもできます」

「まだ、見ておらんな、その攻撃は」

「池田屋で学んだことです」

「そうか。あの時は、俺も必死であった」

近藤の胆力がどれほどのものか、池田屋でよく見た。あの乱戦の中での落ち着きは、常人では考えられないほどのものだった。それで沖田も、落ち着いて太刀《たち》捌《さば》きを考えることができたのだ。数人を斬ったところで、いきなり絶息しそうになり、血を喀いて立っていられなくなった。死ぬのだろう、とどこか冷静に考えた。自分にむかって、振り降ろされてくる刀も見えた。それを弾き飛ばしたのが、近藤の刀だった。あの時のすさまじさを、沖田はいまでもよく憶えている。

「今年も、終るな、総司。新選組は、大きく立派なものになった」

盃《さかずき》を口に運びながら、近藤がしみじみとした口調で言った。

二

大坂南堀江《みなみほりえ》の谷万太郎《まんたろう》の道場で、山南は待っていた。軍艦奉行の勝海舟が、大坂城に入ったという。京にいることが多い一橋慶喜《ひとつばしよしのぶ》も、大坂である。

谷万太郎は、隊士扱いではあるが、正式なものではなかった。ただ、池田屋には近藤隊に属して斬りこんでいる。三兄弟で、兄の三十郎は新選組七番隊長、弟の周平《しゅうへい》は、近藤の養子となっていた。自然、万太郎の道場は大坂屯所という恰好《かっこう》になり、新選組の京以外での活動の拠点となっている。

三兄弟で誰が道場を継ぐかということになり、槍の谷と呼ばれるほどだった万太郎が継いだのだった。

大坂に来ると、いつも一昨年の斬り合いのことを、山南は思い出した。ひとりで、五人を相手にすることになった。大坂での浪士探索に六人の隊士を率いてきていたが、成果がなく、隊士を宿に帰してからのことだった。

ちょっと気にかかることがあり、不眠不休で動いた隊士を休ませ、ひとりで調べようとしたのだ。五人とは、いきなり出会《でくわ》した。新選組は、まだ壬生浪《みぶろ》と呼ばれたころで、名は高まっていない。ただ、存在は知られていた。いきなり五人が抜刀し、山南も抜き合わせた。五人のうちの三人は、いい腕をしていた。

あの時、斬り死にするかもしれない自分に、山南はなんの疑問も感じていなかった。ひとりでも多くを斬り倒す、と思っていただけだ。長い争闘だった、という気がする。五人とも斬ったが、現場に残っていた屍体《したい》は三つだけだったという。仲間を置き去りにして逃げたところを見ると、残りの二人も相当の重傷だったのだろう。

あそこで死んでいれば。いまでも、時々そう思う。新選組隊士として、純粋なまま死ぬことができた。芹沢鴨《せりざわかも》や新見錦《にいみにしき》の一派を粛清《しゅくせい》したのも、新選組を純粋な組織にするためだった。命が長らえ、隊務に復帰しようと考えている時も、純粋なものを信じていた。それだけでいいのかと思いはじめたのは、病を得てからのことだ。

それからは、新選組について考える日々だったと言っていい。

道場へ、新門辰五郎《しんもんたつごろう》からの使者が来た。慶喜がいるところに、いつも辰五郎はいる。慶喜は、京へ戻るのだという。勝は何人かで淀川を溯《さかのぼ》って京へ入ると、辰五郎が知らせてくれたのである。

　京までの船上なら、かなりの話ができる、と山南は思った。相変らず、勝海舟《かつかいしゅう》という男の肚《はら》の内は読めないままだ。

　船着場で待っていると、現われた勝の一行の中に、山岡鉄太郎《やまおかてつたろう》がいるのが見えた。

「おう。山南さんではないか」

　山岡が、懐かしそうに声をかけてきた。

「なんだ、おまえ」

　勝が、苦笑しながら言う。

「そうか。辰五郎だな。あいつ、山南とちゃんと話をしろと、このところうるさく言いやがる。どうやって、あの親爺《おやじ》をたらしこみやがった？」

　山岡のほかに三人供がいたが、山南は顔を知らなかった。

「この間、うちの坂本がおまえのところの沖田と会ったようだぜ。薩摩の中村半次郎と一緒の時で、顔を見るなり、喧嘩《けんか》犬《いぬ》みてえに抜き合ったらしい」

　船の舳《へ》先《さき》に腰を降ろすと、勝が言った。

「沖田がですか」

「すげえ剣を遣《つか》うそうだな。中村っていう薩摩芋《さつまいも》もよ。見ていて、息が詰って、それだけで死ぬかと思った、と坂本は言ってやがった。あれはあれで、肝の据《す》わったやつなんだが」

「そうですか」

はじめて聞くことだった。沖田が薩摩の中村とやり合ったという話は、隊にも報告されていない。

「坂本《さかもと》が大刀を間に抛《ほう》り投げて、やっと収まったそうだ」

沖田は、坂本龍馬《りょうま》を知らなかったのだろう。知っていれば、そのままひきさがるわけはなかった。知らなくてよかった、とも言える。薩摩の中村半次郎とやり合えば、結着がどうなったかはわからない。

「俺も、剣がすべてってやつを何人か知ってるがね。みんな馬鹿みてえに、澄みきってやがる。坂本の弟分みてえなもんだろうが、岡田以蔵《いぞう》なんてのもそうだな。それからここにいる山岡。新選組の連中は、みんながみんな沖田と同じというわけじゃねえらしいな」

「みんな、時の流れの中で、喘いでいます。時に、自分が喘いでいることに気づかなかったりしていますが」

「そりゃあ、おめえと土方のことじゃねえな」

それから勝は、長州藩の藩論が再び覆《くつがえ》ったという話を、ぽつぽつと語りはじめた。昨年末、馬関《ばかん》を襲ってそこに拠《よ》った高杉晋作《たかすぎしんさく》が、幕府への徹底恭順の姿勢を崩そうとしない藩中枢を糾弾《きゅうだん》し、戦闘で穏健派を一挙に殲滅《せんめつ》させたのだという。

「これから、長州は倒幕と騒ぎ立てはじめるんだろうな。うまくいかねえもんだ」

「長州藩を消滅させる、いい機会ではありませんか、勝様」

「利いたふうなことぬかしやがって、山南」

勝は山南から顔をそむけ、川面に眼をやった。船は、ゆっくりと溯上《そじょう》している。

「長州に元気が出りゃ、新選組は人斬りの集まりのまんまだぞ。おめえや土方は、それでいいのかい？」

「それが時の流れならば」

「心にもねえこと言うな。なんだって、おめえは俺のところへ通ってきやがる」

「できれば、別の道も探りたい、と思っているのは私個人の思いです」

「おめえや土方の思いが、新選組の思いだろうが。俺は、そう思ってるよ」

「勝様の思いは、幕府の思いですか？」

「幕府に、思いなんてもんがあるか、いまの幕府によ。みんな、頭ん中が百年前のまんまだ。おいら、幕府なんてもんはもうねえと思ってる」

「しかし、あります」

「かたちだけな。そうだってことが、これから少しずつ見えてくるだろうさ」

「勝様は、その幕府の中枢におられます」

「いるもんかい。おいらなんざ、縁の端に座らされてるだけだね。そのくせ、なんかあると便利に使おうとしてきやがる」

「幕閣《ばっかく》と、対立されることもあるとか？」

「これまでのは、対立なんかじゃねえ。ほんとの対立は、これからはじまるな」

長州が、また倒幕派になった。これは藩論が二転三転しているということではなく、もともと底流には、倒幕の思想があるのだ。ならば、薩摩はどうなのか。

「なあ、山南。おめえ、俺がどんな見通しを持ってるか訊《き》きてえんだろうが、俺は古い男でね。徳川の臣だ。徳川家のことしか頭にねえよ。こんな時代は、自分でなんでも見定めて、決めていくしかねえ」

「私は、勝海舟という方に、強い関心を持っているだけです。こういう時の流れの中で、徳川家のことをどう考え、なにをされていくのか。それは、私が新選組のことを考えるのと、同じことかもしれないという気がしております」

「いやだなあ、山南。この国は、なるべくしてこうなっちまったんだろうが、生きているのがつれえと思うことが多すぎる」

「勝様でもですか？」

「のっかってきやがるんだよな、肩に。いろんなやつが、のっかってきやがる」

勝は、まだ水面《みなも》に眼をやっていた。

船が、かすかに揺れ続けている。風は冷たかった。供の武士がひとり、勝の肩に合羽のようなものをかけた。

「京に近づくと、心まで寒くなってきやがるなあ。俺はこれから、自分がなにをやらかすんだろうと、こわくなることがある」

勝の喋《しゃべ》り方は、いつものようにぽんぽんとした調子がなかった。それだけ、心の底が浮き出している、という気もした。

それ以上、京まで勝はあまり喋らなかった。山南も、問いかけはしなかった。

「痩《や》せたな」

別れ際に、山岡がそう言った。山南は、ただほほえみ返した。

屯所に戻ると、近藤に呼ばれた。

「石蔵屋《いしくらや》の件では、谷万太郎など、ずいぶんと意気が揚がっているのだろうな」

大坂で、谷万太郎を中心とする四名が、攘夷派《じょういは》の浪士ひとりを斬っていた。京に新選組がいるので、浪士が大坂を拠点に動く傾向がこのところ出てきている。近藤の質問は、そのことに集中していた。

「土方とは、あまり事を構えるなよ。伊東君を私は買っているが、新参であることに変りはないのだ」

さりげなく、近藤は最後にそれを付け加えた。自室に戻る途中で、久兵衛《きゅうべえ》に呼び止められた。鉢《はち》になにか入れている。

「鴨の身を長く煮こんで、擂鉢《すりばち》で擂《す》り、出汁を加えたものです。少し食っていただけませんか、山南様」

面倒な気分があった。腹が減れば、なんでも食う。しかし、食うはなから、吐いてしまうのだ。それに食った時、それほどひどくはないが、しばらく痛みが持続する。

「土方様が、作ってみろと言われましたので。沖田様にも、差しあげてあります」

いらん、と言おうとした山南を制するように、久兵衛が言った。

「沖田は、どういう具合なのだ？」

「時々、咳が止まらなくなるそうです。しかし、滋養のあるものを食えば、力が回復してくるのも、はっきりわかるのだそうです」

俺は、沖田より十年以上も生きている。久兵衛にそう言おうとし、見つめてくる眼を見て、山南は言葉を呑《の》みこんだ。

「土方様だけでなく、沖田様もこのところ、山南様のことをしきりに心配されております。

私も、心配です」

「沖田には、自分のことを心配するように言え、久兵衛」

「それは、もう」

伊東が、呼んでいた。しばらく待ってくれと言い、山南は鉢を受け取った。

部屋にやってきた伊東は、大坂の事情と、谷万太郎のことを訊きたがった。池田屋の斬りこみでは、沖田や永倉《ながくら》と並ぶ手柄を立てながら、正式な隊士として京へ来ることはなく、大坂に留まり続けている。しかも、特に探索の活動に打ちこんでいるわけでもない。

隊士の状態や思想的な傾向を、以前から伊東は調べあげていた。谷万太郎のことも、その中のひとつになるのだろう。兄は七番隊長で、弟は近藤の養子である。

近藤が周平を養子に迎えたのは、家柄が気に入ったからかもしれない、と山南は思っていた。備中《びっちゅう》松山藩の上士の家である。近藤には、そういうところがあった。

「伊東君、谷は駄目だよ」

山南は、誘うように言ってみた。

「でしょうね。そちらの方へ、入れておきます」

なにが駄目かも訊かず、伊東はあっさりと誘いに乗った。山南の言い方に、満足した気配すらある。

ひとりになると、山南は障子《しょうじ》を開け、庭の方に眼をやった。山南の居室からは、井戸と、庭の端が見えるだけである。出動しているのか、庭に隊士の姿はなかった。

梅の蕾《つぼみ》は、まだふくらんでもいない。京は、これからまだ何度か雪が降るだろう。勝海舟が船上で言ったことを、山南は思い返していた。なにか、重要なことを言った、という気もする。それを感じとれない自分が、いくらか哀れな気もした。

久兵衛が、井戸で水を汲《く》み、なにか洗いはじめた。山南は、飲み干した鉢のことを思いだし、声をかけた。

「お口に合いましたか、山南様？」

「うまい。沖田の労咳にもいいだろう」

「時々、小さな血を喀《は》いておられます。掌《てのひら》に出たものを見せて貰《もら》いましたが、労咳で喀く血というのは、きれいなのですね。真紅で、黒みを帯びた濁りなどなく」

「あの血を、沖田は補わねばならん。無理にでも、食わせてやってくれ」

「山南様も」

頭を下げ、空になった鉢を持って、久兵衛は井戸の方へ戻っていった。

腹に、痛みは持続している。深夜に襲ってくる痛みの激しさとは、較べものにはならない。このところ、ちょっと気になる程度という感じになった。そして、あの鉢の中身は、耐えられないほどの吐気を起こさせるほどではなかった。

どこかで、隊士が笑い合う声が聞えた。姿は見えない。山南は、まだ芽も出ていない梅を、じっと眺めていた。

三

あやふやな情報に振り回されて、隊士を出動させる機会は多かったが、斬り合いはそれほど起きなかった。長州《ちょうしゅう》藩士が、また大挙して京に潜入してくるというのは、いまのところ杞憂《きゆう》に終っている。

筑波山《つくばさん》で蜂起した水戸天狗党《てんぐとう》が、加賀《かが》藩に投降していた。全国的に、攘夷派は劣勢に立ち、長州のみの力ではそれを押し返せない、という状況になっていた。土佐勤王党《きんのうとう》も、藩内での立場を守るだけで、精一杯のようだ。

歳三《としぞう》は、夜の京をひとりで歩くことが多くなった。時に島田魁《かい》が、時に沖田がついてきたりしたが、ほんとうは毎日ひとりで歩きたかった。

自分を狙っている人間がいる。どこだかはっきり特定はできないが、狙われていることは、肌で感じていた。新選組に恨みを持つ浪士なのか、それとも隊内の誰かか。

自分の命が狙われているということが、歳三には新鮮なことだった。いままで、ただ人の命を狙ってきたのだ。狙われながら動くことが、どういう気分なのか知りたかった。ぎりぎりの斬り合いをしてみたい、という思いもあった。

島田魁や沖田がついてくるのは、なにか感じるものがあるからなのだろう。どうしてもついてくるという時は、拒みはしなかった。二人が、同時についてくることはない。島田は監察方で、探索も仕事である。そして、探索というようなことを、沖田はあまり好んでいない。島田と沖田の間には、わずかだが溝に似たようなものがあるようだ。

沖田が山南についていくことはないので、歳三の単独の外出には、やはり危険なものを感じているのだろう。ただ、沖田は一番隊長であり、出動に備えた待機が多い。それを放棄することは、許されていなかった。

時には、伏見《ふしみ》のあたりまで、足をのばしてみる。今夜は、そういう道を歳三は歩いていた。伏見には、新門辰五郎が妾《めかけ》に構えさせた家があり、そこでは勝海舟に出会う機会もあるはずだった。

勝がなにを考えているか、見定めるのは山南に任せていた。ただ、勝はどこかで偶然出会ってみたい男ではある。

京市中から、ずっと尾行《つけ》てくる気配を歳三は感じていた。それは、伏見に入ってからも続いている。尾行てくる者たちの決心がようやく定まったのは、新門辰五郎の家の近くまで行った時だった。前に二人、後ろに二人という恰好で、囲まれた。

「新選組の土方だな？」

「だったら？」

抜刀が、その答だった。

歳三は、四人に眼を配った。

ここで斬られれば、それまでの命というだけのことだ。大坂で五人を相手にして重傷を負った山南も、同じようなことを考えていたのかもしれない。

「名乗れんのか、おまえら？」

みんな若い。二十歳そこそこか、と歳三は思った。ひとりだけ、腕が立つ。そんなことも、歳三は見てとっていた。指揮者らしいのは、その男ではない。

「京から尾行てきて、名乗ることもできんというわけか」

「兄が、新選組に斬られた」

歳三は、それ以上は訊かなかった。

刀の柄に手をかけ、横に走った。

「逃がすな」

声が迫ってきた。多人数を相手にする時は、かたまらせないことだ。真直ぐには走らず、途中で方向を変える。斬撃。ひとりが、先回りをしていた。それをかわし、歳三は真後ろから走ってきた男の方に踏みこみ、躰がぶつかりそうになる刹那《せつな》、抜き撃ちを浴びせた。深くはないが、胸から、振りあげた腕の内側まで斬った。男がうずくまるのを眼の端に捉えながら、歳三はまた走った。三人が、囲むように立った。それ以上は走れず、歳三は正眼《せいがん》に構えた。斜め後ろの左右に二人、正面にひとり。囲みを、じりっと詰めてきた。右後方の男。かすかな気の乱れを感じた瞬間、歳三は跳躍していた。左横一文字。手応えはあったが、右の二の腕に熱さに似たものを感じた。一番の腕利きだと思った男が、横を駈け抜けていたのだ。

二人と、むかい合った。右腕の出血がどの程度なのか、と歳三は思った。腕が動かせないことより、出血による眩暈《めまい》の方がこわい。死の淵に立っている。肌がそう感じ、粟を立てていた。

対峙する。左の男の圧力が、支えきれないほど、重たかった。ここで走る。打ちこむ。なにをやっても、また傷を受ける。それもよかった。一歩。歳三の方から踏みこんだ。左の男も、踏みこんできた。右の男に、一瞬の逡巡《しゅんじゅん》が見えた。そちらにむかって、歳三は跳んだ。右袈裟《けさ》に斬り降ろし、躰を倒して、左の男の斬撃をかろうじてかわした。そのまま躰を転がし、勢いをつけて立った。すぐ眼の前に、男がいた。刃風を起こす剣を、なんとか右に躰をひねってかわした。

正眼に構えを取り直す。わずかな余裕はあった。対峙し、はじめて歳三は肩で大きく息をした。汗が、全身を濡らしている。膠着《こうちゃく》した。男の切先は、ぴくりとも動かない。

歳三は、あらゆる思念を払いのけた。心気にかかっていた靄《もや》のようなものが沈澱《ちんでん》し、澄みわたってくる。

男の息遣いが、はじめて耳に届いた。心気がぶつかり合う。気が満ちるのを、歳三はただ待っているだけだった。

どちらでもなかった。ほぼ、同時に動いていた。

位置が入れ替った。互いに正眼に構え合う。男の額から、ぷつぷつと血が玉のように浮き出し、一本の線になった。それから男は、眼を開いたまま、ゆっくりと倒れた。

懐紙で、兼定の血を拭った。

「見事ですな、土方さん」

声が聞こえた。聞き憶えがある。

歳三の前に立ったのは、山岡鉄太郎だった。不意に、闇が闇らしいものになった。月明りのある闇だった。

「山岡さんですか」

「ただ見ていたわけではないが、外に飛び出したら、見ていようという気になった。最初のひとりを斬り倒したところでしたよ」

山岡は、倒れている者をひとりひとり覗《のぞ》きこみ、鞘の下緒《さげお》などを解き、手早く血止めをしはじめた。新門辰五郎の家のそばで、襲われたことになる。若い衆も五、六人出てきて、山岡の指示で動きはじめた。

「鉢を断ち割られたひとりは、駄目だな。ほとんど、即死に近い。若い者が、伏見奉行所に走った。あんたの傷の手当てをしませんか、土方さん」

右の二の腕に、痛みがあった。最後の男と対峙した時は、傷を負っていることさえ、歳三は忘れていた。

辰五郎の家に入った。辰五郎自身で、晒《さらし》と酒を持ってきた。

「新選組の土方を襲うのだ。四人とも、そこそこ腕に覚えはあったのだろう。特に最後のひとり、三人が倒されても慌てていなかった」

「鉢を割ろうと思ったわけではないのだが、刀はそう動いたらしい」

「見事なもんでしたよ。新選組は、寄ってたかって人を斬ると聞いたこともあるが、逆なこともあるのだなあ」

山岡は、辰五郎が毒消しに持ってきた酒を、勝手に飲みはじめた。辰五郎の手当てはすぐに終り、歳三は促されるまま、新しい着物に替えた。

「みんな強すぎますね、新選組は」

「身を護る稽古は、欠かしていませんから」

「いや、稽古ではない。実戦で身につけたもの、と俺は見た。まあいい、辰五郎を訪ねてこられたのでしょう、土方さんは？」

笑って、山岡が徳利を歳三に差し出した。

辰五郎の家に、勝海舟はいなかった。

しかし、山岡鉄太郎に会えた。予想していなかった、意外な出会いではある。江戸で結成された浪士組に加わり、中山道《なかせんどう》を京へ上ってきた。その時、浪士組の監察としてついていたのが、山岡である。芹沢鴨も一目置いていて、山岡の前では大人しかった。

「新選組は、こうならざるを得なかったんだろうね、土方さん？」

山岡がどういう意味で言っているかわからず、歳三は黙って酒を口に運んだ。

「この間、山南さんに会ったが、新しい道を探っているようにも思えた。見ていて痛々しいほど、痩せていたな」

「ほう、山南に」

「どうも、勝さんを待ち伏せていたな。京まで淀川を一緒に溯ってきたんですよ」

「山岡さんは、京へお役目ですか？」

山南がどう動くかは、あまり気にしないようにしていた。自分に見えないものが、山南には見えている、と歳三は思っている。

「役目といえば、役目かもしれん。博奕《ばくち》へ行ってね。辰五郎親分にやり方を習ったんですが、欲がなかったせいか、二十両も儲《もう》けちまった」

「京の博奕場ですか？」

「公家《くげ》の屋敷でね。勝さんには負けてこいと言われたのに、勝っちまった」

京では、公家が屋敷を博奕場に貸すことが多くなっていた。生活のためだが、そうでない場合もある。岩倉卿《いわくらきょう》の屋敷など、客に紛れて浪士が出入りしているという情報もあるが、新選組は手を出せない。

辰五郎が、若い者に酒肴《しゅこう》を運ばせてきた。

「三人は、それぞれ重傷ですが、命は取りとめるようです。山岡様の血止めがよかったようで。伏見奉行所じゃ、新選組の土方歳三を襲ったやつらってんで、肝を潰したみたいですが」

辰五郎は、そのまま腰を落ち着けて飲みはじめた。

「山南様、なにか必死になっておられますね、土方の旦那《だんな》？」

「そうかな。隊内では、ごく普通に見えるが」

「いや、あれは尋常じゃねえ。なぜそうなのか、土方様は御存知なんでしょう。あっしは、いやな気がするんですよ」

「俺たちは、新選組だよ、親分」

「ですよね、新選組だ。だけど、あっしはそれだけじゃねえような気がしてます」

「どういうことだ？」

「いやね、氷川《ひかわ》坂下の旦那が、ただ幕閣じゃねえというように、土方様も山南様も、ただ新選組じゃねえ」

辰五郎の言い方は、どこかぼんやりしたものだったが、鋭いところを突いている、という気もした。新選組が、新選組でなくなる。山南が模索しているのは、まさにそういう道だと言ってもいい。

「山南さんは、勝さんのなにを見きわめようとしているのだ、土方さん？」

「見きわめなければならないものが、勝様にはあるのかな。人を拒まず、言いたいことは言う。そういう性格が理解できず、斬るなどと哮《ほ》えている旗本御家人はいるようだが」

「勝さんは、俺が斬らせない。剣を通してしかもの事を見ることができない俺など、及びもつかないものを、あの人は見ているよ。こんな時代には、ああいう人は必要なのだ。山南さんは、勝さんがなにを見ようとしているのか、知りたがっているのだ、と俺は思うね」

「たとえそうだとして、なにか意味があることなのかな？」

「俺はそれを、土方さんに訊きたいね」

「山南に、訊けばいい」

「それが、できなかった。あれほど憔悴《しょうすい》した山南さんを見るとね。そのくせ、眼には気力が溢《あふ》れている」

最後の命を燃やしているのだ。それを、歳三は山岡に言いたかった。

辰五郎が、歳三の盃に酒を注いだ。

「氷川坂下の旦那にゃ、二つしかねえですよ、土方様。徳川様と、この国だ。滅法先の先まで見てるくせに、思いは古い。まるで違うこの二つが、なぜかあの殿様をうまく支えてるような気がしますね、あっしは」

「俺も、そう思う。徳川という古いものを抱えて、長州や薩摩や土佐や、ほかのどこよりも、先の先へ行こうとしている、という気がするね。山南さんは、それを見ようとしているんじゃないだろうか。なぜなのかは、わからんが」

「もうよさないか、山岡さん。俺はさっき、新選組の土方として、人を斬ったばかりなんだよ」

「土方様は、山南様になにか預けておられるんですね。物なんかじゃなく、もっと大事なことをですね。山南様を見ていると、そう思います。なにかを、預けられてるってね」

「親分も、もうよさないか？」

「そうでござんすね。その方がいいかもしれねえ」

山岡も辰五郎も、土方がなぜひとりで伏見にいたのかは、訊こうとしなかった。山岡が、博奕の話をはじめた。剣客と呼ばれるこの男が、そういう話をしてもおかしくないのが、歳三には不思議だった。

四

伊東が開いた帳面には、全隊士の名が列挙してあった。名の上に、丸印がついたものがある。それがなにを意味しているか、山南にはよくわかっていた。

「ところで、会津《あいづ》侯が東下されるという。将軍家上洛の要請のためだ。土方はその同行を希望して、会津侯に申し入れ、断られた」

山南が言うと、伊東は帳面を閉じた。

「それが、なにか？」

「前回、近藤さんが江戸へ下った時は、あんたを入隊させた。違ったかな？」

「謎かけか。つまり、自分の息のかかった隊士を江戸で集める、ということだね、山南さん」

「会津侯に断られたが、いずれ土方は江戸へ行く」

「どういうことはないな。この丸印は、四十六名に達している。さらに、点がついていて、やがて丸に変るという者が、十二名はいる。いまの段階で、すでに半数は押さえたと言っていいのだ」

その半数がなんのためか、伊東は口にしない。しかし、底は浅い。新選組を分裂させようとしていることは、明白だった。

まるで商売人のように、人の心を摑むのがうまい。伊東には、そういうところがあった。伊東はまだ分裂を口にしたことがなく、隊内にひとつの集団を作ることに、心を砕いている。

あわよくば、新選組そのものを乗っ取ろうとしている、という気もした。丸印がついた隊士が、七十名を超えるようだと、それも現実味を帯びたことになる、と山南は考えていた。

そして隊士ひとりひとりが、命をかけて作りあげた新選組が、伊東の野望の道具になる。

その前に、土方は伊東を斬るだろう。しかし、傷は大きい。傷口を小さくするのも、自分の役目だと、山南は考えていた。

「問題は、一番隊長の沖田だな。二番隊長の永倉は、近藤や土方に批判的なところを持っているし、三番隊長の斎藤一《はじめ》は、私に心酔しきっている。八番隊長の藤堂平助《とうどうへいすけ》然《しか》り。土方が江戸で何人連れてこようと、私は気にしていない」

「沖田は、俺の弟のようなものだ、伊東君」

「だからと言って、こちらへ来るとはかぎるまい」

「説得はできる。少なくとも、俺に逆らうなという説得ぐらいは」

「沖田とあんたの稽古を見ていると、そんな気もしてくる。しかし、もうひとりの兄が土方で、父が近藤だ」

伊東の構想から、近藤ははずれつつあった。頂点に担ぐ人間として、伊東は山南敬助《けいすけ》という、扱いやすい男を発見したのだ。

やはり甘い、と山南は思った。自分を見きわめていないし、斎藤一という、土方のひそかな腹心も、味方と信じ切っていた。

こういう男が新選組を動かせば、外からいいように利用されるだけだろう。

三条大橋のそばの旅籠の一室で、山南はそこで伊東と会うことが多かった。

伊東については、軽い相手だということが、山南にははじめから見えていた。

押しても引いても、動こうとしない重たさを持った相手が、勝海舟だった。考えていることが、大きすぎる。しかし心の中には、徳川家という、古い意識がある。この二つが両立できるとは、山南には思えなかった。

「幕府方で手強いというのは、誰だろう、山南さん。勝海舟あたりかな」

幕府方という言葉を、山南は頭に刻みこんだ。場合によっては、新選組を反幕に転じさせる。そこまで、伊東は考えているのかもしれなかった。

「勝海舟は、勝手な言動がただ目立っているだけだ。力もない。力から言うと、やはり強いのは会津侯だろう」

「大名だからな」

頷きながら、伊東が言った。

「それと、一橋慶喜。諸侯を糾合する立場を、崩していない」

「まったくだよ、山南さん。あんたの言う通りだ」

「いざとなった時、土方は強いぞ、伊東君。会津侯も一橋慶喜も、平然と利用する男だと思う。話し合いで新選組を割る。それができれば、よしとすることだな」

伊東はなにも言わなかった。新選組を割るという言い方に、まだ馴染《なじ》めずにいるのだろう。

その言葉を口にした瞬間、恐怖が伊東甲子太郎を襲うのかもしれなかった。

「つまらんなあ、伊東君」

「なにが？」

「俺たちは、ただ帝《みかど》を尊《うやま》おうとしているだけだ。しかし、勤皇《きんのう》は反幕だということに、いつの間にかなってしまった。俺は、この国のために、それを憂《うれ》えるね」

「時代の流れが、そんなふうにしたということだと思う。そして私は、その流れには乗っていたい」

つまり、勝つ側につきたい。伊東は、はっきりとそう言っている。それも、新選組という組織ごとだ。大胆といえば、大胆だった。これまでの斬人の歴史は、近藤と土方に押しつけることもできる。

「今後、俺たちはもう、こうやって会わない方がいいかもしれんな、伊東君」

「新選組の、総長と参謀なのだが。土方は、それだけで遠慮する玉でもないな」

山南は、伊東という男を、すでに見きわめていた。だから、会う必要もないのだ。

勝海舟が京へ入っている、と辰五郎から使いが来たのは、その翌日だった。四条大橋のそばの、料理屋の二階に滞留中だという。早速、山南は出かけていった。

辰五郎のところの若い衆が出迎え、すぐに二階に案内された。勝は誰かと会っていて、山南が通された部屋には、山岡鉄太郎がひとりでいた。

「どうも、勝さんには護衛がいる感じになってきてな。俺が勝手にそう思い、勝手にそばにくっついているんだが」

　山岡は、苦笑していた。

　辰五郎が、難しい顔をして入ってくる。

「どうも、水戸天狗党の残党が、一橋様に不穏なことを仕掛ける、という噂《うわさ》がありましてね。氷川坂下の旦那は、それを止めようとしておられます」

　一橋慶喜は水戸藩の出身で、父は斉昭《なりあき》である。水戸の急進的な者たちは、京都政争の主役である一橋慶喜を、どこか当てにしていたというところがあったようだ。しかし、水戸天狗党は、北陸で処断された。

　水戸が、天狗党を潰《つぶ》して、すべて穏健派になったのかどうかは、わからない。

　勝がいつも言う徳川の家ということを考えれば、水戸が純血と言っていい。十一代家斉《いえなり》の時から、徳川将軍家の血はおかしくなった。家斉の父治済《はるさだ》と、親子二代にわたる血が、全国にばらまかれたのである。養子、正室としての輿入《こしい》れというかたちで、一橋家の血が全国の大名に拡がった。水戸藩も例外ではなく、斉脩《なりのぶ》の代に峰姫《みねひめ》を正室として迎え入れたが、子は生《な》さなかった。それが意図的なものかどうかはわからないが、家督は斉脩の弟、斉昭に譲られたのだ。幕府と激しく対立することになった、烈公《れっこう》である。一橋慶喜は、その斉昭の子だった。

一橋は、紀州吉宗《きしゅうよしむね》の血であり、徳川の血筋では傍流となる。その一橋の血が入っていない、純粋な徳川の血としての誇りが、水戸にはあるのかもしれなかった。

「よう、山南か。来ていると思ったぜ。また、辰五郎が呼びやがったな」

入ってきた勝は、いつもと同じ表情をしていた。

「しばらく、泊めていただきます。御身辺が不穏だと聞きましたので、護衛です」

「山岡と、新選組の山南の護衛か。こいつあ、敵なしだな」

勝は、すぐに酒を飲みはじめた。

「こいつ、博奕が弱くってな。俺が神戸にいる間に、せっかく儲けた二十両をすっちまいやがった」

「勝さんが行けと言われたので、私は岩倉卿の屋敷に行っていたのですよ。ほんとうなら、二十両なんて金を手にしたら、そのままやめちまってます」

勝は、山岡に岩倉卿のなにかを探らせようとしたのだろうか。朝廷にも、幕府にも、薩摩や長州や土佐にも、怪物は多くいる。

「山南は、博奕は？」

「いま、やっているところです」

「ほう、銭じゃやねえものを賭《か》けてるってことだな、そりゃ」

「はい、私の命を」

勝の眼が、一瞬光った。

その日、勝は外出せず、深夜まで三人を相手に飲んでいた。山南は、不意に激しい痛みに襲われ、一刻ほど眠るという理由で中座した。その間、下の厠《かわや》でじっと痛みに耐えた。着物が、水を浴びたように汗で濡れ、呻《うめ》きを洩《も》らさないように、山南は袖を噛《か》んでいた。

厠を出た時、辰五郎がやってきて、水と手拭《てぬぐ》いを差し出した。

「なにも訊く気はありませんよ、山南様。ただ、あっしは見ていられねえ。病だってこと、氷川坂下の旦那に言ったらどうなんです？」

「言って、どうなる？」

「山南様が知りたがっていることを、旦那も喋ってくれるかもしれない」

「俺が知ろうとしていることは、勝様自身でさえわからないことかもしれないんだ。だから、俺は勝様のそばにいる。それで、見定めようとしているのだよ、勝海舟という男を」

「難しいことを、考えていなさる」

「簡単さ。男が男を見る。それだけのことなんだ。ただ、勝様を、どこかで凌《しの》ぐ男でなけりゃ、見えもしない」

「そんなもんですか」

「俺は確かに病だ。もう、隠しようもなくなっている。そして俺は、この病で、勝様を凌ぎたいんだよ」

「わかりました。なにも申しません」

辰五郎が、軽く頭を下げた。

上の部屋では、勝はまだ山岡と飲んでいた。

入ってきた山南を見て、二人とも驚いたような表情をした。

「びっくりさせるな、山南。幽霊が入ってきたかと思ったぜ」

「気分がすぐれんのか、山南さん」

「いや、新選組のことを考えていたら、眩暈がしましてね。ぶっ倒れていました」

「そりゃ、眩暈ぐらいするだろうな。俺なんざ、徳川家のことを考えてたら、心の臓が止まりそうな気がするね」

「一体なんなのだ、山南さんや土方さんが考えている新選組とは？」

「見ての通りの新選組ですよ、いまは」

「いまは？」

「山岡さん、江戸で浪士組が結成されたころと、また状況は変った。大きく変ったと言っていいと思うのです。そして、これからも変る。新選組の道を見つけるのが、私や土方のやらなければならないことなのですよ」

　山岡は、じっと山南に眼を注いでいる。

　勝は、ちょっと鼻で笑い、横をむいた。

「俺はな、山南。徳川と国ということについてしか、考えてねえよ。それだけのことだ。俺なんかより、薩摩の西郷だとか、長州の桂だとか、そして坂本龍馬なんかの方が、ずっと先のことを考えてるぜ」

「それは、どうでもいいのです」

「おかしなやつだ、おめえ」

「殿様は、土方を呼び出されました。それがなぜかを、私はずっと考え続け、いまも考えております」

「理由はねえよ、山南」

「心の奥にしかです。そしてそれを、勝様はまだ、言葉では捉えられていない、という気がいたします」

「心の奥にある、自分でも気づいてない理由ってやつがある、ということだな」

「多分」

「俺も、それがなにか、自分で知るために苦しめってことかい？」

「まさか。私はただ、勝様と一緒にいて、同じものを見る機会を、少しでも多く持ちたいだけです。大したものを見なくてもいいのです。たとえば、辰五郎親分の顔でもいい。それだけのことですよ」

「やっぱり、どこかおかしい、おめえは」

「自分でも、そう思うのですが、なぜかやめられません」

「そうかい。わかった。もういい。おめえのような面倒なやつがいると思うと、酒がまずくなる。おめえは、山南じゃなく、ひとりの名なしの男になりな。俺は三日京にいることになってるが、その間、そばにいろよ」

「ありがとうございます」

「ほれ、それよ。名なしと酒を飲んでる。俺にそう思わせてくれなきゃ、うっとうしくていられねえぜ」

勝が、声をあげて笑った。

笑っているのは勝だけで、山岡も辰五郎も、どこか暗い顔をしている。

それから三日の間、山南は一度も激しい痛みに襲われなかった。

山南は、山南ではなかった。勝海舟という男に、なり切った。無論、どこへでも付いていくということはできない。勝は、一橋慶喜と会うために、二条城に行くことが多かったが、滞留中の料理屋の二階でも、公家や武士と会っていた。それにも、山南は同席することがない。

むしろ、そういう時の勝の声など、聞かない方がよかったのだ、と山南は思った。肚の底から、勝が言葉を出すことは滅多にないのだろう、と山南は思いはじめていたからだ。最後の言葉は、肚の底に吸いこむ。それが、勝の鬱屈《うっくつ》の原因になっているような気さえした。

山南を相手にしている時、勝はとりとめのない話しかしなかった。一度、幼少のころを、夜っぴて語りもした。山南の蒲団《ふとん》は、勝と同じ部屋に敷いてあり、眠れない時、勝はかつての女遊びの話をしたり、江戸の話をしたりするのだった。そうしているうちに、勝は眠ってしまう。

どう勝になり切ろうとしても、できるはずのないことでもあった。そういう時も、山南はやはり自分ではなかった。人格もない、ただ眼だけを見開いている生きものにすぎなかった。

「山南さんを見ていると、命がけで奥義を摑もうとしている、剣客のように見えるな。いや死も超越してしまっている」

山岡が、一度そう言った。辰五郎は、世間話しかしなかった。

三日経っても、山南は勝の肚の底の言葉を聞くことはなかった。勝自身も、やはりそれを言葉にはしていないに違いないのだ。

「勝様は、なぜこれほどまで、私をそばに置いてくださったのでしょうか？」

大坂へ下り、神戸へ戻るという勝を見送る時、山南はそう訊いた。

「ん？」

勝は、一瞬、意外な質問を受けたような表情をし、それからちょっと首を傾げた。

「餞別《せんべつ》かなあ、はなむけかなあ。男が、理不尽なものを受け入れるのは、難しいもんだよなあ、山南」

それが、勝なりの別れの言葉なのだと、山南にははっきり理解できた。

もう、二度と勝海舟という男と会うことはないのだ、と山南は思った。不思議に、口惜《くや》しさのようなものはない。心を風が吹き抜けた。そんな気がしただけだ。

勝を乗せた船が、ゆっくりと動きはじめていた。

五

山南が激しく血を吐いたらしいと歳三に耳打ちしてきたのは、久兵衛だった。

山南は、数日屯所を留守にし、一昨日戻ってきていた。その時はふだん通りだったが、血を吐いてからはさすがに起きあがれず、自室で臥《ふせ》っているという。

「桶《おけ》に吐かれた血は、あっしが片付けました。済まぬ、と山南様はひと言だけ言われましたが、あっしはただつらかっただけでさ」

「久兵衛、おまえ、江戸の者か？」

「生まれも、育ちも。ただ、あっしの料理を気に入ってくださる御武家様がおられて、京へ来ることになりました。二年で、亡くなられましたんで、お暇を頂戴《ちょうだい》いたしまして、こちらにお世話になることになったというわけでして」

「武士だな、久兵衛は？」

「七年も前に、刀は捨てました。幸い、刀より包丁の遣い方の方がうまかったもんで」

それ以上のことを、久兵衛は言わず、歳三も訊かなかった。久兵衛は、ただ久兵衛でいい。そう思っていたかった。

新選組の出動の機会は多かったが、浪士狩りの成果はあがっていなかった。長州藩士も、二名捕縛しただけだ。市中の見廻りが、大きな仕事になっている。

山南の部屋に行くべきなのかどうか、歳三は夕刻まで迷っていた。

燭台《しょくだい》を持って山南の部屋の前に立った時は、庭から七番隊、八番隊の出動の号令がかかっていた。通常の出動である。

「山南、入るぞ」

声をかけ、部屋に入った。行灯《あんどん》に灯を入れると、土方は燭台の蠟燭《ろうそく》を吹き消した。山南は、じっと仰臥《ぎょうが》して動かない。

「眠っていたのか？」

「俺にいま、眠る暇はない」

「気負ってるじゃないか」

「いや、普通だ。動揺もしていなければ、興奮もない。俺は静かに、行くべきところへ辿《たど》り着こうと思っている」

「もう、よさないか、山南」

「なにを？」

「おまえが、自分の身を切り刻むようにして、俺の道を考えてくれることをだ」

「おまえの道か。新選組、土方歳三の道。それも悪くないな」

「本気で、止めようとしている、俺は」

「見ている人間ほど、俺はつらくないんだ、土方。血を吐いたが、それでかえって楽になった。俺の吐いた血は、沖田総司が喀いたものより、濁っていたな。どす黒く、余計なものも混じっていた。沖田のような、きれいな血は喀けんよ」

土方は、山南の額に掌《て》を当てた。高い熱はないようだ。

「らしくないことはするな、土方」

「熱に浮かされている。そんな気もしたんでな」

「済まん」

「なにが」

「つらいことは、すべておまえに押しつけて、俺は死ぬことになる。いまさら、なにをと思うだろうが」

「俺は、俺の生き方をするつもりだよ、山南」

「それは、勝手にやれ。しかし、俺は乗り移るぜ、おまえに」

「できるものなら、やってみろ、としか言い様がないな」

山南が、眼を閉じた。歳三ははっとして眼を瞠《みは》った。山南の顔には、明らかに死相が出ている。いや、死者そのものの顔と言っていい。

「身動きができなくなる。それは、こわい。だから俺は、死を選ぶ。俺の選んだ死に方で、伊東一派の大半は抑えられる。江戸から連れてきた十名足らずで、伊東は孤立する。追い出してから、処断すればよかろう」

山南は、また眼を開けていた。眼の光が、死相をどこかへ押し隠している。

「追い出してからだ。内部で揉《も》めるな」

「わかった」

そう言うしかなかった。山南が、どういう死を選ぼうとしているのか、歳三には想像がつかなかった。ただやりきれない思いだけが、心の中を駈け回っている。

「土方、俺とおまえはこんなに性格が違うのに、なぜか気が合ったよな。北辰一刀流《ほくしんいっとうりゅう》では、並ぶ者がいないとまで言われた俺が、天然理心流《てんねんりしんりゅう》の田舎剣法に惹《ひ》かれて、試衛館《しえいかん》に通いつめた。沖田が、俺を慕った。近藤さんが、俺を認めた。しかし、おまえと気が合ったことが、一番大きいという気がする」

「沖田が弟だとしたら、俺は」

「双子の兄弟だ、土方」

歳三が言う前に山南が遮《さえぎ》り、そしてちょっと口もとだけで笑った。

「そんなこともないか。おまえは俺よりずっと強いと思う。そして、その強さがおまえを苦しめるともな」

歳三は、黙っていた。山南は、天井にむけた眼を、一度もそらそうとしていない。

「俺は、読んだよ、勝海舟って男の肚の内を。多分、勝自身でもはっきりと気づいていない肚の内だ」

「そうか、読めたか」

「しかし、とんでもない食わせ者だ、勝は」

山南の声が、風のように部屋の明りを揺らしている。

「土方、水戸藩が、領地を返上し、新たに蝦夷地《えぞち》を賜《たまわ》りたいと、幕府に願い出たことがあるのを、知っているか？」

「斉昭公のころだな。何度か、そんなことを幕府に言ったそうだが、独特の嫌がらせのやり方だ、と評判はよくなかったな」

「あれが、別のかたちで生きるかもしれん」

どういうことか、歳三の頭はめまぐるしく回転しはじめた。

「間宮林蔵《まみやりんぞう》を知ってるな」

「ああ」

「伊能忠敬《いのうただたか》が、この国の正確な地図を作った。それは幕府にある。蝦夷地の地図は、間宮ひとりで作ったと言われているが、やはり正確なものらしい」

「それが？」

「間宮は、蝦夷地の地図を伊能に渡した。正確な海岸線の地図を。何年もかけて、踏査《とうさ》した地図だ」

土方は、黙っていた。相槌《あいづち》も打てないような話になっているのだ、と思った。

「海岸線だけでなく、奥地の地図もかなり正確に作られたらしい。それは、幕府ではなく、水戸藩にひそかに献上されている」

山南の眼が、はじめて土方の方をむいた。

「多分、藩ではなく、斉昭公に献上されたものだろう。鉱山や物産まで、かなり詳しく調べられている」

水戸家と、蝦夷地の地図。まだ、歳三の頭の中では繫《つな》がらない。

「慶喜公は、間違いなくそれを見ていると思う」

山南が、言葉を切った。眼がなにかを語っているのか、歳三はなんとか見きわめようとした。

「間宮林蔵というのは、いろいろ噂のあった男らしい。琉球《りゅうきゅう》と蝦夷地の貿易をめぐって、薩摩と相当やり合ったりしていたし、お庭番の家の出の奉行に直接ついたので、隠密であったという噂まである。晩年は、梅毒を患《わずら》い、江戸の片隅でひっそりと死んだ。その時、生活のかかりを看、藩医を派遣し、薬を届けたのは水戸藩だった」

ないとは言えないことだ、と歳三は思った。しかし、それがなんなのだ。

「蝦夷地には、大きな富がある。薩摩の島津《しまづ》重豪《しげひで》なども、それに眼をつけ、なんとか利権を摑もうとした。琉球との貿易が、その手段だな。つまり、昆布と砂糖の交換。昆布は、清《しん》の奥地で、薬のように扱われている。大変な額になるのだ」

歳三は、息をころした。まだ、山南の話の筋は見えてこない。

行灯の明りが、ぼんやりと山南の顔を照らし出している。山南は、呼吸が苦しいようではなく、ただ静かで、口調も落ち着いていた。

「長州に落ち、さらに太宰府《だざいふ》に流された七人の公家が、なにをしようとしたか。帝を推戴《すいたい》し、長州と組んで攘夷を天子の意思として実行しようとした。これは、幕府が統轄する国とは、別の国を作ろうとしたことを意味する。そうは思わんか、土方？」

「外国に対して、この国が二つの方針を持つ。極端に言えば、国が二つに割れたと言っていいだろう」

「この国が、二つに割れることがあり得るということだ、土方」

「それは、わかるが」

「以前にも、そういう動きはあった。水戸藩を中心としてだ。領地を返上し、代りに蝦夷地を賜りたいということが、まさにそれを意味していたのだ。水戸斉昭の心の中には、新しい国という構想があったと思う」

「まさか」

「光格帝《こうかく》の事件を知っているか？」

「実父を上皇《じょうこう》にしようとした。それを、松平定信《さだのぶ》が拒絶した。朝廷と幕府の間が、一時険悪になった。そういうことではなかったかな」

「上皇とは、前の帝のことで、帝の実父が必ずしも上皇ではない。松平定信の言い分は、筋は通っていた。しかし朝廷はそこに、幕府内の、もっと詳しく言えば、徳川家の内部の争いしか見なかった。つまり、光格帝の実父を上皇にしてしまえば、十一代将軍の実父が大御所となることを止められなくなる。松平定信と、家斉の間に、そのせめぎ合いがあったのだ」

　家斉の父は一橋治済で、将軍ではなかった。しかし、治済を大御所にしたいという意思が家斉にあって、松平定信と対立していた、ということは容易に想像できる。

「ふり返れば、徳川が幕府を開いてから、朝廷と厳しく対立した唯一の事件があれだった。そしてその時、朝廷の中の急進派の存在が一瞬だが表に出てきた」

「それは、あり得ただろうな」

「水戸斉昭は、一橋家の色で染められていく幕府を、この国を、いや徳川家そのものを、拒もうとした、と俺は思う。しかし、内戦は起こせぬ。だから蝦夷地なのだよ」

　歳三は、山南が言ったことを、脈絡をつけて考えようとした。つまり朝廷の急進派と水戸藩が、帝を推戴して蝦夷地に別の国を作ろうとした、ということなのか。そんなことが、ほんとうにあったのか。

「あの時の新国家構想は、水戸藩というういわば小さな勢力と、朝廷の急進派が結びついたものにすぎなかった。蝦夷地という未開の土地を領土とすることで、内戦は避けられる、という見通しはあったのだろうが、なにせ、幕府が強すぎた」

おぼろに、山南がなにを言おうとしているのか、歳三には見えてきた。

「あの時の新国家構想が、かたちを変える、ということはあり得る」

山南が言った。

「勝の頭の隅《すみ》には、あの時のことがあると思う。はっきりと、勝はそう言ったわけではない。しかし、俺は感じた。なにかのきっかけで、あの構想がかたちを変えて出てくることはある、と思う」

勝海舟が新国家構想を抱くとしたら、どういうことなのか。徳川家、と勝はよく言った。徳川家が、蝦夷地へ渡り、新国家を作るということなのか。そんな想像を絶するようなことが、ほんとうに勝の頭から出てくるのか。

もしそうなら、蝦夷地以外のこの国は、薩摩や長州の国ということか。

「にわかには、信じ難いだろう、土方。俺も、この考えに到達するまでに、数えきれないほど自問をくり返した。最後は、内戦を避ける。少なくとも、国を二分して闘うようなことは避ける。それを土台に考えると、こういうことになった」

「しかし、山南」

「いますぐ、信じろとは言わんさ。頭の隅に、それを置いておいてくれればいい。勝という男、内戦は絶対に避けるべきだ、と考えている。そして、徳川家を潰したくないとも」

この国の覇権を争うということになれば、幕府と倒幕派の内戦は必至だった。それを、勝が避けたいと考えるのは、わかった。だからこそ、公武合体による倒幕論の収束ではないのか。

「おまえが、命をかけて勝海舟とむかい合い、導き出した考えだということは、忘れん」

「なに、大したことではないさ。勝と喋っていると、面白かったし、人を斬ったりするのは馬鹿馬鹿しいと思うようにもなった」

それきり、山南は喋ろうとせず、再び眼を天井にむけた。

底冷えのする夜だ、と歳三は思った。眠ったように見えるが、山南は眼を開いている。腰をあげたが、山南は視線を動かさなかった。遠くで、犬が哮えている。風の具合により、大きく、小さく、聞えるようだ。

縁に出、歳三はそのまま自室の方へ歩いた。まだ起きている隊士たちの、話声も風に紛れていた。

六

翌朝、山南は普通に起きていた。

顔色も、いくらかいいように思える。言葉は交わさず、視線も合わせなかった。山南は、すぐに伊東甲子太郎の部屋に入った。

市中巡回の隊が出動していくのを、歳三は近藤と並んで見送った。妾の家に行っていない時は、出動する隊の見送りは近藤の習慣だった。

「歳、隊士が増えて、俺は嬉しい」

「この屯所では、手狭になりました。西本願寺《にしほんがんじ》と、いま交渉中です。あそこなら、訓練の場所も充分に取れる」

「あまり、無理押しはするな、歳。新選組は、以前とは違うのだ」

「だからですよ。俺は、新選組の力を測るつもりで、交渉しています」

「そうか」

近藤は、庭で稽古をはじめた隊士の方に、ちょっと眼をくれた。

「おまえらしいな、いかにも」

「どうでもいいやつら、と思われたくないでしょう、局長」

「それはそうだ」

このところ、近藤は確かに風格が出てきた。その分、強引さを嫌う。それも人の変り方だろう、と歳三は思っていた。押し出しのよさで、会津侯にも一目置かれている。

山南が、伊東とともに部屋から出てきた。伊東は、ちょっと緊張したような表情で、こちらに視線をむけ、一礼して庭の方へ行った。山南は、こちらを見なかった。

「歳、このところ、山南はあまり隊務に関わっていないようだが、おまえがはずしているというわけではないだろうな？」

「山南は、働いていますよ、誰よりも」

「留守が多いようだが、探索にでも出ているのか？」

「まあ、そんなところです。山南にしかできない探索ですが」

近藤は、それ以上訊こうとしなかった。

山南の姿が屯所から消えたのは、その翌日だった。はじめは外出と思われていたが、近藤の部屋に手紙が残されていて、大騒ぎになった。思うところがあり、隊から抜けるというのだ。

「脱走だな、これは」

隊長を集めた部屋で、歳三は言った。

「そんな」

沖田が叫ぶように言う。歳三は、そちらに眼をくれた。

「捕えなければならん」

沖田と、視線がぶつかった。

「総司、おまえが行け。ひとりでだ」

それだけ言い、歳三は腰をあげた。

「どういうことです、副長。俺に、山南さんと斬り合えというんですか？」

追ってきた沖田が、白い顔に朱を滲《にじ》ませて言った。

「おまえたち、稽古ではなかなか勝負がつかなかった。結着をつけるのに、いい機会ではないか」

「本気で言っているんですか、副長？」

「大津へ行け、沖田。山南は、そこにいる」

「えっ」

眼が合った。束《つか》の間《ま》、沖田はなにか考えたようだった。

「逃がせ、と言ってるんですね、副長？」

「おまえが逃がそうとしても、山南は逃げたりはせんよ。馬で行け。おまえが第一にやらなければならんのは、山南の捕縛だ。それができなかったら、斬ってこい」

捕えたいわけではなかった。しかし、山南は捕えられたがっている。その場で沖田に斬られることはなく、大人しく屯所に連行されてくるだろう。さらになにか言おうとする沖田に一喝《いっかつ》を浴びせ、歳三は大広間に入った。

そこにいた隊士たちは、誰も歳三と眼を合わせようとはしない。ひとりの隊士を呼び、近藤に使いに行かせた。

「伊東君、山南は脱走した。俺としては、残念だがね。訊きたいことも、多くあったのだ。しかし、すぐに切腹ということになるだろうな」

「山南さんが、なにかしたのか、土方さん」

「隊規に反した。脱走は切腹だからな。なにかを守ろうとしたように、俺には思える」

新選組を守ろうとした。それは言葉にできなかった。

「山南さんは、総長じゃないか」

「誰であろうと、同じだ。俺であろうと、君であろうと」

伊東の顔が、蒼白《そうはく》になった。

馬蹄《ばてい》の音が、遠ざかった。沖田は、山南をどう説得しようとするのだろうか。逃げろと言うのか。それとも、脱走は間違いだと説明しろ、と言うのだろうか。いずれにしても、沖田は山南のなにかを知る。理由ではなく、死の覚悟だけを、知るのかもしれない。

凍りついたような大広間で、歳三は近藤の帰りを待った。

市中の巡回に出かける隊が、庭に整列しているようだった。伊東は、自分の部屋に引き返している。

馬があったらしく、近藤の妾宅《しょうたく》からの帰りは意外に早かった。

歳三は、近藤の部屋に入り、むき合って座った。

「どういうことだ、歳。山南が、なぜ脱走せねばならん」

土方は、なにも答えず黙っていた。

「なんとか言え、歳。山南は、いつものように、探索のために外出していた。そういうことだろう？」

「山南は、死ぬんだよ、近藤さん。病に食い散らされて死ぬか、自分で腹を切って死ぬか。切腹することで、山南はこの新選組を守ろうとした」

「病だと？」

「気づいていたろう、近藤さん。あいつの病は、もうどうにもならなくなっていた。痩せ方が尋常じゃなかったじゃないか」

「病だろうとは思っていたが、寝こむほどのこともないものだ、と俺は思っていた。それに、山南が切腹して、なぜ新選組が守られることになる？」

「新選組を乗っ取るか、二つに割ろうか、と考えている人間がいる。山南は、死ぬついでに、それを止めようってわけさ」

「伊東のことか？」

はっとした表情で、近藤が言った。

「多少は、感じていたんだな、気配を。山南は、分裂組に担がれるはずだった。そうすることで、分裂組の人間がどれほどか、探ったんだよ」

「伊東のほか、七、八名じゃないのか？」

「五、六十名。ただ、伊東をうまく追い出せば、七、八名、少なくとも十名以内で済むと山南は見ていた」

「おまえではなく、山南がか？」

「あんたが妾の腹の上にいる時、山南は命を賭けて、それを探っていたんだ」

勝海舟のことは、言わなかった。山南の話は漠然としたものだったし、近藤には理解しにくいことだろう。

「自分が切腹することで、山南は分裂組に傾きかけた者たちを、こちらに呼び戻そうと考え、いま実行しようとしている」

「そうか」

近藤がうつむいた。

「追捕《ついぶ》には、誰を？」

「沖田ひとり」

「しかし、それでは」

「近藤さん、総司は、山南の弟みたいな男だよ。二人きりでの別れの時を、俺は総司にやりたかった」

うつむけた顔を、近藤は動かそうとしなかった。膝《ひざ》の上の拳《こぶし》にだけ、力が籠《こ》められている。それはかすかにふるえているように、歳三には見えた。

「切腹を言い渡すのは、俺だ。いいな、歳。山南が戻るまで、おまえは隊務に打ちこめ」

自分に対する労《いたわ》りだろう、と歳三は思った。山南の気持は伝わった。歳三には、それだけでよかった。

通常と同じように、歳三も近藤も振舞った。

夜が更けると、歳三は自室に籠った。

隊士たちは緊張していたが、取り乱す者はいなかった。伊東の一派数名だけが、落ち着かない表情をしていた。

「よろしゅうございますか？」

久兵衛の声だった。

酒と酒肴を、久兵衛は運んできていた。

「お眠りになれないだろうと思いまして」

「一緒に、飲んでくれるか、久兵衛？」

「私でよろしければ」

久兵衛の挙措《きょそ》は、いつもと同じだった。

「どうしたのだろう、沖田は」

「明日、お戻りでしょう」

「わかるのか？」

「それは。土方様と沖田様は、山南様と最も縁の深い人でございます。山南様も、このようにして、ひと夜、沖田様と飲んでおられましょう」

「山南は、伊東と親しくなっていたが」

「それが、どうかいたしましたか。私は、新選組の隊士ではないのに、新選組の中にいるという、おかしな立場ですが、だからこそ見えるものもあります。人と人の、心の繋がりなどは」

歳三は、それ以上なにも言わなかった。

山南が言い残したこと。それは頭に刻みつけている。もし、山南が見通したことに誤りがないとしたら、新選組はどちらへむかって行けばいいのか。

それこそ、生き残ったおまえが考えろ、と山南は言っているような気がした。やるだけのことは、やった。いま新選組でそう思っているのは、山南ひとりだけかもしれない。

酒は進まなかったが、それでも徳利が一本空いた。

久兵衛が、膳を持って退がろうとする。

「助かったよ。俺は、誰でもいいからぶった斬りたいような気分だったんだが」

久兵衛は、黙って頭を下げて出ていった。

夜明けまで、歳三は自室で腕を組んで座っていた。何度も、反芻《はんすう》でもするように、山南が言い残したことを思い浮かべた。

外が薄明るくなり、早朝の隊士の点呼がはじまっていた。

あと半刻後には、朝一番の巡回が出発していく。

門のあたりが騒々しくなったのは、それからかなり経ってからだった。

山南が戻ってきた、と歳三は思った。

「大広間へ。屯所にいる隊士は、全員集めろ」

近藤の声が響いた。声はそれ以外になく、人が動き回る気配だけが、歳三の部屋には伝わってきた。

歳三は、自室を出て大広間へ行った。

集まってきた隊士は、座らせた。伊東甲子太郎も、蒼白な表情で座った。屯所にいたのは、七十名ほどの隊士だった。どの顔も、みな強張っている。歳三は近藤の席をあけて座り、腕を組んだ。

無腰の山南が、沖田とともに入ってきた。山南は、悲しいほど穏やかな顔をしている。

近藤が入ってきた。山南は、かすかにほほえんだようだった。大広間は、水を打ったようになっている。

「大津にいたと聞いたが、脱走だったのだな、山南敬助?」

「脱走でした」

「なにゆえ?」

「言いたくありません。それより、こうして捕えられたのですから、局長に処分をお願いしたいと思います」

近藤が、緊張するのが、歳三にもはっきりと伝わってきた。十人を相手に抜き合わせても、これほどの緊張は感じさせないだろう。膝に置かれた近藤の手が、握りこまれる。

「脱走ならば」

近藤は言葉を切り、大広間を見渡した。

「隊規に照らして、切腹を命ずる。なにか、言うことはあるか？」

「なにも、ありません」

山南は、軽く一礼しただけだった。

「即刻、切腹せよ」

伊東がなにか言いかけたが、近藤に眼をむけられると、うつむいた。

「山南敬助は総長であるが、隊規に上下の区別はない。それが、新選組である。自室であったところで、切腹を許そう」

それだけ言い、近藤は立ちあがった。

「副長、よろしいのですか？」

井上源三郎《げんざぶろう》だった。

「山南敬助は、脱走により切腹と決まった。当たり前のことが、当たり前に決定されただけだ」

突き放した言い方だったのか、それ以上井上はなにも言おうとしなかった。

「介錯《かいしゃく》は、一番隊長、沖田総司」

誰も、声を出さなかった。ただ沖田だけが、歳三に眼を据えている。

「仕度を」

まるで促すように、山南が言った。歳三が頷くと、沖田が立ちあがった。山南も、歳三に一礼して立ちあがった。

重苦しい時が過ぎた。やがて沖田が、山南の仕度が整ったことを知らせに来た。

「検分しよう」

言って、歳三は立ちあがった。

山南は、あらかじめ白装束を用意していたようだった。端座した山南が、歳三を見てはっきりと笑みを浮かべた。

襷《たすき》をかけた沖田が、山南の背後に立った。昨夜、山南と沖田がどういう話をしたか、わからない。わかりたくもなかった。いまから、山南が死んで行く。それだけのことだった。

「さらば」

歳三は、短く言った。

「先に行く、土方」

おまえを苦しめていた、腹の出来物を断ち割ってやれるではないか。歳三は、それだけを考えていた。

「いいのですか、副長?」

「やめろ、総司。男が別れる時、言葉などはいらん」

「はい」

「横一文字に腹を断ち割っても、慌てて首を落とさないでくれよ、総司。上へ掻きあげる。それから、おまえの腕を土方に見せてやれ」

やはり、山南は、病を自らの手で断ち割りたいのだ、と歳三は思った。

脇差を抜いて懐紙を巻き、山南は無造作に腹に突き立てると、横に引いた。山南の眼が、歳三を見ていた。さらば。心の中で、もう一度歳三は言った。山南の脇差が徐々に上にあがっていく。切り口からは内臓がはみ出していたが、山南の表情に苦痛はなかった。上気した顔をしているだけだ。

脇差が水月《すいげつ》にまで達した時、歳三は頷いた。沖田の気合が、歳三の心の中のなにかを破った。山南の首は、見事に抱き首で落ちている。

「見届けた」

歳三は言った。

沖田の眼に涙が溢れ、頰《ほお》を伝って顎の先から滴り落ちた。

「土方さん」

「泣くな、総司。山南は、おまえの涙など欲しがってはいない」

「はい」

それでも、沖田の眼からは、涙が流れ続けていた。歳三は縁に出、ひとつ息を吐くと、近藤の居室にむかった。近藤は、腕を組み、瞑目《めいもく》していた。

「見届けました」

言うと、近藤はかすかに頷いたようだった。

「葬式は、出します。新選組総長としてふさわしいものを」

「歳、俺は伊東が許せん。山南の死を、別のところへ持ちこもうとしているのかもしれんがな」

「いまは、耐えてください、近藤さん」

わかったと言うように、近藤が頷いた。一礼して、歳三は部屋を出た。

第四章　明日の空

一

慶応元年四月、歳三《としぞう》は江戸へ入った。

名目は、新隊士の徴募であり、伊東甲子太郎《いとうかしたろう》と斎藤一《はじめ》を伴っていた。これで、京にいる伊東派をさらに圧迫できる。伊東も、さらに自分の息のかかった隊士を集めようと、話に乗ってきたところがあった。歳三にとって、そんなことはどうでもよかった。伊東の肚《はら》を山南《やまなみ》が見通した時点で、すでに勝負はついている。

江戸の宿は、試衛館《しえいかん》の道場にした。伊東と斎藤は、試衛館に迷惑をかけるという理由で、別に宿をとった。

隊士の徴募は、歳三の義兄にあたる佐藤彦五郎《ひこごろう》が受け持った。伊東と斎藤は、別に動いている。伊東は斎藤を山南と同じように仲間だと信じきっているが、斎藤は歳三がつけた隠し目付と言ってもよかった。江戸には、まだ藤堂平助《とうどうへいすけ》が滞留を続けていて、北辰一刀流《ほくしんいっとうりゅう》の方から、かなりの応募者が見込まれていた。斎藤は、その人選にも眼を光らせる。

歳三の用件は、ほかにあった。

氷川《ひかわ》坂下である。軍艦奉行を罷免《ひめん》された勝《かつ》は、江戸に戻り、無聊《ぶりよう》をかこっているという。会ってみるのに、いい機会だった。勝も、話をする暇はあるだろう。

「そうかい、山南が死んだか」

氷川坂下の屋敷は粗末で、いかにも貧乏旗本の住いという感じがある。歳三は、幕府の軍制について、いくつかの質問をした。新選組を、幕府の正規軍に加えるという目的を、持っているわけではなかった。勝の答の中から、山南が言い残したことの一部でも、感じ取りたいと思ったのである。

「土方《ひじかた》、おまえなに狙ってやがる？」

「幕府が今後どうするのか。それを知らないことには、新選組の進路も決められません」

「会津侯《あいづ》の下で、言われた通りに働くのが、おまえらだろうが」

「会津藩預りというかたちの間は」

「ふうん」

しばらく話をしたあと、勝は気軽に書簡を一通認《したた》めた。小栗忠順《おぐりただまさ》に宛てたものだ。

「前勘定奉行小栗上野介《こうずけのすけ》と言えば、勝様とは犬猿の仲で、軍艦奉行を追って自らその任にも就いた人物ではありませんか」

「その小栗も、軍艦奉行を追われた。幕閣《ばっかく》の馬鹿どもにふり回されているという点じゃ、俺と同じだな。まあ、会ってみなよ。それからまた、俺のところへ来い」

「そうしてみます」

「山南が生きていたら、一度は会わせたかった男だ。おまえが代りに会ってもいいだろう。変った男だがな」

勝は、ただ笑っている。

神田にある、小栗上野介の屋敷を訪ねてみたのは、翌日だった。前勘定奉行としては、やはり質素な屋敷だった。一部が、横浜の洋館のような造りで、歳三は草履のまま部屋に通され、椅子《いす》に腰を降ろした。

勝の書簡で、小栗が果して会ってくれるものかと思っていたが、気軽な着流しで出てきて、歳三とむき合って椅子に座った。

「新選組ねえ」

面長で、人を睨《にら》みつけるような眼《まな》ざしをする癖があるようだ。

「京じゃ、派手に人を斬ってる。土方という名は確かに聞いたことがあるな。近藤というのもいる」

「幕府のために、それなりの血は流しております。幕閣におられる方々に、面会を申し込む無礼ぐらいは、許されると自ら決めこんで参りました」

「私を、斬るのかね？」

「なぜ、小栗様を私が斬るのですか？」

「私は、幕府を否定している。いまのままでは、当然駄目になる、と思っているからな。それが、君の言う幕閣には、気に入らんというわけさ」

「私は、幕府の将来について、小栗様とお話がしたかっただけです。会津藩預りの身で、僭《せん》越《えつ》とは思いましたが」

「この御時勢で、身分になんの価値がある。私は、幕府が脱皮すべきだと思っている。このままでは、この国は植民地という運命が待っているだけだ」

「英、仏、露のどこかと、力を合わせてですか？」

「私は、攘夷《じょうい》すべきだと思っているよ」

「攘夷？」

「いまのままでは、この国は隷属《れいぞく》した条約しか、各国と結べない。だから一旦攘夷というかたちを取り、国内をまとめ、平等な条約を結ぶのだよ。私はそう思っているが、長州《ちょうしゅう》はなにがなんでも攘夷で、薩摩《さつま》などはその対立を利用しようとしている。おまけに幕閣は、外国に対してきわめて弱腰だ。私の考えなど、両方から糾弾《きゅうだん》されるだけでね」

「上野介様のお考えとは？」

「幕府というものを、なくしてしまうことだよ。新しい政体を作る。それには頂点が必要だが、将軍家がつくもよし、薩長の藩主がつくのもよし。とにかく、この国は脱皮しなければならん。しかし、それがわかっているのは、あの小憎らしい勝ぐらいのものだろう」

饒舌《じょうぜつ》な男だった。次々に吐き出されてくる言葉から、歳三はなにかを読みとろうとした。

「つまらんな、幕閣どもは。井伊《いい》大老が御存命なら、幕閣もこんなふうではなかっただろうが。すべての点で、旧弊《きゅうへい》。この時代に、取り残されている」

歳三を見て、小栗がにやりと笑った。

「いいか、いまこの国がなし得ることは、ただひとつ。国を二分した内戦の回避。だから幕府が、長州、薩摩を各個撃破するのが望ましい。しかし、幕府にその力はない。井伊大老なら、幕府をまとめることはできただろうが」

「できませんか、各個撃破は？」

「できぬ。短期間で、迅速《じんそく》に、そして圧倒的にやらなければならん。外国の手が入る余地がないほどにだ。先年の長州征伐も、中途半端なものに終った。いまやれば、内戦は長引くだろう。幕府は勝てるが、負う傷も大きすぎる」

「しかし、倒幕派はいずれ兵を起こします。多分、その時は薩摩も」

「いまの幕閣どもに、それを受けて立つだけの器量はない。また、受けてもいかん。第一に、内戦の回避なのだ」

「では、どうするのです？」

「だから、京で政争が行われている。あれは、かたちを変えた内戦のようなものだが、国力の疲弊《ひへい》はない」

「しかし、倒幕派は内戦に走ると思います」

「だろうな」

「行き止まりですか、この国は。外国に蚕食《さんしょく》されて、惨《みじ》めに生きるのですか？」

「いまのところ、私にはそれしか見えん。しかし、あの勝など、別の見通しを持っているようだ。気に食わぬ男だ。馬が合わん。しかし、結論は一致している」

内戦の回避がそれだろう。そして勝には、徳川家を守るという考えもある。

「小栗様にとって、徳川家とはなんでございますか？」

「主だ。小栗家は、三河《みかわ》武士だ」

「では、徳川家を潰《つぶ》すことは、考えておられないのですな？」

「徳川家はな。幕府は、とうに駄目になっている。ひとりふたり人物が現われたところで、もうどうにもなるまい」

「ではやはり、列侯会議か公武合体でございますか？」

「そんなものも、国を根本から変えることにはならんな。幕府が脱皮できないのなら、この国そのものが、脱皮するしかあるまい。私は、勘定奉行を三度やって、そう思うようになった。この国は、力を合わせれば弱くはない。民の質もだ」

小栗の肚の底にも、勝の肚の底にも、やはりなにかとてつもないものがある。蠢《うごめ》いている。しかしまだ、二人ともそれを言葉にしてはいない。

歳三は、腕を組んだ。

「新選組は、京で人を斬って、なにを止めようとしている、土方？」

「倒幕の流れを」

「そんなもの、止まりはせんな」

「では、幕府が倒されると」

「倒されるもくそもない。なぜ、幕府が、と考えるのだ。この国が、とどうして考えられぬ。本気になれば、幕府はまだ強いぞ。たとえ倒されるにしても、半年や一年は内戦が続く。その結果は、火を見るより明らかだ」

「小栗様は、どうなさろうというのです？」

「薩摩、長州と、近代化の競争だな。軍だけではない。むしろ産業について近代化すべきであろう。それによって、軍の力もついてくる。そういう前向きの競争をして、勝ったところがこの国を統治する」

まるで夢物語だ、と歳三は思った。そんなことができると、この男は本気で信じているのだろうか。できるのなら、はじめからこういう混乱は起きていない。

「嗤《わら》っているな、土方。確かに、いまの幕閣では、どうしようもない。つまり、できはしないということだ。家柄だなんだと、うるさいことが多すぎる」

小栗は、寄合《よりあい》（無役）にいるはずだ。勝もまた、そうだろう。しかし、地位とか権限とかいうのとはまるで別なところで、この二人はなにかを考えようとしているのかもしれない。

「私が言うことは、ことごとく幕閣には無視される。そのくせ、なにかあるとすぐに召し出し、自分たちの手に負えぬことをやらせては、また捨てる。私も勝も、その点については同じだ」

「やれることの中で、なにかをなそうとはお考えにならないのですか？」

「やれることは、なにもない。迅速に、確実にという意味でだが。少しずつは進むぞ。海軍を育てようという根本の意見では、私も勝も同じであるし」

「しかし、勝様を軍艦奉行から遂われたのは、小栗様だという話ですが」

「勝の海軍操練所は、進みすぎていた。私が止めなくても、潰れたろう。それも、もっと勝に傷を残すかたちで。いまのところ勝は、罷免されたことを除けば、無傷だ。私があえてやったことの意味を、勝は勝なりにわかったのかもしれん。君のような男を、書状を付けて寄越すのだからな」

歳三は、軽く頭を下げた。勝の書状に、なんと書かれていたかは、知らない。

「しかし、土方。私には、これ以上喋《しゃべ》ることはなにもないぞ。こんな時代だ。みんな、自分の頭で考えるしかない」

「われらは、ただ人を斬っているのです、小栗様。しかしなにも考えず、ただ斬れと言われた相手を斬れますか。それでは道具です」

「君が、道具になるまいとしていても、どこか道具ではあるのだ。君だけでなく、私も勝も。国という形体の中で、人は多かれ少なかれ、道具であろうよ」

「どういう道具であるかでしょう。そして、道具と道具が、どう嚙《か》み合っていくか、でもあると思います」

「当たり前のことを言うな。私がなぜ、君と会ったと思っている」

小栗の眼が、一瞬輝きを増した。それが穏やかなものに戻ると、左眼だけがわずかに左へ動いた。眼が、片方ずつ違うものを見ているように思える。眇《すがめ》が、かえって茫洋《ぼうよう》とした印象になっていた。

「勝に言っておいてくれ。海軍はどうしても必要だ。それと同じぐらいに、まず製鉄所も必要だ。そうやって、お互いに折り合っていこうとな」

寄合席にいる旗本が、交わすような言葉ではなかった。いずれは、幕府は自分たちで動かすという気が、二人にはあるのだろう。その、もとになるものはなんなのか。ほんとうに、幕府なのか。それとも、徳川家なのか。

「京の政争はこれからも続き、長州藩士の潜入も増えると、私は見ていますが」

「茶番だ。いずれ勝あたりが、その茶番のまとめに駆り出されるであろうが」

長州を中心とする倒幕派が京に入ってくるかぎり、会津藩とのせめぎ合いになる。そこでは、やはり最初に新選組の力が求められることになるだろう。

「土方、君も少しは時勢を見ようという気があるなら、つまらん人殺しはやめろ。君らが殺す人間の中に、日本を背負って立つ男がいるはずだ。捕えるだけにしろ」

「それができれば、私も気持は楽です」

「だろうな」

また来いと言って、小栗は腰をあげると、そのまませかせかと消えた。

神田の小栗邸を出ると、歳三は氷川坂下まで歩いた。江戸は、平和だった。切迫したものは、なにもない。武士の歩く姿も隙《すき》だらけで、それが当たり前という感じだった。

　氷川坂下の屋敷に、勝はいなかった。

　そのまま試衛館へ戻ると、佐藤彦五郎が蒼《あお》い顔をして待っていた。

「歳さんが戻っていると知って、試合をさせろと座りこんで帰らんのだ。旗本の、次男坊の暴れ者たちでね」

「いいよ、試合ぐらい」

　道場へ行くと、三人の武士が胡坐《あぐら》をかき、羽目板に寄りかかっていた。

「君らか、道場破りは、試衛館はいま、道場主をはじめ、ほとんどの門弟が京へ行っている。道場破りもくそもないのだが、もしかすると新選組への入隊志願か?」

「だったら?」

　ひとりだけは、腕に覚えがありそうだった。

「真剣で、お相手をする」

「ふん、こけ威《おど》しか。道場に試合を申しこみにきて、真剣と言われるとはな」

「入隊志願ならばだ。ただの道場破りなら、木刀か竹刀でいい」

「ほう。それじゃ、木刀を選ばせて貰《もら》おう」

　三人が立ちあがり、それぞれ素振りをはじめた。

最初にむかい合った男は、ほとんど心得もなかった。三度、四度と打ちこみをかわし、それから歳三は水月《すいげつ》に軽く突きを入れた。顔面を紅潮させて、男がうずくまる。

「次」

二人目。少しはできた。木刀を打ち合わせてあしらい、手首を打って骨を砕いた。呻《うめ》き声をあげ、腕を抱えるようにして座りこんだ。

「次」

三人目は、腕が立った。構えを見て、不意に歳三は言いようのない感情に襲われた。北辰一刀流だったのである。山南の姿が思い浮かんだ。眼の前の男と、重なり合いはしなかった。重なり合ってくるには、腕が違いすぎる。いくら腕が立つといっても、ただの道場剣法だった。

それでも、眼の前の男を斬ろうという気に、歳三はなった。全身から、気を発する。それぐらいはわかるのか、構えが硬直した。

じりっ、と間合を詰めた。退《さ》がったら、正面から打ちこむ。その気配は、隠さなかった。さらに、間合を詰めていく。男の全身が、見る間に汗で濡れた。顎《あご》の先から滴《したた》った汗が、床に溜っている。殺す。そう思った。山南と同じ構えが、許せなかった。打ちこんだ。分別は働き、男の額の寸前で、木刀は止まっていた。

男が失禁して、道場の床を濡らした。

歳三は、木刀を降ろした。つまらないことをした、という気分が襲ってくる。

「真剣は、こんなものではないぞ」

歳三は、それだけ言った。

二

新規隊士募集には、七十名ほどが集まった。

そのうち、伊東の息のかかった者が十名ほどいる、と斎藤一が報告してきた。

歳三は一日に十数名と会い、話し、竹刀で立合い、少しずつその十名を採用する者の中から落としていった。腕の立つ者はすでに入隊していて、北辰一刀流は遣《つか》うものの、どこかひ弱な者が多かった。

「副長、どういう規準で選別しておられるのですか？」

試衛館での竹刀の立合を見て、藤堂平助が言った。ずっと、隊士徴募のために江戸に滞留していて、自分にも言う権利があると思ったのだろう。

「頭が大きすぎるやつは、落としている」

「しかし、そういう人間が、今後、新選組では必要になってくるのではありませんか？」

「伊東君がいればいい。いまは、腕の立つ男が欲しいのだ。少数でも、精鋭。それが新選組だよ」

「しかし、落ちた者の中には、それほど悪い腕ではない、と思われる者も混じっていますが」

「たとえば、誰だね？」

藤堂は、三人の名を挙げた。伊東の息のかかった者で、確かにそこそこ腕は立った。

「道場剣法だな。君は、先頭で池田屋に斬りこんだひとりだ。実戦がどういうものか、誰よりもわかっているだろう」

藤堂は、伊東に心酔している。だからといって、必ずしも歳三に反撥《はんぱつ》していたというわけでもない。しかし、今回江戸で会ってみると、態度は頑《かたくな》になっていた。山南の切腹が、どうしても納得できないのだろう。

「それを、どこで？」

「俺は、竹刀でも真剣のつもりで立合った。それが、三人にはまったくわかっていなかったな」

「副長の、勘のようなもので、採用が決められているのですか？」

「その通り。誰かの勘を信用するのがいい、と近藤さんも考えたのだろう。次は、俺でなく伊東君に任せようとも言っていたよ」

次の徴募が行われる、と歳三は考えていなかった。藤堂も、帰隊することになる。

「とにかく、今回は俺の勘だ」

伊東の名を出したことで、藤堂は不満を押さえこんだようだった。それでも、伊東の息のかかった者を、三人ぐらいは歳三は加えていた。

小栗の屋敷には、すでに三度行っていた。氷川坂下には、毎日のように行っている。夜に訪《おとな》うことが多かった。

小栗の話は、どこまでが本気で、どこまでが法螺《ほら》なのか、歳三にはよく読めなかった。半年で、壮大な規模の製鉄所を作り、造船所では軍艦を建造する。幕府が総力をあげれば、薩摩でさえ追いつくことはできず、幕府の力が突出すれば、諸外国もみんな幕府に顔をむける。

旗本も、寄合や小普請《こぶしん》など存在せず、すべて新しい軍制の中に組み入れられる。つまり、無駄なものは、すべて省く。資金は、徹底的に商人から搾り取る。

そうなれば、薩摩や長州などとは、決定的に違う底力が発揮され、倒幕論は急速にしぼむ。

しかしそういうことを言った舌の根が乾かぬうちに、幕府は駄目だ、と小栗は言い出すのだった。

聞いていて、願望と現実が語られているのだと、歳三にもようやくわかってきた。饒舌が、その区別を曖昧《あいまい》にしているだけだ。酒が入ると、特にそうだった。

「新選組の土方に、ひとつ訊《き》きたいことがあった」

「ほう、なんでございますか？」

「人を斬った時というのは、どういう感じなのだ？」

「ひとり目、ふたり目は、しばらく躰《からだ》のふるえが止まりません。巻藁《まきわら》を斬った感じとも、木を斬った感じとも、まるで違います。斬った男の顔が、時々浮かんできたりしますね。しかし、三人目になると、躰もふるえず、それ以上になると、斬ったことさえ忘れてしまうことがあります」

「なるほど。麻痺《まひ》だな。それでは、斬られた時は？」

「命に関わるほどの斬られ方を、私はしたことがありませんが、傷の痛みというのは、だいぶあとで感じるものです」

「死ぬ人間は、どうなのだろう？」

「死ぬと思わずに死ぬ、という場合が多いような気がいたします」

問いそのものは他愛ないものだったが、小栗の言葉には、どこか切迫した響きがあった。

「小栗様。もしかすると、襲われたりしましたか？」

「いや。しかし私は、遠からず勘定奉行に戻る。いまの幕府の財政を、きちんと把握している人間は、私しかいないのだからな」

「それはもう、決まったことなのですか？」

「決められるものか、いまの幕閣に。どうしようもなくなれば、私に言ってくる。そうしても、どうしようもなくなりつつある。私がやりたいことをはじめれば、私を斬ろうという者も出てくる」

「倒幕派の中に、攘夷にこり固まった者がいれば、幕府にもまた、古さにすがりつく者がいるということですな」

「古さにしがみつくのなら、それはそれでいい。力にはなるのだ。会津藩など、藩主を筆頭に、古いものを守ろうとしているのだろう。しかし幕臣は、自分のいまの立場だけを守ろうとする者ばかりだ。私が幕府に絶望するのは、そういう者が多すぎるからでもある」

「そういうことですか」

「大身の旗本から、貧乏御家人まで、禄高を減らされたらどうしよう、ということしか考えておらん。そういう点で、勝の言う徳川論は、ひとつ筋が通っている、と私は認めている。徳川家は幕府ではなく徳川家であり、改易《かいえき》すらあり得るという考え方だ。諸藩と同じように、徳川家も、その存続のために血を流さなければならない。そうしてはじめて、幕臣と呼ばれる家臣も、一致して動くことができる。その時はじめて、徳川家は他藩を圧倒し、新しい一歩を踏み出すことになる」

山南の言う、新国家構想が、おぼろげに見え隠れしていた。しかし、細かいところまでは見えてこない。もっと、時がかかるということなのか。倒幕の流れの中で、それはまだ間に合うことなのか。

「小栗様は、勝様と頻繁に会われたらいかがです。お二人を隔てているものが、それほど大きいとは思えませんが」

「いまだから、私は勝と親しくはできない。むしろいがみ合っていなければならない。私と勝が組んだとなると、それこそ旗本たちが危機感を募らせるであろう。自らの力で獲得したものではなく、遠い父祖が命を的に築きあげた家名が、毀《こわ》されていくと感じるであろうからな」

小栗と勝のいがみ合いは、狸《たぬき》同士の芝居というところがあるのかもしれない。歳三がとやかく言うことではなさそうだ。

「しかし、江戸で隊士徴募とは、新選組も悠長なことをしておるな」

「まさしく、流れの中で、杭にしがみついているようなものです」

「それで、なにを見ようとしている？」

「私は、幕府の動きを」

「君は、か」

「ほかのものを見ている者も、います。それから、なにも見ようとしない者も」

「幕府の、なにを？」

「小栗様を。そして、勝様を」

「それは、幕府ではないな」

「幕府と言ってみただけです。徳川家と言っても構いません」

小栗が、にやりと笑った。

それ以上語ろうとせず、なにも言わずに立ちあがると、小栗は唐突に部屋を出ていった。いつもの、小栗の話の切りあげ方だった。

神田から、氷川坂下の方へ歩いた。

尾行《つけ》てくる者がいる。四人か五人。歳三は、あえてふり返って確かめようとはしなかった。火除地《ひよけち》があり、そこに同じ歩調で入っていっただけだ。そこは、人気がない。

不意に、殺気が歳三の全身を襲った。

「長州の藩士か？」

ふり返り、歳三は言った。相手は五人。それぞれが殺気立っている。

「江戸に、長州の浪士などがいるものか。やはり、どこかおかしいのだな、新選組のやつらは。小栗と勝の屋敷を頻繁に訪ねて、なにをしている？」

「別に。時勢についての、御教示を受けているだけだ。それと、京における新選組のありようを理解していただきたい、とも思っている」

「それが、なぜ、小栗と勝なのだ」

「俺が、そう思っているだけのことさ」

「そんなことは、どうでもいい」

最も殺気を滾《たぎ》らせている男が、顔面を紅潮させて言った。

「貴様、道場の試合で、木刀を遣ったりしたな。俺の弟が、手首の骨を砕かれた」

「だから」

「われらは、直参旗本だぞ。その手首を砕くなど」

「直参がどうした。ただの道場破りで、俺は真剣でもよかったのだが、木刀を選んだのはそちらだ。竹刀でも、俺はよかった」

「高が、会津藩預りの浪士が、直参旗本を相手にして、そんなことが許されるか」

「では、道場破りなど考えないことだな。三人いたが、三人とも女子供のようだった」

多少、挑発するような気分に、歳三はなっていた。これが、普通の旗本の感覚だとすると、京にいる見廻組《みまわりぐみ》など、程度のいい連中なのかもしれない。

「おまえ、生きて還《かえ》れると思っているのか？」

「真剣の立合で、生きて還ろうと思ったことはない。しかし、生きているな、まだ」

「面白い。生きて還って貰おうか」

五人が、一斉に抜刀した。

みんなそこそこの腕で、血気だけが盛んというところだった。こういう血気が、江戸ではまったく無駄に使われている。

「俺が、新選組の土方歳三だということを、忘れるなよ」

歳三は兼定《かねさだ》を抜き、そのまま地摺《じず》りに構えた。気は発せず、内に溜めた。

隙だらけの構えと見たのか、ひとりが斬りかかってきた。かわしざま、刀を撥《は》ねあげ、手首を斬り落とし、次は上からもうひとりの手首を落とした。二人とも、地面を転げ回っている。

一瞬の出来事に、三人が硬直した。逃がさぬ。正眼《せいがん》に構えることで、歳三はそれを相手に伝えた。三人とも、額に大粒の汗を浮べている。

三人が、同時に斬りかかってきた。多人数による、同時攻撃。新選組の稽古《けいこ》はほとんどそれで、歳三も時々受け手になることがあった。だから、凌《しの》ぐのは難しくなかった。横へ走り、ひとりの手首を斬り落とし、反転してもうひとりの手首を斬った。最後のひとりは、上段に構えていた。その刀が、手首ごと、さらに上にあがり、地に落ちた。柄には、躰から離れた左手首が絡みついたままだ。

「下緒《さげお》で傷口をきつく縛《しば》れ。でないと、失血して死ぬぞ」

それだけ言い、歳三は刀の血を拭《ぬぐ》って鞘《さや》に収めた。五人とも呻きをあげているが、ひとりが刀の下緒の端を口にくわえ、傷口の上に巻きはじめた。

歳三は、そのまま氷川坂下の屋敷に行った。

「血が臭《にお》ってやがるな、おめえ」

顔を見るなり、勝が言った。山岡鉄太郎《やまおかてつたろう》が来ていて、なにがあったのだという表情で歳三を見あげた。

「五人、斬ってきました。ただし、手首を斬り落としただけです。直参旗本だと言っていましたが、名乗りはしませんでした。私を新選組の土方と知って、襲ってきました」

「五人だと、おめえ」

「この江戸に、ちょっとばかり苛立《いらだ》っていましてね。そんなふうに刀が動きました」

山岡が、なにも言わずに立ちあがり、飛び出していった。

「面倒なことをする男だな、おめえ。もう京へ帰れよ」

「私は、江戸へ帰ってきているのですよ」

「しかし、五人を斬って、平然と俺の家に来やがったのか、おめえ」

「ええ、小栗様のお屋敷から」

勝が、軽く舌打ちをした。

「おめえ、俺を追いつめようとしているな。追いつめると、俺の本音が出てくる、と思ってやがるな」

「少しは、追いつめたことになりますか？」

「直参を五人も斬ったんじゃな。誰なのか、山岡がすぐ調べるだろうが」

勝の屋敷にいる間に、斬った五人が誰であるのか判明した。山岡が戻ってきて報告し、またどこかへ出かけたのである。

「今夜は、泊まっていきな」

勝が言った。歳三は一礼し、しかし腰をあげた。

「おい、土方」

「なぜ泊まれと言っていただいたのか、わかりますが、もうちょっと人を斬りたいんですよ。今度は、確実に殺しますがね」

「なに、考えてやがる」

「新選組の土方を、旗本が五人で斬りかかってくる。旗本とはこんなものだと、江戸の人間に知らしめるいい機会です」

「先方は、事を荒立てないと言ってる。見物してたやつらもいたらしく、これ以上恥をかきたくねえんだろう。それを、おめえが事を荒立てたんだよ」

「荒立てたいんですよ。手首で荒立てないというなら、次は命ですな」

勝が、じっと歳三を見つめてきた。

「おめえ、旗本の若い者をわざと刺激しようとしてるな」

「いけませんか、眼を醒《さま》させちゃ」

「みんな眠っちゃいねえよ。眼をつぶってるだけさ」

「それでも、新選組の土方は見えたようです」

「勝手にしろ。おめえがなにやろうと、俺は庇《かば》いはしねえぞ」

「そんな気は、もとよりありません」

「そうだよな。おめえは、この俺まで巻きこんだ。いいさ、京の風を吹かしてみやがれ」

笑って、歳三はもう一度頭を下げた。

提灯《ちょうちん》もなく、歩いた。途中で、二度、複数の殺気を感じたが、襲ってくる者は誰もいなかった。

入隊志願者の審査をはじめてから、歳三は江戸市中に宿を移していた。氷川坂下からそれほど遠くない場所だったからか、誰も襲ってくる者はいなかった。

「土方、よくやったぞ」

翌日、また神田の小栗邸を訪ねると、小栗はなぜか、ひどく歓迎してくれた。

「旗本の馬鹿息子どもには、いい薬になっただろう。ふた言目には、斬るなどという連中だが、刀を抜けばあの程度のものか」

小栗には、喜んでいる気配すらあった。いやな目に遭わされ続けてきた、ということか。小栗のような男にとっては、斬るなどという言い方が、一番馬鹿げていて、同時に恐怖を誘うのだろう。

「今日は、お別れの御挨拶《ごあいさつ》です。数日後には出立いたしますので」

「そうか」

鼻白ろんだように、小栗は椅子に腰を降ろした。

「京で、また人斬りか、土方？」

「江戸での人斬りは、お気に召したように思えましたが」

小栗が、声をあげて笑い、なにか言おうとした。歳三は、視線でそれを遮《さえぎ》った。

「ひとつだけ、最後にお訊ねしたいのです」

「なんだ？」

「小栗様は、幕府が倒れても、徳川家を守っていかれますか？」

小栗の眼光が、異様なほど鋭くなった。

「幕府と徳川家を、別々に考えているというのか、私が」

「これまでのお話では、そうとしか感じられませんでしたので」

「幕府は、倒れてはおらん」

「だから、倒れたらと申しております」

顎を引き、小栗は歳三をしばらく睨みつけていた。これは、勝にむければ、はぐらかされるに決まっている質問だった。

小栗の表情が、ふっと緩んだ。

「もしそうであっても、徳川家の存続は願う」

「しかし、内戦になっております。徳川家があるかぎり、内戦は続くのではありませんか？」

小栗が、また黙りこんだ。めずらしく、腕を組み、それから眼を閉じた。沈黙は、しばらく続いた。

「答えられぬ。いや、答えが思いつかぬ」

勝より、小栗の方がいささか正直だった。

「そうですか」

「君は、残酷な質問をするな。しかし、いまの質問で、なぜ君が、勝や私のところを何度も訪ねたのか、ようやく理解できた」

言葉の裏の意味を、歳三は読みとろうとした。立合に似ている。しかしその前に、小栗の方が気をはずした。歳三は息を吐いた。手練《てだ》れと、束《つか》の間《ま》、立合った。そんな感じが残っている。

「もう帰れ、土方」

自分から、せかせかと部屋を出ていくのが、小栗の話の切りあげ方だった。帰れと言われたのは、はじめてのことだ。

「では」

「土方、あまり遠くを見るな。いや、いいのか。君は、京では近くばかりを見ざるを得ない立場だろうからな」

小栗はまだ腕組みをしていて、動く気配はなかった。わずかに、目蓋《まぶた》のあたりが小さく痙《けい》攣《れん》している。

歳三が立ちあがり一礼しても、小栗は眼を開けようとはしなかった。

三

面白いことは、なにもなかった。

人を斬る機会も、このところ滅多にない。

山南が切腹して、すでにふた月以上が経った。介錯《かいしゃく》をしたのは、沖田自身である。何人も斬ってきたが、山南を介錯した感触だけは、腕にはっきりと残っている。

西本願寺の新屯所《とんしょ》は、結構な広さがあり、一番隊長である沖田にも、個室が与えられた。ほかの隊士たちは、ほっとしたようだった。労咳《ろうがい》は移ると、沖田に面とむかって言う者はいなかったが、避けられているような気配を感じることは、しばしばあった。夜、ひとりで横になれると、気が楽ではある。

大津で山南に追いついたとき、逃げているという気配は、まるでなかった。沖田を見て、山南はほほえんだだけである。

その夜、二人で酒を飲んだ。脱走者を捕えたという気など沖田にはなく、ただ山南と話をしたかった。しかし、山南は沖田が訊きたいことにはなにも答えず、ただ江戸の話を懐かしそうにした。

その話が、なぜか切なかった。沖田自身の命に直接響いてくる、という感じに襲われたほどだ。特別なことは、なにも話していない。試衛館の道場の、羽目板のどこに穴があったかとか、雨漏りのする場所があり、雨の日にはお互いに相手をそこに立たせようとしたとか、他愛ない話ばかりだった。

そういう話をしながら、沖田にはひとつだけ、痛いほどはっきりわかったことがあった。険悪になっていると思った山南と土方の間が、実はなにも変っていない、ということだった。それは不思議に、躰にしみこむようなわかり方だった。理由を訊く必要もない、とその時は思った。

それほど山南は自然だったので、翌朝、京へともに帰る時も、脱走者を連れているという気分が、沖田にはまるでなかった。

「総司《そうじ》、俺は罪人なのだぞ。それは忘れるな。俺は、切腹ということになる。そして土方は、おまえに介錯を命じてくれるだろう。見事に首を打ってくれ」

そう言われた時も、どこか冗談を言われているような、曖昧なものが沖田の気持には漂っていた。

屯所へ戻ると、山南の言った通りになった。切腹を言い渡す近藤の言葉は峻烈《しゅんれつ》で、口を挟むことは許されない、と感じられた。

介錯を命じられた時、自分が山南の首を打つのだと、はじめて本気で思った。土方が命じてくれる、と言った山南の言葉も、わかるような気がした。

山南の居室には、白装束があらかじめ用意してあった。

身仕度を手伝っている時、不意に沖田の眼から涙がこぼれ落ちてきた。山南は、しばらくなにも言わず、仕度が整うと、沖田とむき合って座った。

「もう、泣くな、総司。土方は、もっとつらいところを、ひとり耐え、これからも耐え続けていくのだ。私には、結局手助けはしてやれなかったが」

それで、沖田の涙は、なぜか止まった。

見届けたのは、土方自身だった。

山南と土方の間に、言葉にはできないなにかが、間違いなくあった。二人は、それを沖田にわからせようともしていた。いまは、そう思う。自分の技倆《ぎりょう》のすべてで、見事に首を打つことだけを、沖田は考えた。

あれから、ずいぶんと時が経ったような気がする。土方は、新隊士徴募のために、江戸へ行って留守だった。どんな隊士が来ようと、自分は新選組の一番隊長である。それだけを、沖田は考えた。一番隊長にふさわしい死に場所が、どこかにあるはずだ。

隊の規律は、土方が留守でも、しっかり守られていた。山南が切腹したことで、一部の隊士の間にあった、おかしな雰囲気も影をひそめたような気がする。

　定例の巡回以外は、稽古に明け暮れる日々だった。壬生《みぶ》の屯所より、ずっと広く新屯所では稽古場を確保できた。しかし、進んで沖田と稽古をしようという者は、少なくなった。手加減を、する気がなかった。新選組は、常に死地に立っている。沖田は、それだけを考えて稽古をし、手を抜きたい隊士には煙たがられたのかもしれない。

「沖田様は、あまり稽古に精を出されなくても、充分に強いではありませんか」

　ある時、久兵衛《きゅうべえ》にそう言われた。久兵衛が作ってくれる、食べやすい食事だけが、沖田の一日の愉《たの》しみだと言ってもいい。山南にも、時々作っていたという。労咳ではなくても、山南も死病を得ていた、と沖田は思うようになった。大津で、あれほど自然にとけこむことができたのは、江戸からの深い関係というだけでなく、肌と肌が、命と命が、わかり合うようなところがあったのではないか。

　個室はあるものの、西本願寺の新屯所より、壬生の屯所の方が、沖田はなぜか好きだった。いまでも、巡回の帰路、ふと足が壬生にむきそうになることがある。

「総司、歳が帰ってくるぞ」

　廊下で近藤と出会《でくわ》した時、小声でそう言われた。

「明後日には、帰隊するだろう」

どこか、沖田は待つような気分になった。

土方は、五十数名の新隊士を連れて戻ってきた。隊士の数は一挙に倍増することになり、一番隊から十番隊まで、隊士十二名で再編成が行われた。それからは、訓練の毎日だった。江戸から来た者、京や大坂で徴募に応じて来た者。みんな、新選組が基本とする、集団攻撃については、ほとんど経験を持っていなかった。

沖田は、気が向くと、集団攻撃の標的をやった。五人に打ちかかられても、どこかに竹刀が触れるということはなかった。呼吸を詰め、吐いた時は五人のうち三人は倒れていた。沖田の稽古は、新隊士にもやはり嫌がられているようだった。

近藤は屯所にいることが多く、土方や伊東は忙しそうに駆け回っていた。

将軍家の上洛が決定されたという。それ自体、沖田にとってはどうでもいいことだった。ただ、将軍家暗殺を目論《もくろ》む浪士が、京や大坂に潜入してくることは、充分に考えられた。

そういう時、大坂の浪士狩りに、沖田は一番隊を率いて出動することになった。

大坂では、すでに谷三十郎《さんじゅうろう》が十名ほどと活動していて、一番隊はその応援という恰好《かっこう》だった。宿舎は南下寺町の万福寺で、納屋を改造して牢屋が作ってあり、捕縛《ほばく》された浪士が三名放りこまれていた。

「京と同じやり方だ、谷さん」

大坂は商人が多く、御用改めなども手温《てぬる》かった。新選組には、なにがしかの軍資金を出している者が多かったのだ。

一番隊の巡回は、例外を認めなかった。どこにでも、怪しければ踏みこんでいく。大坂へ入って四日目で、牢の浪士は十名を超えた。取調べに当たる者は悲鳴をあげていたし、新選組や会津藩に抗議をした商人もいた。

「あまりやりすぎるな、と伊東さんから言ってきている」

「なぜ。例外を認めれば、浪士はそこに潜伏するよ、谷さん」

「いろいろ、事情もある」

「ないね。浪士を捕縛する。それが第一だ。新選組に金を出しながら、長州系の浪士を匿《かくま》っていた宿もある」

新選組への資金提供は、あくまで隊になされるものであり、個人で資金を集めることなど、厳しく禁じられている。だから、どこの店が金を出したのかも、その気になって上に問い合わせなければ、隊士は知りようがない。

「しかし、伊東さんが」

「よせよ、谷さん。新選組は、伊東さんのものじゃない」

伊東からの通達というのが、沖田はまた気に食わなかった。

このところ、人の好き嫌いが、極端になっている。自分でも感じていることだが、改めようという気が、沖田にはなかった。心の中のことで、態度にさえ出さなければ、それでいいと思った。

谷三十郎も好きではない。口で言うことと腕が、違いすぎる。谷三兄弟の中では、弟の万《まん》太《た》郎《ろう》がましだが、正式の隊士ではなかった。末弟の周平《しゅうへい》は、近藤の養子となっていた。近藤がなぜ周平を養子にしたのかも、沖田にはわからなかった。

それ以後も、一番隊は、巡回での一切の手加減はしなかった。京から、直接沖田になにか言ってくることもない。

そういう中で、藤井藍田《ふじいらんでん》という儒者《じゅしゃ》の名が浮かんできた。切先を突きつけたら、浪士のひとりがその名を口にしたのだ。探索方の山崎烝《すすむ》も、顔が広く、長州系の浪士との付き合いもありそうな気配だ、と言った。

沖田は、一番隊を率い、構わず捕縛した。証拠などを捜すと、その間に逃げられる。押収した書きつけなどから、長州系の浪士の名が浮かび、早速訊問がはじめられた。

藤井藍田は、頑に口を閉ざしているという。訊問は、沖田の仕事ではなかった。しかし、三日後に捕縛した浪士の口から、また藤井藍田の名が出たので、沖田は直接牢のそばの訊問小屋を覗《のぞ》いた。

拷問《ごうもん》が行われていた。

褌《ふんどし》ひとつにされた藤井藍田の、瘦《や》せた躰がぶらさげられている。全身に、無数の打ち傷があった。両手でぶらさげられているだけでも藤井藍田は苦痛のようだったが、谷三十郎は六尺棒で間を置きながら打っていた。打たれるたびに、藍田の顔は赤黒くなる。眼は、谷を睨みつけていた。

これは喋らないだろう、と沖田は思った。喋るべきことが、なにもないことも考えられる。訊問は、大坂における長州系浪士の潜伏先についてだけなのだ。

谷は、愉しみながら藍田を殺すのだろうと考えると、不意に刀の柄に手をかけたいような衝動に沖田は襲われた。

黙って沖田は六尺棒を執《と》り、藍田の胸の真中を軽く突いた。

「あ」

隊士のひとりが声をあげ、谷三十郎が藍田に駈け寄った。

「死んでる」

「そうか。軽く打ったのにな」

「沖田、わざと殺したのか？」

「軽く突いた。それは見ていただろう」

谷三十郎は、それ以上沖田に面とむかってなにも言わなかったが、京にはすぐに報告したようだった。

三日後、一番隊は京に呼び戻された。

「沖田君、ちょっと説明してくれたまえ」

「なんのでしょう？」

伊東に呼びつけられたこと自体、沖田には不快だった。

「君が、急所を突いて死なせた、と見ている者がいるのだが。例の、藤井藍田だが」

「査問ですか、これは？」

「そんなに大袈裟《おおげさ》なものではない。事情を訊いているだけだ」

「死んだことは、確かです」

「急所を、突いた？」

「急所とは？」

伊東は、ちょっと皮肉な眼ざしを沖田にむけてきた。

「突きを得意とする君が、急所を知らぬわけはあるまい」

「真剣ならば、いくらでも知っていますよ」

沖田は、ほほえみ返した。それ以上、伊東はなにも言わず、沖田はいつもと同じように一番隊の指揮をした。

「血が、止まらんのか、総司？」

　土方からそう声をかけられたのは、京へ戻って三日目だった。

「なぜです？」

「理由はない。なんとなく、そうじゃないかと思った」

　藤井藍田のことについて、土方も近藤もなにも言わなかった。ほかの隊士で、面とむかって沖田になにか言おうという者は、ほとんどいない。ずっと年長で、江戸以来の仲である井上源三郎《げんざぶろう》が、なにか言いたそうな表情をしただけだった。

「痰《たん》かと思えば血で、血かと思えば痰、というようなことが続いています」

　土方や近藤に、病状を隠そうとは沖田は思っていなかった。山南が生きていても、そうだっただろう。新選組で死ぬ。それは決めていることで、誰も止めるはずもなかった。

「荒《すさ》んでいないか。あまり隊士につらく当たるなよ。おまえのように、いつでも死ぬ覚悟がある、というやつは少ないのだ。怯《おび》える人間の気持も、少しわかってやれ」

「そうですね。確かに、そうです。言われるとわかりますが、誰も私には言おうとしない」

「甘えるな、沖田。業病と闘った山南は、誰に甘えようともしなかった」

「私は、土方さんには甘えたい」

「俺にならいいさ。そして、近藤さんにも」

土方は、笑っている。沖田は、ちょっとはぐらかされた気分になった。

将軍家の上洛を前に、新選組は多忙をきわめた。やはり、京と大坂にはかなりの浪士が潜入してきたようだ。

出動すると、斬り合いになることも、少なくなかった。殺さずに斬れ、と土方に言われたので、沖田は浪士とむかい合うと、腕や脚を狙って斬った。新選組だけでなく、会津藩も血《ち》眼《まなこ》になって、浪士狩りをやっている。

将軍家の上洛は、長州再征の勅許《ちょっきょ》を得るためだと言われているが、沖田は自分でも呆《あき》れるほど、それについての関心はなかった。浪士がいると言われれば、出かけて行って斬るだけである。あまり先のことまで、考えたくなかった。まして、この国の将来がどうのなどということは、自分には無縁だとしか思えなかった。ただ、浪士を斬ることによって、国の将来を多少は左右しているのかもしれない、とふと思うことはあった。

手練れと、出会いたかった。

思い出すのは、薩摩の中村半次郎《はんじろう》である。

二本松の薩摩藩邸で待ち伏せていて、やってきた二人のうちのひとりが、中村半次郎だった。もうひとりが坂本龍馬《さかもとりょうま》であったことは、あとで聞いた。確かに、もうひとりの男は土佐訛があった。そして、潮合を測ったように、大刀《だいとう》を抛《ほう》り投げてきたのだ。

あんな場面で、大刀を抛り出せるというのが、沖田には信じられなかった。毒気を抜かれた、というのだろうか。あの立合はそのまま終ったのだ。

ただ、中村のことは、しばしば思い出す。あれほどのすさまじい剣気に打たれたことは、江戸でも京でもなかった。

立合いたかった。薩摩藩士なら、京で出会うこともあるだろう。いずれは、薩摩藩は幕府の敵になる、とも言われている。そんなことは、どうでもよかった。会ったらすぐに、立合いたい。

「総司が、斬られて死ぬようなことは、ないような気がするな」

土方に言われたことだった。死ぎりぎりの勝負ができる手練れを捜していると、土方はとうに気づいているだろう。止めようとしたこともない。

死は、忍び寄るものでなく、いきなり襲ってくるものであるべきだった。気づくと、背中に死神が張りついている、などという死は欲しくないのだ。生死の境で、自分の剣を振い、死の側に落ちていく。そんな死に方をしたいのだった。

その相手として思い浮かぶのは、いまのところ中村半次郎だけである。

微熱は、たえず躰の底にあった。

沖田にとってそれは、もう古い友のようなものだ。痰のように血は出るが、大量の血を喀《は》くこともなかった。

どこで自分は死ねるのか。そう思って洛中を歩いていると、むしろ充実しているとさえ思える時もあった。

探索方では、一応は幕府方についている薩摩藩も探っているが、それとなく訊いてみても、中村半次郎がいるのかいないのか、わからなかった。西郷吉之助《きちのすけ》に影のように寄り添っていると言われているが、新選組が西郷を追いつめることは、いまはない。

将軍が京に入り、新選組の仕事がさらに忙しくなっても、ごく普通に沖田は振る舞っていた。将軍も、京における政治闘争も、沖田にとっては遠いものだった。

ある日、将軍の侍医である松本良順《りょうじゅん》という医師が、西本願寺《にしほんがんじ》の屯所を訪ねてきたことがあった。

「時には、休むことだ。毎日の隊務は、胸を悪化させるだけだ」

言われても、沖田はただ笑っていた。休めば、生きている時間がいくらか長くなる。そう言われたような気がしたのだ。長くなった時間に、どれほどの意味があるのか。

土方はなにも言わず、一番隊長から沖田をはずすこともなかった。休ませろと近藤は言ったようだが、それも土方は自分のところで止めた気配だった。

山南を、見事に死なせた。同じように、自分も死なせてくれようとしているのだと、沖田は思った。江戸にいるころから、冷たい兄のような存在だった。冷たかったが、どこかで自分をじっと見ていてくれるようで、それは山南と同じだった。山南には、言葉のやさしさがあり、土方には無言の思いやりがあった。

「中村は、薩摩藩邸にいるようだな、総司。あの男と立合うのは、いっこうに構わんが、一対一の決闘に持っていけ。あくまで、中村と総司の勝負というふうにな」

ある時、土方がぽつりと言った。新選組一番隊長として、薩摩藩士である中村と立合うと、問題が大きすぎる、と言われたのだと沖田は思った。

しかし、中村に出会う機会はなかった。西郷は、二重三重の警固の中にいて、つまり西郷のそばの中村に手が届くには、やはり二つも三つも垣根があるということだった。

出会った時が、結着の時。中村もそれを肯《がえん》じるはずだ、と沖田は思っていた。それが、剣に賭《か》けた男の心情というものだ。

四

将軍家上洛前後の新選組の忙しさは、新しい隊士の質を見きわめるのに、いい機会だった。

江戸から連れてきた隊士だけでなく、京坂で入隊した者もいたのだ。同時に忙しさは警戒心を緩め、伊東甲子太郎の狙いも、垣間見《かいまみ》えるようになった。

長州に対してはかなり強圧的だが、薩摩に対しては、いくらか寛容な発言をする。それだけでも見えてくるものはあったが、歳三は自分の内部で決めつけないようにしていた。

新選組は、大坂にも隊を派遣した。それができるぐらいの規模にはなった。大坂では、沖田が捕えた儒者を死なせたり、探索の厳しさで幕府の一隊と険悪な雰囲気になったりしたが、どれも大したことではない、と歳三は判断していた。

将軍家が入京したのは、雨もよいの曇天の夜で、そのまま参内し、翌早朝、二条城に入った。新選組は、会津侯の指揮下で、総出で警備に当たった。

大した混乱もなく、将軍家は三日後に一度大坂城に戻った。

大坂に派遣した隊が張り切っていたが、少々暴走気味でも、歳三は呼び戻さなかった。京市中だけでなく、大坂へも隊を派遣できるようになったことを、近藤は喜んでいたし、商人たちの態度を見きわめるのにも、いい機会だったのだ。

「商人との軋轢《あつれき》は困る、土方さん」

伊東は、新選組の資金が、会津藩からだけ出されていることに、かなりの抵抗を覚えているようだった。商人からの上納金を増やし、会津藩の影響力を少なくしようという意図は、はっきり見えた。

「まあ、君がやりすぎないよう、注意しておくのだな」

「注意程度では」

「大坂で、新選組はそれなりの成果をあげている。それは、京での厳しいやり方を持ちこんだからだ。文句をつけてくる商人には、その成果をつきつけてやればいいだろう」

「彼らは、財力を持っている」

「だから、なんだ。国あっての、財力だろう。その国が、いま乱れようとしている。乱す方に与《くみ》するのか、収拾する方に力を貸すのか、見きわめるのにいい機会ではないか」

「そんな単純なことではないと思う、土方さん。商人はいつも、利を考えるよ」

「新選組に逆らうことで利があげられるとは、間違っても思わせないことだな。俺は、大坂派遣隊が、大商人をひとりや二人、潰してもいいと思っているのだよ、伊東君」

歳三の言い方に、さすがに伊東は憤然とした容子を見せた。

歳三は、将軍家上洛を機に、時代がまたひとつ大きく動きはじめたのを、感じていた。

特に薩摩の動向に、歳三は眼をむけた。土佐は、武市瑞山《たけちずいざん》を処断し、倒幕派の力は急速に衰えていた。幕府と組んで、長州の力を削《そ》ぐことに腐心していた薩摩が、その方針を変えたのではないかと思えることが、何度かあったのである。浪士狩りの報告を仔細に分析すれば、なんとなく浮かびあがってくるものがあるのだ。追跡した浪士の何名かが、薩摩藩邸の近辺で消えている。

いずれは、倒幕派の盟主に躍り出ようという野望を持つ薩摩が、長州征伐を前にして、その完全な崩壊を防ごうと考えはじめたとしても、不思議はなかった。長州の力は充分に削がれてはいるのだ。

新選組の追及を逃れきった浪士が、すべて長州系とはかぎらなかった。しかし薩摩は、微妙に倒幕派にも足場を築こうとしはじめている。

新選組の中に、まともに時勢を論じ合える人間はいなくなった。いるとすれば伊東甲子太郎だが、根本のところでお互いに受け入れ難いものがある。歳三は新選組を自分自身の一部と考え、伊東はただの道具として扱おうとしている。

孤独に、時勢を読むことしか、歳三にはできない。それが、自分の宿命のようなものでもあった。

浅野薫《かおる》から、連絡が入った。

以前は山崎烝らと探索方にいたが、一年ほど前、池田屋斬りこみの直後から、特殊な探索に当ててあり、隊士の中にもその名はない。つまり倒幕勢力の本拠の探索であり、ほとんど長州にいた。九州にも、何度か行っている。

歳三より年長で、落ち着きがあり、根っからの佐幕主義者である。幕府のためということで、喜んで役目を引き受けた。隊士としての登録が抹消された理由は、いまでは近藤が知っているだけだった。山南には、復隊した時に知らせていた。

会ったのは、伏見《ふしみ》である。京市中に入れば、最初のころからの隊士は、浅野の顔を知っている。死んだ、ということにしてあった。

「どうも、大坂あたりも騒々しいことですな。私は、何度も調べられましたよ」

浅野は、すっかり商人態《てい》になっていて、歳三でさえ見違えるほどだった。

「将軍家が直々に大坂城に入られ、禁裏と掛け合いをなさるとは、ほんとうに世は乱れているのですな」

浅野にとって、あくまで将軍家が絶対だった。帝《みかど》も、将軍家によって守られる立場にいる。浅野が、なぜ極端な佐幕主義者かは知らないが、歳三にとって都合の悪いことではなかった。

「ところで、亀山社中《かめやましゃちゅう》のことを土方さんは気にしておられましたが、さすが炯眼《けいがん》と申すべきでしょうな。あれは反幕に大きな役割りを果たす可能性があります。長崎奉行など腰抜けでありますので、調べようということもしていない」

「長崎へ、行ったのか、浅野さん？」

浅野は、歳三を副長と呼ぶことも、近藤を局長と呼ぶこともない。歳三も、ただ浅野さんと呼んでいる。

「この眼で、見ないことにはね。相手構わず、相当の銃器を買いつけておりますぞ、あの亀山社中は。表むきは、薩摩の註文ということになっておりますが、それなら薩摩藩は自分のところで買えばいい」

「なるほど。別なところへ回されるか」

「薩摩も、ついに本性を現わしはじめましたな。もっとも、まだ知らぬ顔を決めこんでおりますが」

「長州へ回すとしても、黙って受け取るとは思えないが」

「そこが、亀山社中ですよ。いや、坂本龍馬というのも、食わせ者です。亀山社中が買い、長州に売る。そういうかたちならば、長州も買いやすいでしょうし」

坂本は、勝海舟《かいしゅう》の弟子でもあった。神戸にあって、今年閉鎖された、海軍操練所の塾頭をしていたこともあるのだ。

坂本も、勝と同じように、なにを考えているかわからない男として、歳三の眼には映っていた。土佐《とさ》の脱藩浪士であり、勤王党《きんのうとう》の武市瑞山の盟友であるがゆえに、新選組が捕縛すべき対象に、桂小五郎《かつらこごろう》などと並んで入っている。しかし、京で尻尾を出したことは、まだなかった。京で動く時は、薩摩藩邸を拠点にしていると思えた。

「長州はいま、のどから手が出るほど、刀一本でも欲しいでしょうからな」

「坂本は、ただ武器を仲介するだけなのかな、浅野さん？」

「そこですな。はっきり申して、まだ探りきれておりませんが、いずれ犬猿の薩長の橋渡しをしかねない、と私は思っています。武器の仲介は、そのための布石なのではないかとね」

「とすると」

「できるかぎり早く、長州を叩き潰してしまうことです。それによって、最も避けたい事態に到らずに済みます。長州の征伐に、勅許が必要などと、誰が決めたのだ」

薩長が組んで、倒幕派を糾合するというのは、浅野の杞憂《きゆう》ではなかった。最もあり得ることだと、歳三自身も思いはじめている。

ただ、京における政治戦の行方がどうなるかによって、そのかたちはずいぶんと変るだろう。完全な内戦になるのか、幕府という体制は消滅しても、将軍家を筆頭とする新しい体制が出来あがるのか。

「長州の回復力は、意外に早いと思います、土方さん。これも、先の征伐を中途半端なところでやめたからですよ」

蛤御門《はまぐりごもん》での長州軍の敗退は、急進派を数カ月沈黙させただけだった。穏健派の藩論はあっという間に覆《くつがえ》され、いまは高杉晋作《たかすぎしんさく》の奇兵隊をはじめ、若い人間が藩論の中心となっている。それに較べ、いかに長州征伐を叫んでも、幕府の中枢は老人が多い。若い者がなにか言うようになるには、幕府という機構があまりに肥大化しすぎているのだ。

「それにしても、長崎まで行ってくるとはな」

「坂本は、今後、京で動くと思いますよ。長崎では、商売はできても、政治の戦《いくさ》はできん。京にいれば、新選組が仕留めることもできるわけで」

「土佐は、勤王党が潰された」

「あれで、坂本は土佐藩を反幕の盟主にすることは諦《あきら》めたでしょう。だからこそ、京なのですよ。京で、さらに薩摩を動かす。西郷と坂本は、何度も会っていると私は思いますよ」

　幕府への忠誠にこりかたまっていても、浅野の眼は正確だと、歳三は思った。少なくとも、幕閣の老人たちよりは、ずっと正しく時代の流れは読んでいる。

「君には、長州にいて欲しいのだがね、浅野さん」

「そうですな。薩摩に入るのはなかなか難しくても、長州は人を受け入れる。長州征伐のためにも、私は長州にいるべきでしょう」

「勅許は下りるだろう、と新選組でも予想している」

「そうなると、新選組は幕軍の先鋒《せんぽう》ですな。江戸でのんびりしている旗本に、先鋒などがつとまるはずがない」

たとえ会津侯の指揮下であろうと、長州征伐には参加する。それを、近藤などはほとんど決めてしまっている。新選組を、京だけのものでなく、幕軍の中心勢力にしたい、という気持を拭《ぬぐ》いきれないでいるのだ。

歳三は、長州征伐への参加に、懐疑的だった。たとえ参加したところで、百数十名の小部隊にすぎない。先鋒で突っこむというのも、ただ捨石になる、ということでしかないのだ。活路は、まるで別のところにある、と歳三は思っていた。

京は、暑い季節だった。

冬の京も寒いが、夏の蒸暑さも肌にからみついてくるようで、気持のよいものではなかった。

歳三は、浅野に活動資金として五十両を渡した。新選組の機密費から出ている金で、近藤と諸士取調役兼監察の島田魁《かい》だけが知っているものだった。

浅野は、商人ふうに五十両を頭を下げて受け取り、額の汗を拭った。

宿を出ると、歳三は久しぶりに新門辰五郎《しんもんたつごろう》の妾宅《しょうたく》に立ち寄った。

辰五郎は来客中で、歳三は庭の方へ回り、打ち水をしている若い者とふた言三言、話を交わした。辰五郎は、二条城の一橋慶喜《ひとつばしよしのぶ》のもとに呼ばれる日が多いようだ。

京の政争は激しさを増してはいるが、長州征伐の勅許が下りるのは、そう遠くないだろうと予想されていた。そうなると、長州は焦土《しょうど》と化すのだろうか。それが、この国の秩序の回復に、役立つことなのか。

「来ておられましたか。お入りください」

辰五郎が、縁に姿を見せて言った。

客人は、将軍家の侍医である、松本良順だった。近藤が江戸に行った時に意気投合し、将軍家が京に来てからは、西本願寺の屯所にしばしば顔を出している。

「いま、おたくの若いのの話をしていたところでしてね」

松本良順が、温和な顔を歳三にむけてきて、言った。

「あまりよくないので、休ませられないものかと、親分と話をしていたのです。近藤さんも、息子のようにかわいがっているし。だが、親分は無理だろうと言う。それほど、隊務は忙しいものなのですか？」

沖田が、近藤に言われて一度診察を受けた、という話は聞いていた。近藤の心配も、どこか的がはずれたところがある。沖田は、どうやって死ぬか、ということだけを考えている。

「山南さんの例もあることだし、私も休ませた方がいいとは思うんだが、あの性格では、死ねと言っているようなものでしょう」

「労咳は、必ず死ぬというものではないのだよ、土方さん。養生をして、治った例もないわけではない。とにかく、休むことが必要なのだ。本人に言ってみたが、まるでその気はなさそうだった」

「あの腕前だ。うちの若い者は、見ただけで小便をちびりそうになる。だけど、剣で病に勝てはしねえ。俺もそう思っちゃいるんだが、仲間が闘ってるのに、自分ひとりが養生なんて、と思っちまう人ではある」

「御心配をおかけして、恐縮です。親分にも。沖田総司は、養生など考えていませんし、近藤や私が言っても、肯じはしないでしょう」

「死に場所を、求めている？」

「というより、死に方ですね。養生で命を長らえるより、剣で死にたがっています。沖田を斬れるほどの者がいない。そこが問題なのですが」

「死に方なら、医者が心配することではないが、毛ほども不純なものを感じさせない男だね、あの沖田君は」

「病が、沖田の心を真白にしています。躰は、血まみれではありますが」

松本良順はちょっと頷《うなず》き、江戸のことに話題を変えた。小栗忠順が勘定奉行に復帰し、横須賀に製鉄所を作ろうとしているという。

「あの人も、言いたいことを誰彼構わず言ってしまうところがある。敵が多いが、気にしてさえいないようだ」

江戸で、歳三がしばしば小栗邸を訪ねたことを、松本良順が知っているのかどうか、よくわからなかった。

「土佐の坂本が、長崎に亀山社中というのを作ってね」

松本良順が帰ると、歳三は言った。

「どうも、長州に武器を流そうとしているらしい。看過できなくなってきた」

「氷川坂下の殿様は、まあいいだろう、と思っておられるようです。幕府にだって、坂本さんは武器を売る、とあっしは思いますよ、土方の旦那」

「だろうな。それが社中というものらしい。しかし、幕府に武器を買いあげようという器量を見せる者なんか、いやしないよ」

「氷川坂下の殿様と、小栗様」

「二人とも、異端だな。あれほどの人物が、幕閣に十人いれば、なんとかなるかもしれないが、あの二人にしたところで、要職に就けられたり解かれたり、中途半端な使われ方しかしていない」

「坂本さんを、斬りますか、土方の旦那？」

「斬るしかない。ただ、京に入ってくれば、という話になるが」

「入ってきますよ」

薩摩藩との話し合いは、京でしかできないだろう。坂本龍馬なら、どこにでも平然と現われる、と辰五郎は言っているようだった。

「山南さんなら、どうしましたかね？」

「新選組のありようを、坂本に相談しかねなかった。そんなところがあったな、山南には」

「ありましたねえ」

辰五郎は、遠くを見るような眼をした。

若い者が、酒と肴《さかな》を運んできた。

勝海舟が、今回の将軍上洛についてどう考えているのか、辰五郎から聞くことはできなかった。無理に訊き出すこともしないので、辰五郎は土方を避けようとしないのだ。一橋慶喜のそばに、娘が上がっている。父親の辰五郎の方も慶喜に気に入られ、伏見に家を持って二条城へ通っている。余人では知り得ないことも、知っているはずだった。

坂本の亀山社中については、勝は肯定的な意見だろうということは、予測がついた。

しかし、幕府はまだ強い。動員できる兵力だけでも、倒幕派の数十倍に達するだろう。いま長州が息を吹き返せば、激戦は必至である、と歳三は見ていた。そういう激戦になることで、勝は幕府の眼を醒させるつもりででもいるのか、と歳三は思った。

「沖田さんのこと、土方の旦那はどこで死なせてやろう、と考えておられます？」

「なにを考えても、沖田は死なん、という気がするのだよ、親分」

「沖田さんを、殺せるほどの者がいない？」

「薩摩の中村半次郎。ほかに思い当たる武士はいない。鉄砲の弾などで死なせたくない、と考えるとだ」

「薩摩は、お味方でござんすしね」

「味方かどうかは別として、出会えば二人は斬り合うだろう。出会う局面がない、ということかな。中村は、いつも西郷のそばにいるというし」

「西郷とかいう人、あっしら江戸っ子にゃ、ちょっとわからねえところがあります。すぱっとしてねえや。いや、これは、一橋様のお話の中に出てくる西郷でござんすが」

　京の政争の中では、したたかと言われる一橋慶喜ですら、西郷はひと筋縄ではいかないと感じているのだろうか。

　しかし、浪士組として京に上ってきたばかりのころと較べると、怪物の姿もずっとはっきり見えるようになった。あのころは、会津侯と言えば雲の上の人であり、朝廷に、あるいは薩摩や長州に、どういう人間がいるのかさえよく知らなかった。新選組は、ただの壬生浪《みぶろ》にすぎなかったのだ。

ある意味では、時流に乗った。自らの血を流すことで、新選組は大きく成長した。

それが滅びにむかう成長なのかと、歳三はしばしば考えた。失いたくないものが、ひとつだけあった。自らの血を流してきたという、矜持《きょうじ》である。それを失わないかぎり、新選組は惨《みじ》めな滅びの道を回避できるのではないのか。

しかし、わからなかった。京に上ったころと同じように、明日はいつも不透明だった。

五

近藤が、長州へ行くと言いはじめた。

長州征伐の勅許が下り、いまは外国との条約の勅許問題で京は揺れ動いていた。

この時期、長州へ入らなければならない必然性を、歳三は感じなかった。近藤には、新選組がもっと巨大で、幕府の正式な精強部隊であるべきだという考えがあり、そこに伊東甲子太郎がうまくつけこんだというように見えた。新選組は京のみで活動すべきではない、という言い方は、確かに近藤を動かすに足るものだった。

伊東を中心としてその準備は進められ、会津藩もそれを止めようとはしていない。全国数十の藩に出兵命令が出され、京のみでなく、江戸でも長州を潰そうという雰囲気が溢れはじめているという。

条約の勅許は下りたが、幕府の専横派の老中阿部正外《まさと》と、京政争の中心人物、一橋慶喜との対立で、将軍辞任問題まで起きていた。

近藤が大坂に出て、伊東ら隊士八名と長州にむかったのは、その辞任問題がようやく解決したころだった。

近藤は近藤なりの、政治の原理で動いている。伊東の勤皇寄りに一時は怒りを隠さなかったが、会津藩がいつまでも新選組を預りの浪士として扱っていることにも、大きな不満を抱いていた。そのために、近藤はまず隊士の数を増やすことに力を注ぎ、次は活動範囲を京坂から大きく拡げることに動いたのだ。

「このところ、市中から浪士の姿が消えてしまっていますよ、副長」

「だからって、巡回をしなくていいってことではないぞ、総司。こういう時こそ、大きなことが起きる。俺は、そんな気がしている」

沖田は、近藤に従って、長州へ行きたがっていた。長州征伐の勅許が下りると、防戦に転じたのか、各地から長州系の浪士が西へむかいはじめたという噂《うわさ》があったのだ。

近藤を守りたい、という沖田の心情はよくわかった。同時に、長州へ行けば手練れに出会えるかもしれない、という気持も抱いているのだ。

大した量ではないが、喀血《かっけつ》したと、久兵衛が知らせてきていた。沖田は沖田で、自分の命を測っている。剣で闘う体力がある間に、手練れと出会って、ぎりぎりの勝負をしてみたい、と思っている。それは賭けにも似ていて、そこを生き延びれば、自分は病にも勝てるかもしれない、と思っているふしが最近見えてきていた。

「西郷は、京と大坂を往復しているだけで、長州にはまだ行かんと思うぜ、総司」

中村半次郎は上方にいる、と歳三は沖田に言ったつもりだった。

ある夜、久兵衛が酒を持って、歳三の部屋にやってきた。このところ、京の浪士は少なくなり、夜間に緊急出動の命令を出すこともないのだ。京を離れるのを逡巡《しゅんじゅん》する近藤に、これから浪士は長州に集まり、京は静かになると言った伊東の言葉は、確かに間違ってはいなかった。

「めずらしいな、久兵衛」

「お邪魔ならば」

「いや。俺の方から呼ぶのもなんだ、と思っていた。そっちから来てくれたのなら、一杯やりたいものだ」

「恐れ入ります」

　新選組では、食当たりがまったくなくなった。隊士たちは必ずしも清潔に暮していているとは言えないが、厨房《ちゅうぼう》だけはいつ見てもきれいだった。食事をどうするかも、新選組にとっては大きな問題だったが、それは久兵衛がいることで解決したと言っていいだろう。食費に回されている金は少ないが、内容は決して悪いものではなかった。

「苦労をかけているな、久兵衛には」

「とんでもない。苦労などと。仕事でございますよ。至らぬと思うことばかりです」

　久兵衛も、めずらしく酒を飲んでいた。弱くはなさそうだ。

「おまえほどの腕の者が、なぜ新選組の料理人を選んだ。どこかで店をやっていけば、立派にできる。ここは、味などわからぬ者ばかりだぞ」

「まあ、いろいろと思うところがございまして。料理人をやる前は、旗本の家の郎党で、剣術師範も兼ねておりましたが、どこかで乱世と関わってみたかったのでございましょう」

「新選組じゃ、乱世過ぎるぜ」

「いえ。ちょっと眩《まぶ》しくは見えましたが、私にはぴったりだったと思っております」

「剣術師範もやっていたのか？」

「小野《おの》派一刀流《はいっとうりゅう》で、父は浪人でございましたが、私は剣で旗本に拾われました」

「そっちの腕も、並ではないのはわかっているが、そうか、小野派一刀流か」

将軍家指南は、柳生新陰流《やぎゅうしんかげりゅう》と小野派一刀流ということになっている。試衛館の天然理心流《てんねんりしんりゅう》とは較べものにならない。しかし江戸には道場が多く開かれ、自ら流派を名乗るところも増えた。北辰一刀流など、新興だが、隆盛を誇っていて、幕臣でもその道場に通う者は少なくなかった。

「俺たちと一緒にいれば、確かにいろいろなものを見ることはできるだろう。滅びと敗北ばかりかもしれんが」

「本気でおっしゃっておりますか、土方様？」

「半分は、本気だよ。新選組がいくら人を斬ったところで、倒幕派のすべてを斬れるわけではない。いや、斬って片をつけようと思うこと自体が、間違いかもしれん」

「しかし、出動はされております」

「つまり、仕事だ」

「その上で、土方様はなにかを探っておられます。新しい道と申しますか」

「だとしても、俺は伊東君のように、勤皇とは言えんよ」

久兵衛は、鋭いところを見ていた。歳三も伊東も、そして近藤さえ、新しい道は探ろうとしているのだ。未来を考えた時、いまの新選組のありようが正しい、と言いきれる者は誰もいないだろう。沖田のように新選組で燃え尽きようとする者にとってだけ、いまの新選組でいいのである。

「山南様は、そのあたりを、実によく見ようとされておりました。土方様と山南様。このお二人で、新選組は変ると、私には思えました。憶《おぼ》えておられますか、山南様に、鯉《こい》を煮こんだものを作れとお命じになられたことを。あの時、私はまだ山南様を存じあげませんでしたが、むこうから鯉の礼を申されました」

「沖田のために作ったものだったな。あれから、もう作らんのか？」

「沖田様は、重すぎると言われて、もう食されません。労咳は、ほんとうは重いものを召しあがった方がいい病だと、先日、松本良順様もおっしゃっておりましたが」

「そうか。あれが、胃にもたれるのか」

「獣肉ですら、食した方がいい病だそうでございますよ」

「そこは、山南とは違うのだな」

「沖田様は、無理に召しあがられれば、入るはずなのです。山南様は、なんとか召しあがろうとされていましたが、入りませんでした。最後には、水のようなものしか」

「沖田は、贅沢を言っているのか」

「生き続ける。あるいは病を治す、という勝負からは、降りてしまわれております。私がはじめてお会いした時から、そうでございましたな」

訥々《とつとつ》と喋りながら、久兵衛はよく酒を飲んだ。一本目の徳利はすぐ空になり、二本目の栓が抜かれた。

「御心配なく。これは、私が自分で買ったもので、隊の食費ではありません」

「そうか。では、久兵衛に奢《おご》られているということだな」

「まあ、そうですが、土方様はそれを愉しんでおられるではありませんか」

久兵衛が、にやりと笑った。

ついこの間まで暑いと感じていた気がするのに、慌しさのうちに時が過ぎ、京はもう夜が冷えこむ季節になっていた。酒が、適度に躰を暖めはじめている。

「久兵衛は、いつまで新選組を見ているつもりだ？」

「さて、新選組ではなく、何人かの方の生き方を、そばで見せていただこうと考えております。自分がやりたくても、決してできなかったような生き方をです」

死に方、と久兵衛は言っているようにも思えた。ひとりは、山南。そして、沖田と自分。近藤もそれに入るのか、と歳三は思った。

「不遜《ふそん》なことではございますが」

「なんの。おまえが不敵な男だということは、はじめて会った時からわかっていたという気がする。隊士の中にも、おまえを凌ぐ腕を持った者は、それほど多くはいまい。それが、厨房の料理人だ。まあ、じっくり見物して貰うか。いまのところ、役にも立っている」

「拝見させていただきます」

ほんとうに不敵な笑みを浮かべ、久兵衛は歳三の茶碗に酒を注いだ。

「しかし、近藤様は長州でございますか。ほんとうに、入れるのでしょうか？」

入れるはずがない、と歳三は止めたが、近藤は楽観視していた。伊東が、捕縛した長州系の浪士三名を間諜《かんちょう》に仕立てあげ、その者たちが手引きするというのだ。そういうところは、伊東の見通しも甘かった。浅野薫の報告では、新選組とわかるとそれだけで命がないほど、長州では嫌われているのだという。手引きをすることも、浅野ははっきりと断ってきていた。

長州征伐のために動員される各藩の兵も少しずつ集まりはじめ、戦ではあるまじきことだが、五カ所から進攻するという作戦まで発表されていた。

「敵地の長州で、もしなにかあったら、近藤様はどうなされるおつもりなのでしょう？」

「新選組は、俺に託すという遺言を置いていったよ。天然理心流の後継は沖田総司だとも」

「沖田様に、それは」

あまり長く生きないだろう、とやはり久兵衛は言っているように聞えた。

近藤は、沖田の労咳をそれほどひどいものだと考えていないふしがある。松本良順に診《み》せて治して貰え、と言ったほどなのである。いや、死ぬと信じたくないというのが、ほんとうのところかもしれない。歳三には想像のつかない、情の厚さもあるのだ。

二本目の徳利が空になると、久兵衛はあっさり腰をあげた。

久しぶりに、勝海舟に呼び出された。

二条通りの、小さな宿である。

「京におられましたか、勝様」

「京にもいたし、大坂にも、神戸にもいた。どうも、上のやつらは俺を遊ばしちゃくれねえ。肝心なところをてめえらでやって、失敗すると後始末を押しつける。まったく、あの老いぼれどもときちゃよ」

言っていることは、小栗忠順と同じだった。はじめから勝か小栗がやっていれば、うまくいったものも多くあるのだろう。

「長州征伐軍に、幕僚として加わられるのですか、勝様？」

「まさか。そんなのは、蹴飛ばすよ。俺はただ、新選組の土方に会いたかっただけだ」

「坂本龍馬は、亀山社中を作り、長州に武器を入れるようですな」

「幕府に、龍馬から買おうという才覚のあるやつがいねえ。きちんと交渉すりゃ、龍馬は幕府にだって売るよ」

「薩摩と長州が接近する。それに手を貸しているのが、坂本だという噂もあります」

「幕府を、見限りやがったからな。新しいかたちでありゃ、あいつにとっちゃ幕府だって構いやしねえんだ。俺が今日、おめえを呼んだのはな、土方。龍馬を絶対に斬るなと言っておこうと思ってだよ」

「難しいことです。京に入ったら、斬らざるを得ません」

「京の近くまでは、来るかもしれねえ。しかし、しばらくは京に入らねえよ」

「私には、なんとも申しあげられません」

「斬るな」

「坂本龍馬は、桂小五郎などと並んで、捕縛の第一の標的になっております。納得のいく御説明が欲しいのですが」

「俺の勘だ」

「どういう勘です？」

「しつこい野郎だな。斬るなと言ったら、斬るな。絶対にだ」

それから勝は、二、三度息をついた。

「俺の頼みだ。いいか、土方。龍馬は徳川家にとって、必要な男になる」

肺腑《はいふ》を衝《つ》かれ、歳三は勝を見据えた。意味はわからなかったが、なにか重要なことを勝は言ったのだ、と思った。

「俺を斬りそうな顔をしてやがる。俺を斬った方が、ずっとましだ。龍馬は、斬るな」

「それ以上のことを、おっしゃってはいただけないのですか？」

「俺にだってよ、まだよく読めねえんだ。なにしろ、幕軍三十万なんて言ってるやつが、幕府のてっぺんにいやがるし」

「違うのですか。幕軍は、すでに集結をはじめているという話ですが」

「三十万は三十万だろう。その三十万の中に、薩摩や土佐の軍だって入ってんだぞ。幕府のてっぺんじゃ、そんな勘定しかできねえんだ。え、土方。おめえ、三十万なんて勘定ができるか。百人しかいねえ新選組を率いているおめえにだって、その勘定がいかさまみてえなもんだって、わかるだろうが」

言われてみれば、どれほどあやふやな三十万かはわかる。いや、前からそう感じてはいたのだ。しかし、それと坂本龍馬が徳川家に必要だということと、どう繋《つな》がるのか。

「約束してくれ、土方」

勝が、本気で言っている。それだけが、痛いほどよくわかった。

「新選組は、斬りません。しかし会津、桑名《くわな》の両藩をはじめ、見廻組など、坂本を狙っているものまで止める、ということはできません。それで、よろしいのですか？」

「心配だがな。それでいい。京で一番実力があるのは、おめえだからな」

「それほど坂本を死なせたくないなら、京坂に近づけないことです」

「それが俺にもできねえから、おめえの方に頼んでるんだよ」

勝が、眼を閉じた。ひどく憔悴《しょうすい》していることに、歳三ははじめて気づいた。

「なにが起きるのです。勝様？」

「わからねえんだよ、俺にも。俺はいま、暗闇《くらやみ》を手探りで歩いてるようなもんさ。だけどよ、そうやって歩いてると、勘だけは働くようになる。おまえ、龍馬と小栗が組むなんて、想像してみたことがあるかよ。俺は、なかった。ところが、二人の考えが、似すぎるほど似ているって、ある時、気がついた。驚いたが、勘も働いた」

「勝様のお考えとは、似ていないのですか？」

「俺なんざ、あの二人と較べると、凡人でよ」

「そうですか」

「あっさり、納得してくれるじゃねえかよ」

「納得はしませんが、どこかで勝様の言われることには、黙って従ってみようと、以前から思っていましたので。すべて、従うというのではありませんが」

「わかったよ。俺もおめえも、闇ん中だ」

闇の中という言葉だけは、歳三の胸中に大きく響いた。いまの自分を表わすのに、それほどぴったりの言葉はない。

「おひとりですか、勝様？」

「ああ。おめえに会うんでよ。つまらねえやつらも、ふるえあがって近づいちゃこねえだろうよ」

勝はまた、幕府と言わず、徳川家と言った。徳川家に、薩摩と長州を結びつけようとしている坂本龍馬が、どういうふうに役立つというのだ。

勝も小栗も、徳川家と幕府を、別のものとして考えている。そして、坂本龍馬もそうなのか。歳三も、このところ徳川家と幕府を別のもの、と考えはじめていた。それは、はじめに山南に言われたことではなかったか。

勝は、それ以上なにも喋らなかった。

誰かが迎えに来るのを、待つという様子である。運ばせた酒にも、口をつけなかった。

一刻ほどして現われたのは、山岡鉄太郎だった。手練れを、五人連れていた。勝の護衛を、山岡がやっているのだろう。

「これから大坂だよ、土方さん」

「そうか。勝様もお忙しそうだな。疲れておられるようだし」

それでも勝は、自分を呼び出した、と歳三は思った。そして、坂本龍馬を斬るなと言ったのだ。

「急ぐので、失礼する。このところ、勝さんを斬ろうって不心得者が、また増えてね。それが旗本であることが、私は悲しい。勝さんは、旗本のことも懸命に考えておられるのに」

歳三は、ただ頷いた。京にいる間は、新選組が警固、ということは不可能ではないが、それはそれでまた別の問題が出てくるだろう。

「土方、また会いてえもんだな、え？」

別れ際に、勝がそう言った。

歳三は、二条通りから寺町通りへ迂回《うかい》して、西本願寺の屯所へ戻った。

浪士狩りが少なくなった分、屯所では訓練が激しくなっていた。それも、長州戦を想定した、集団戦の訓練である。

隊士のほとんどは、征長戦に出動するものと思いこんでいる。そこで軍功をあげれば、と言っている隊長もいた。

歳三は、しばらく訓練を見ていた。隊士が増え、しかも戦の訓練だから、西本願寺に設定した稽古場だけでは足りず、壬生寺の境内を借りて別の隊もやっていた。

歳三は、勝が言ったことを考えていた。坂本龍馬は、徳川家の役に立つから斬るな。勝が言ったのは、結局それだけだ。おかしな話だ、という思いはもう消えていた。こんな時代に、おかしな話などというものはない。

考え続ければわかる、というものではないが、幕府と徳川家を分けてものを見ていれば、征長戦でいくらかはっきりしたものが出てくるかもしれない。

日が経ち、さらに寒くなり、そしてそのころ、ようやく近藤が帰ってきた。正月を目前にしていた。

近藤は、結局は長州へ一歩も入ることはできなかった。それについては、伊東に大きな不満を持っているようだった。伊東が間諜に仕立てあげた浪士は、あっさりと処分されていたのだ。

「まあ、長州は存亡を賭けた戦を前にしているのだから、近藤さんが行ったこと自体、危険なことだった。生きて帰れたのは、運が強いということでもありますよ」

「歳、俺は、いつまでも新選組を犬の集団などと呼ばせたくないのだ」

「気持は、わかります。しかし、いまはじっと時勢を見つめる時でしょう。幕府が、威信を賭けて征長軍を出そうとしているのですから。底力が見せられるかどうか」

底力など、とうになくなっている、と勝も小栗も、そして坂本龍馬も思っているのだろう。

「近藤さん、戦がはじまるまで、まだ京で政争が続くよ。新選組が、浮沈を賭ける局面も、これから出てくるかもしれないんだ」

「そう思うか、歳？」

「多分。浮沈の際《きわ》は、俺たちが自分の眼で見定めるべきだと思うが」

「長州は、手強いぞ、歳。俺は、それだけはわかった。入れなくても、感じたよ。それに較べて、集まりはじめている幕府側は、数だけいる、というようにしか見えなかった。大軍を恃《たの》めば、痛い思いをする。まさか、負けることはないにしてもだ」

負けることもあり得る、とまで歳三は思っていた。ただ、将軍自らが前線に出て指揮をすれば、わからない。いや、それなら、勝てる。三十万の軍が、五万でも勝てる。

「薩摩が長州と組むということになれば」

「それは、間違いなくあると思うよ、近藤さん。反幕派の旗頭に立つために、薩摩は幕府と組んで、長州を叩いたんだ。狡《ずる》いな。しかしその狡さは、小ささでもある。幕府に人がいれば、その小ささが、薩摩の命取りになるかもしれん」

「人が、いるのか、幕府に？」

「さてね」

闇の中の手探りと勝は言ったが、新選組もまったく同じだった。

暗闇にいることを、近藤はよくわかっている。光を見つけるのは、自分の眼だということもだ。

京の冬は、やはり寒かった。

第五章　いま京で

一

発熱していた。それがどれぐらいの熱かはわからなかったが、沖田は届けを出し、休憩所で二日臥《ふせ》っていた。

熱は下がり、隊務に復帰したが、休憩所から通うというかたちを取った。

幹部の隊士は、休憩所を持つことを許されている。近藤は妾宅《しょうたく》を構えていたし、ほかにも家を持っている者、商家の二階などを借りている者がいた。

沖田が借りているのは、桂川《かつらがわ》を渡ったところにある商家の離れで、西本願寺《にしほんがんじ》の屯所《とんしょ》から、そう遠いところではなかった。

商家の主人には、離れを借りる以上の金子《きんす》を渡してある。多恵《たえ》という娘が、商家で働いていた。沖田と同じ労咳《ろうがい》持ちで、別の商家の下働きをしていたのを、こちらへ移した。仕事も、気が向いた時にだけすればいい、ということにしてある。妾宅を構えるのとは違うが、似たようなところはあった。

多恵を、好きというわけではなかった。自分では、そう思っている。ただ、情欲が抑え難く、島原の遊妓《ゆうぎ》などを抱くのは、嫌悪感があった。両方とも、多分、長くは生きていない。だから、躰《からだ》の交わりだけでいいのである。

熱は下がったが、いつも微妙に熱っぽい感じはつきまとっていた。ただ、ここ二年ほどそれが当たり前になっているので、普通の状態とも言えた。

年が明けていた。近藤は、再び長州《ちょうしゅう》へ行っている。やはり伊東甲子太郎《いとうかしたろう》が一緒であるが、沖田はそれほどの関心は持たなかった。自分は、京だけで充分だった。

熱を出している間は、多恵が看病していた。看病されるほどのことではない、と思ったが、多恵がそうしたがったのだ。熱がある間も、交合には及んだ。それで、不思議によく眠れたのだ。

隊務に復帰すると、一番隊の見廻りでは必ず先頭に立った。

二度ほど浪士との斬り合いになったが、沖田は背後から隊士を指揮しただけだった。自分の剣を抜くほどの相手ではない、というのがはっきりと見えてしまうのだ。

「京に、総司《そうじ》の敵はいないようだな」

土方が、皮肉な口調で言った。土方の、こういうもの言いには、馴れている。

「坂本龍馬《りょうま》というのは、できるのですかね？」

中村半次郎《はんじろう》とむかい合った時、両者の間に大刀《だいとう》を投げこんできた。たやすくできることではない。その坂本が、伏見《ふしみ》で奉行所の捕り方百名に囲まれ、包囲を脱けて逃がれたのは、ひと月ほど前のことだった。

「伏見の寺田屋からは、拳銃を撃って脱出したようだぜ。ただ、北辰一刀流《ほくしんいっとうりゅう》でかなりの腕だという話は聞いている」

寺田屋を襲撃した伏見奉行所が、なぜひとりを取り逃がしたのか、不可解ではあった。拳銃が一挺あっても、五人同時の攻撃は回避できない。新選組なら、間違いなく仕留めていただろう。

いや、あの男となら、差しで斬り合いをしたい。

「坂本が、京に来ることは？」

「ないだろうな。多分、いまは懸命に長州に武器を運んでいるというところではないかな」

長州と薩摩《さつま》の、同盟の噂が流れている。薩摩はそれを否定し、幕府はそれを信じている。そんなことも、沖田にとってはどうでもよかった。長州征伐の戦《いくさ》が隊内でしばしば話題になっているが、戦というかたちにも、沖田は関心がなかった。あるのは斬り合いであり、一対一なら、まったく望ましい。そして相手が、手練《てだ》れであればあるほど。

「おまえ、一番隊はちゃんと締め直しただろうな。二日でも、隊長がいないと緩む」

「一番隊ですよ、副長」

躰を大事にしろというようなことを、土方はあまり言わなかった。そういう点は、近藤とはまるで違う。

「京は、なんとなく静かになりましたね、副長。ほんとうに、浪士は消えてしまっているんでしょうか？」

「まあ、征長戦に、いまほとんどの眼がむいている。めずらしく、江戸でも盛りあがっているそうだからな」

長州征伐に動員される各藩の兵は、京を通らず大坂を通る。したがって、治安に問題が出てきているのも、大坂だった。ただ、いまは新選組は、大坂を引き払っていた。

「血を見たいか、総司？」

「自分が喀《は》く以外の血なら」

多恵も、咳《せき》とともに血を喀くことがある。同じだと言って、嬉《うれ》しそうに多恵は沖田にそれを見せる。それで、どういう感情も沖田には湧いてこなかった。

「私が、早く死ねばいい、と思っているでしょう、副長。そうすれば、厄介《やっかい》払いができると」

「拗《す》ねた言い方をするな、総司」

「そうですね。副長だけはわかっているでしょうが、私が恐れているのは、病で起きあがれず、死にたくても死ねないことです。だから、動乱の中心が長州に移ってしまうと、なんとなく焦ってしまうようなのです」

土方は、なにも答えず、ただ庭を見ていた。

近藤が長州へむかってから、土方は待っていたように、隊士二名を切腹させた。隊規違反ということだったが、具体的になにがあったのか、沖田は知ろうとしなかった。一番隊士ではなかったのだ。

「総司、おまえはいいな」

呟《つぶや》くように、土方が言った。

「なにがです？」

「澄んだ眼で、動乱を見つめることができる。俺など、ひとつひとつの意味を、あれこれ考え、思い悩む。おまえには、それがない」

「私が、なにも考えていない、というような言い方です」

「考えてるさ、おまえは、新選組隊士として死のうと、いつも考えている」

「それでいいのですか？」

「人は、生きたいから、いろいろ考える。死に方を決めてしまえば、余計なものは見なくなる」

それ以上、土方は言おうとしなかった。

夕刻、巡回を終えると、沖田は多恵のところへ行った。寝ている多恵の白い顔に、朱がさしている。それが、体調がいいからでないことを、沖田はよく知っていた。発熱すると、そうなるのだ。

沖田と入れ替りのように、多恵は発熱していた。労咳は、多恵の方がずっとひどい。十日に一度ぐらい、血を喀くのだ。それでも、沖田が発熱していた時は、看病していた。

弱い者が寄り添っている。多恵と一緒にいると、沖田はいつもそう思う。それが時として、身を切るように惨《みじ》めで、快くもあった。

「総司さん、せっかく熱が下がったのに、今度はあたしが出してしまった。ごめんなさいね」

「食いものは、届いているだろうな」

「食べきれないほど」

「なにを頼んでもいい。それだけの金は渡してある」

多恵の蒲団《ふとん》の中に、沖田は潜りこんだ。

さすがに、多恵は不安そうな顔をしていたが、沖田は腕を回して抱きしめただけだった。

「眠れよ」

「昼間から、うとうとしていたのに」

「それでもいい。眠れ」

多恵の躰は、熱い。自分は暖まりたいだけだ、と沖田は思った。

どれほどの時が経ったのか。沖田はいつの間にか眠っていた。

多恵は、眼を醒《さま》していた。

「どうした？」

「抱いてよ、総司さん」

多恵の熱い躰が、押しつけられてくる。

「熱があるくせに」

「自分が熱がある時、総司さんはあたしを抱いた」

沖田は、多恵の小さな胸に触れた。それから、口を吸い、静かに多恵を抱いた。

それで、沖田も多恵も眠ったようだった。

眼醒《めざ》めた時は、外は明るくなっていた。

商家の女中が、沖田の分まで粥《かゆ》を運んできた。蒲団の上に起きあがった多恵と、それを食った。多恵は三口ほど、沖田は半分近く食った。

「もう、行くの？」

「隊務があるからな。解熱の薬湯は忘れるなよ。私も、あの薬で熱が下がった」

かすかに、多恵が頷《うなず》く。横をむいた、鼻梁《びりょう》の線が、顔の中でそこだけくっきりしていた。きれいな女なのだ、と沖田は思った。

商家を出て、桂川の手前まで来た。

「沖田っ」

声とともに、二方向から斬撃《ざんげき》が来た。躰がひきしまった。肌が痺《しび》れた。生きている。瞬間、沖田はそう思った。抜き撃ちに、ひとりの胴を払い、上段から打ちこんできたもうひとりののどを突いた。二人が倒れた時、三人目に沖田は剣をむけていた。まだ若い。自分と同じぐらいの歳だろう、と沖田は思った。

唇のあたりが、ふるえている。構えた剣も、どこか浮ついていた。

「名乗る気は、ないのか？」

「俺は」

男が発した声も、ふるえている。意気地のない男だ。いま背をむけて立ち去っても、後ろから斬りかかってくることなど、できはしないだろう。こういう男が、自分より長く生きる。

二十年、三十年も長く生きる。それが、沖田には我慢できないことに思えた。新選組の、沖田総司と立ち合ったことがある。そんなことを、子や孫に言うのかもしれない。

沖田は、男にむかって一歩踏み出した。ここで襲ってきたのは、ずっと自分を狙っていたからだろう。長州系の浪士の恨みは、自分でも憶《おぼ》えていないほど買っている。

「私を斬ってくれるほどの、腕はないな」

それが、相手に聞えたかどうか、わからなかった。斬撃。刃筋もはっきり見分けられるほど、稚拙《ちせつ》なものだった。

沖田は男の腹を突き、縦に撥《は》ねあげた。心の動きは、なにもなかった。剣を鞘《さや》に戻した時、いつもの自分であることがはっきりとわかった。

「おう、総司、血の臭《にお》いか」

屯所に戻った時、嬉しそうな表情で土方《ひじかた》がそう言った。

桂川の手前で斬られた三人の浪士については、京都所司代《しょしだい》から問い合わせがあったようだ。京都守護職からの問い合わせでないところが、ただの形式だということをはっきり感じさせた。

「降りかかる火の粉を、払っただけだ」

おどおどと質問してきた役人に、沖田はそれだけ答えた。役人は、それで帰っていった。

ん買っている。

土佐《とさ》の脱藩浪士だったようだ。自分ではなんだかわからない恨みを、新選組の隊士はずいぶ

「総司、近藤さんが帰ってくるぞ」

土方が、沖田の部屋を覗《のぞ》いて言った。小隊長は、狭いが個室を貰《もら》える。

「やっぱり、長州には入れなかったんでしょう？」

近藤が帰京することには、微妙な喜びがあった。新選組も、家長が不在という感じになる、と沖田は思っていた。

「入れるはずはないさ。それでも、近藤さんは諦《あきら》めきれなかった」

土方も近藤も、新選組はどう進むべきかを、たえず考えている。死を目前にした山南《やまなみ》もまた、そうだった。

新選組はこのままでいいのだ、と考えているのは自分だけなのかもしれない、と沖田は思った。時の流れに身を任せる。それも、ひとつの生き方ではないのか。江戸を出てきた時、新選組がこうなるとは、誰も予測していなかったはずだ。ただなにかしら、ひとすじの道だけが見えていた。清河八郎《きよかわはちろう》が江戸に戻ろうとした時、近藤と山南と土方は、芹沢《せりざわ》らと一緒に京に残る道を選んだ。あの時から、三人は力を合わせながら、それぞれが違う苦悩を抱いた。山南は死に、近藤と土方の苦悩だけが、いま自分の前にある。それに対して、なにかできる

けである。

と沖田は考えていなかった。ひとりを斬るのも百人を斬るのも同じだ、という思いがあるだ

「長州征伐の戦に、新選組は出動するのですか、副長」

「しないな、多分。新選組は、幕臣に恥をかかせるかもしれん」

「新選組が、幕臣に恥をかかせるほどの武功をあげかねない、ということですね」

「考えてみろ、総司。命を賭《か》けた斬り合いをした幕臣が、どれほどいると思う」

新選組はずっと京か、と沖田は思った。

多恵と離れなくて済む。そう考えている自分に気づいて、沖田はちょっと戸惑った。そういうことを考えること自体、不思議なことだという気がした。多恵は、たまたま出会った、労咳の女にすぎない。

帰京しても、近藤は忙しそうだった。会津《あいづ》侯だけでなく、公家《くげ》に会ったりもしているようだ。躰をいとえと、沖田は言われただけだった。そういう言葉ではなく、このところ土方の無視の方が、なぜか慰められる。

「沖田様、これをお持ちになりませんか？」

夕刻、沖田の部屋を、久兵衛《きゅうべえ》が覗いた。卵を、食べやすく料理したもののようだ。

「これは？」

「私が工夫いたしましたもので、のどを通りやすく、滋養はあるのでございますよ」

「それで、これを誰に？」

「それは、どなたにでも」

多恵に持っていってやれ、と言外に言われているような気になった。それは、愉快なことではなかった。自分が、かっとしてしまうだろうということを、沖田は半分冷静に感じていた。

刀に手をのばした。次の瞬間、抜き放った剣の切先を、久兵衛の顔に突きつけていた。久兵衛は瞬《まばた》きひとつしなかった。それを、沖田はしっかりと見ていた。

「斬らぬ、と思ったな、久兵衛」

「はい。お斬りになるおつもりは、毛ほどもなく、ただ御自分に腹を立てられただけのように見えました」

「いま、この刀を突き出したら？」

「それは、沖田様の突きを、私ごときが避けられるはずもありません」

本気で突いてかわされるとは、沖田も思っていない。ただ久兵衛の度胆《どぎも》を抜いてやりたかった。この男が恐怖にふるえるのを、見てみたかった。そういう情動が、自分のどこから出てきたのかと考えて、沖田は不意に惨《みじ》めさに襲われた。惨めさが、心地よい。昔からではなく、最近、そうなった。

「悪かった」

笑って言い、沖田は刀を鞘に収めた。

久兵衛の額に、いきなり汗の粒が噴き出してきた。

「その卵、貰っていくよ」

「いえ」

額の汗を掌《て》で拭《ぬぐ》いながら、久兵衛が言った。

「こういうことになるかも、と私は考えておりました。どうなろうと、こわくはないと。それでこそ、自分の料理をお勧めできるのだと。しかし、私は恐怖に包まれました。私の料理人としての腕は、それぐらいのものでございました。お口には合いません」

「よそう、久兵衛。私は、率直に好意を受けるべきであった。それすらもできぬ男に、なりたくはないのだ」

それでも、久兵衛は料理の詰った折りを出そうとはしなかった。

その一件があっても、久兵衛は沖田の食事だけは、律義に運んできた。ほとんど、言葉は交わさなかった。それでも、作られたものに心がこめられていることは、痛いほど感じられた。持っていってやれば、多くは食べられないにしろ、多恵は喜ぶだろう、と沖田は思った。

躰から、殺気が滲《にじ》み出しているらしい。

稽古場《けいこば》で永倉新八《ながくらしんぱち》とむかい合った時、永倉の全身から、殺気を感じた。それは永倉が放ったものでなく、沖田の殺気が照り返されてきたものだ。事実、永倉は呆《あき》れたように木刀を抛《ほう》り出し、ここは稽古場だぞ、と呟いて沖田に背をむけた。

「なあ、総司。俺は土方さんのように言葉はうまくない。近藤先生のように、厳しさとやさしさを、同時に持ってもいない。だけど、おまえのやりきれなさは、わかるような気がする。うまくは言えんが、俺は、おまえを見ていると、つらい」

試衛館《しえいかん》から、ずっと一緒だった井上源三郎《げんざぶろう》にそう言われると、沖田には返す言葉もなかった。自分が直面している死は、自分だけのもので、他人には関係ないことなのだ。そんなことはわかっているが、なにか特別な気配を、周囲にはふり撒《ま》いているようだった。

結局、多恵といるのが一番楽だということなのか。だから、暇を見つけては、休憩所通いをするのか。

幹部は、休憩所を持つことを許されていたが、自分がそれを持つとは、数カ月前までは考えてもいなかった。近藤が妾宅を構えたことさえ、不快なことにしか感じられなかったのだ。

一日が、ひどく短いような気がした。毎日の巡回や、いつあるかわからない出動も、数日前ときのうの区別が、判然としないことすらあった。

一日毎《ごと》に、死に近づいていく。そんな話を、江戸で山南にしたことがある。その時は、労咳ではなかった。山南も病を得てはいなかった。当たり前のことだぞ、総司。永遠に生きられないかぎり、死は近づいてくるだけではないか。山南はそんなことを言った。生きていることは、死のうとしているのと同じことなのだ。

あの時、山南は数年も経たずに死ぬと思っていただろうか。思っていれば、言い方はもっと違ったものになったはずだ。

早く、自分を斬る手練れが。沖田は、眠りに落ちる時、しばしばそう念じた。眠ったまま眼醒めないというのが、かぎりない恐怖に感じられたりするのだった。

二

征長軍の攻撃が開始された。

京に、細かい戦況が伝わってくるということはなかったが、芸州口《げいしゅうぐち》にだけは、広島に残っていた山崎烝《すすむ》がいた。山崎から、細かい情報が入りはじめた。二十数倍という兵力でありながら、幕府軍は各地で押され気味だという。長州は、徹底的に銃撃戦をやっているようだ。あまり高くない征長軍の戦意が、それでさらに低下しているという。

やがて、浅野薫《かおる》からも、報告が入った。長州軍の装備が、詳しく調べあげられていた。銃器の装備には、眼を瞠《みは》るものがあり、それは薩摩を経由するというかたちで、坂本龍馬の亀《かめ》山社中《やましゃちゅう》の働きに負っているところが多いという。それすらも、征長軍は把握していない。

切歯扼腕《せっしやくわん》すると思った近藤は、歳三が報告にいっても、意外に冷静だった。

「俺はな、広島で幕軍の様子をつぶさに見てきた。長州にとどめを刺せという意気こそ高かったが、刀や槍を磨いているだけであった。あれで銃にむかっていけば、やはり負ける。緒戦に負ければ、意気などすぐ挫《くじ》ける。俺はそう思っていたぞ、歳《とし》」

「はじめから、征長軍の負けを予想していたんですか、近藤さん」

「まだ、負けてはおらん、しかし、ひどい苦戦になるだろう、とは思っていた。必死の人間をひとり相手にするのに、三人、四人が必要になることが多い。同じ武器を持っていてだ。俺は、火縄銃を磨いているやつを見たぞ。あんなもので、洋式の銃器に対抗しようとしていたのだ」

「幕府にも、少しずつ洋式のものが入っているし、かなり装備の進んだ藩もある。全体の底力としては、どうだろうか？」

「いずれ、長州は息切れをするだろう。しかし、それまでに征長軍は相当に痛い思いをするな。また、した方がいい」

「しかし、近藤さんがそんなふうに考えていたとはな。刀こそが最後の武器。そう思っていたのではなかったのか」

「蛤御門《はまぐりごもん》で、攻めこんできた長州軍を止めたのは、薩摩の一斉射撃ではなかったか。会津藩が散々てこずった長州兵を、薩摩は斬り合うこともなく、離れた場所から止めたのだ。俺も、あの光景からは、学ぶものがあったさ」

近藤は、それでも征長軍の最終的な勝利は疑っていないようだった。歳三《としぞう》も、今後どこまで征長軍が思い切れるかだ、と予想していた。将軍が陣頭に立てば、やはりその時の勢いは長州を圧倒するだろう。

しかし、征長軍が押し返したという報告は、それからも入らなかった。全体的な局面としては、長州がよく防御を続け、征長軍は攻めあぐむという状況が長く続いた。兵力差からいえば、長州優勢と言ってもおかしくはなかった。新選組が行けば、と言っている隊士もいたが、そんな次元の話でないことは明らかだった。つまり、この国における、戦という概念が、違うものになりつつあるということだった。

歳三は、むしろ興味深く、征長戦の行方を見守っていた。装備が整った軍が長州とぶつかった時は、それほど劣勢というわけではないのだ。

「大坂では、将軍家自らの出馬が話し合われている、という噂ですが」

島田魁《かい》は、そうなれば勝てると言った歳三の言葉を、単純に信じているようだった。負けるかもしれない、と歳三は思いはじめていた。長州軍に痛撃を与えたということが、一度もないのだ。十数万の軍には、多分、厭戦《えんせん》気分が漂いはじめているだろう。薩摩や土佐は、もともと戦意すら持っていない。浅野薫の報告によると、まともに闘おうとしている軍はわずかである。

「歳、どうもいかんな。薩摩と長州の連合の密約というのは、ほんとうではないだろうか。俺は、そんな気がしてきた」

「征長軍が圧倒すれば、そんなものは反故《ほご》だぜ、近藤さん。征長軍の劣勢が、密約をますます確かなものにしていくんだ」

「しかし、あの薩摩と長州がなあ」

「両方とも、馬鹿ではない。大局から見ればどちらが有利か、しっかりと考えているだろう。まあ、長州は必死だが、薩摩は余裕を持っている、ということだろうが」

うまく立ち回っている。歳三には、薩摩がそんなふうに見えた。いまだけでなく、京における政争でも、ずっとそうだった。

大坂から、噂が流れてきたのは、戦がはじまってひと月も経ったころだ。

出馬するはずだった将軍家が、大坂城で急死したというのである。歳三は、すぐに京都守護職邸に確認に行った。喪《も》を伏せるという言い方で、会津藩の重臣はそれを認めた。すでに噂になっている将軍家の死を、隠そうとする発想が歳三にはどうしてもわからなかった。長州では、新選組よりずっと早く、情報を摑んでいるはずだ。

この混乱を、幕閣がどう収拾するのか。歳三の眼は、そちらにむいた。戦の帰趨《きすう》はすでに決まったようなものだ。

浅野薫からは、征長軍の各地での敗戦が伝えられてきた。善戦していたと言っていい熊本藩が、不意に撤退をはじめたし、戦場を放棄する藩もいくつか出ていた。

勝海舟《かつかいしゅう》が二条城に入ったという知らせがあったのは、そういう時だった。知らせてきたのは、新門辰五郎《しんもんたつごろう》である。

勝海舟は、再び軍艦奉行に復帰していた。重大な用件もないのに、会いに行ける相手ではない、と歳三は思っていた。それが、勝の方から呼び出してきた。二条城ではなく、伏見の辰五郎の妾宅である。

訪ねると、すぐに部屋に通され、勝はひとり伴って入ってきた。

歳三は刀を執《と》り、柄に手をかけた。伴っていたのは、坂本龍馬《さかもとりょうま》である。歳三は以前、二度その顔を見ていた。そのころは、まだ新選組の標的に入っていなかったのだ。

「待ちな、土方。ここにいるのは、ただの浪人だ。おまえが斬らなきゃならねえ相手じゃねえよ。斬るんなら、俺を先に斬りな」

しかし、と言いかけて、歳三は口を噤《つぐ》んだ。斬るのは、いつでもできる。勝がなにを考えているのか、知るのが先だと思った。

坂本は、平然としていた。歳三が刀を畳に置いたのを見て、勝はようやく腰を降ろした。

「驚かせて悪かったがな、どうしてもおめえとこの男を会わせておきたかった」

歳三が見つめても、坂本の茫洋《ぼうよう》とした表情は動かなかった。

「俺はな、いやな役目を上から押しつけられてな。長州との休戦協定を結んでこいってことさ。朝廷も、征長中止の勅命《ちょくめい》を出した。幕府としちゃ、矛《ほこ》を納めるしかねえってことだ。しかし、長州と交渉に行こうって玉は、ひとりもいねえんだよ。呆れるばかりだが」

「戦の継続を主張する方も、おられないのですか？」

「上の方にゃ、いねえな。みんな及び腰だ。血の気の多いのが、決戦などと叫んじゃいるが、負け犬の遠吠えだ」

「それで、勝様は休戦の協定を結ぶ使者を受けられたのですか？」

「土方、ひとつ訊《き》くが、征長軍は勝ったのかい。このまま戦を続けりゃ、勝てるとおめえ思ってるか？」

「いえ、負けるでしょう」

「そうか。なんとか、かたちだけでも負けにしねえように、俺は広島へ行く。馬鹿げてるが、俺もまだ幕臣だからな」

長期戦になれば、両者ともつらいという状況だ、と歳三は読んでいた。だから、休戦には両者の利がある。

「わかりました。しかし、それがこの御仁とどういう」

「慌てるな、土方。俺は徳川家を、ただの徳川家に戻してえんだ。それも、倒幕戦などという戦をせずにだ」

「無茶なことを、おっしゃいます」

「それができる。いろんな人間の力が必要になるんだが」

「それに、この御仁も入っている、と言われるのではありますまいな？」

「わからねえ。しかし、力は出せる。おめえもだ。俺は、その力を、全部ひとつに合わせてみてえんだよ」

「薩長の連合は、この御仁が働きかけて実現したのではないのですか？」

「そうだよ。そして、俺も幕府を潰《つぶ》してえ。そういう俺から見て、薩長の連合は、ほんとは都合のいいことでな。倒幕派がひとつになりゃ、ある意味じゃ扱いやすい」

「幕府が倒れるということが、必ずしも徳川家が潰れることではない、とおっしゃっておられるのですね」

「そうだよ。ただ、俺もまだ、なにをやればいいか、決めているわけじゃねえ。この男、不思議なやつでな。幕府もいらなきゃ、薩摩や長州の覇権もいらねえ、と言ってる。薩長の幕府ができても、仕方ねえとな」

「まだ、私にはわかりません」

「わかるわけねえよ。俺だって、この男だってわかっちゃいねえ。ただ、まず幕府を潰さなきゃならねえ、ということじゃ一致してるんだ。おめえ、そういう気になれねえか?」

幕府が倒れるということは、新選組の存在がなくなるのと同じだ、としか歳三には思えなかった。

「いいか、俺の言うことを、よく頭に入れろよ、土方」

「入るものと入らないものがある、とは思いますが」

「俺がいまから言うのは、おめえの頭にだって入るぐらい簡単なことだ」

勝の表情が、はじめて動いた。笑ったようだ、と歳三は思った。

「政事の形体がどんなもんか。ひとりがなにかを決めるんじゃなく、国の民の意思で決められるのがいい。国は、そういう民が作っているものだからだ。しかし、たやすくはいかん。それで、民の代表を選び出して、そいつらが話し合って決める。百人になるか、二百人になるか。この男が考えているのは、そういう国さ」

勝が、ちょっと坂本の方を顎《あご》でしゃくった。坂本の表情は、相変らず動かない。

山南が言っていたこと。新しい国のかたち。それがいま、多少の貌《かお》を持って語られたのではないのか。歳三が考えたのは、それだけだった。

「俺は、この男が考えている通りに、たやすく事が運ぶとは思っちゃいねえ。この男は、いつだって夢ばっかり見てやがるんだ。自分の気持は、誰にもわからん。てめえだけが知っている。そんな詩を、十七の時に作ったんだそうだ。そいつは、いまも変っちゃいねえらしい」

「私には、はっきりしたものが見えて参りません」

「見えてるさ。おめえはこれまで、考えて考え抜いたはずだからな。これぐらいのことで、はっきりとわかるはずだ。時がかかるかもしれんがな」

坂本の眼が、じっと歳三を見つめてきた。

「すべての人間が、ひとつだけ行き着ける結論がある。勤皇《きんのう》であろうと、佐幕であろうとだ。そのために、手段は選ばない。ぼくはそう考えている」

「行き着ける結論とは？」

「君の頭の中にも、すでにそれはある」

「内戦の回避」

「まさしく」

坂本の表情が、はじめて動いた。歯を見せて笑っている。

「列強諸国は、甘くない。この国からどれぐらい搾《しぼ》り取れるかも、計算しているだろう。内戦は、搾取《さくしゅ》のはじまりと考えていい。しかし、列強同士も争っている。争いながらも、それぞれ侵略の知恵も身につけている」

「どういう？」

「分轄の統治。英、仏、露。これは、この国を三つに分けようとするだろう。米は、いま南北で戦争中だから、それに割りこむ余裕はあるまいが」

「三つに、分轄とは。蝦夷地《えぞち》が露、東国が仏、西国が英。そういうことかな？」

「ぼくなら、その道を選んで、ほかの二国と交渉するね。お互いに、怪我は避けられる」

「しかし、この国は」

「勝てるものか、内戦をしていて。まず、露が蝦夷地を奪《と》る。そこから、交渉がはじまるのさ。猟師と同じだよ。自分はどこの肉を貰うか。そういう交渉だ」

「折り合いは？」

「すでにつきはじめている。そうは思わないか。幕府が潰される時が、列強にとっては絶好の機会だね」

坂本が言っていることに、間違いはなかった。それは、はっきりと歳三にも見える。

「ま、こいつは、こんな具合に、いろいろと考えているわけさ。俺は、そんなことは、二の次だ。まず、徳川家だね。こいつは、俺のそういう気持をも、利用しようとしている」

「ぼくは、勝先生も見るべきものを見ておられる、と思っています」

「勝手に決めるなよ。俺の頭は、石みてえに硬くなってるんだからな」

「それで、この御仁は、なにを？」

さすがに、坂本という名を歳三は出せなかった。

「早急に、この国を近代国家にする。そのためには、競い合うことが必要になる。そう考えてるふしがあるな、こいつは。たとえいまこの国がひとつにまとまっても、列強に頭を押さえられたままだ。それを撥ねのけるにゃ、二つでうまく組んでやる」

「二つで、とは？」

「新しく出た芽が作りあげる国と、古くからあった勢力が、新しい衣装をまとう。その二つだよ。ぼくは、薩長の連合によるひとつの国は、ただ徳川の幕府が薩長を中心とする勢力と入れ替った、というふうにしかならない、と見ている。ひとつにまとまったところで、しみついた古い体質はなかなか変えられず、時がかかるだろう。その時を、列強は与えはしない。この国の中で、争うのではなく競い合う。それによって、お互いに古いものは捨てざるを得なくなる。違うかな」

「わからん」

ほんとうに、歳三にはわからなかった。絵空事を聞いている。そんな気しかしなかった。しかし、薩長の連合も、一年前は絵空事だった。それを、この男はやってのけている。

「おめえが、ここでこの男と会ったのは、なかったことにしてくれ。俺も、こんなやつに会っちゃいねえ。自然体で広島に行って、長州と交渉するつもりだ」

「どういう交渉になります？」

「負けた幕府が、どうやって撤退するかという交渉さ。一橋《ひとつばし》様に呼ばれ、俺は全権を預けられた。そこに、この男がのこのこと現われやがった。それで、おめえを呼んだ」

「なぜ、私なのですか？」

「実際に闘っているやつが、必要なんだよ。先祖から受け継いだ身分に胡座《あぐら》をかいて、口だけでなにかやっているやつらを、まず捨てなきゃならん」

「一応のお話は、頭に入れました。しかし新選組は、これからも闘い続けるしか、道はないと思っています」

「いいさ、大いにやってくれたまえ」

坂本が、また白い歯を見せて笑った。

屯所へ戻ってからも、歳三の心はざわついていた。

勝は、そして坂本は、自分になにを語ったのか。とてつもないことを、話された。そういう思いだけがある。

「どうしました、副長。またぞろ、長州系の浪士が活発に動きはじめているというのに？」

「別に、どうもしていないさ、総司。薩摩はこれで敵に回ったと考えていい。これからの戦は、薩摩を中心にした勢力が相手になるだろう、と考えていただけさ」

「しかし、長州と薩摩が、ほんとうに手を結べるのでしょうかね」

沖田は、あくまで純真だった。純真なまま死んでいくのだろう、という気がする。それもまた、男の死に方と言うべきか。

薩摩と長州を結びつけると言っても、並大抵のことではなかっただろう。それをやり遂げ、しかも薩摩と長州の連合だけでは駄目だという、坂本龍馬という男の発想は、どういうことになっているのか。

坂本もまた、ある意味では純真そのものなのかもしれない。純真な眼で、沖田は自分の死を見つめ、坂本は国の姿を見つめている。

そして、自分はなにを見ているのか。一歩先の地面。そこに穴があるのか、水溜りがあるのか。自分の眼は、せいぜいそれを見ているだけではないのか。

なにかをしろ、と勝に言われたわけではない。しかし、なにをすべきなのか、考えざるを得なかった。こういう時に、山南がいれば。痛いほど、その思いがあった。自分ひとりで決め、考えるだけでいいのか。せめて、近藤だけには、なにかを語るべきではないのか。

新選組に対する思いは同じように強くても、近藤とはまるで見ているものが違う。幕府は必要ない、などと近藤は決して考えはしないのだ。幕府が駄目になっているなら、改革をすればいい。そういう発想が、近藤のものだった。背後に列強の手がのびてきている、という認識はあっても、すぐになにかをしなければならないほど、切迫しているとは思っていないはずだ。

夜が長いのか短いのか、歳三にはよくわからなかった。思い悩んで眠り、眠ったという意識もないのに、眼醒めている。そんな夜が、伏見へ行った時から続いていた。

勝が、広島で交渉に入った、という情報が浅野薫からもたらされた。浅野は、勝が単身で広島に来たことは評価していたが、交渉の内容については危惧《きぐ》していた。

幕府は負けた。確かに、勝の交渉の前提には、それがある。浅野の危惧は、情況を見る者として当然と言ってよかった。

三

伊東甲子太郎は、必死だった。

隊規の締めつけが想像以上に厳しくなり、伊東に与《くみ》しようとしていた隊士の数名は処断され、かなりの数が離れていった。

思い返せば、昨年の山南の切腹の時からである。局長の下の総長でさえ、隊規違反を問われて切腹させられた。それが、隊士の心の底に、恐怖に近いものとしてしみついている。同志が増えるどころか、減っているのだ。山南が、伊東に近かったと思われているのも、大きかった。

京でまとまった勢力を得、時流に乗るにはどうすればいいか。一介の浪人に、そんな方法があるのか。そう考えて、見えてきたものが、浪士の集まりである新選組だった。そういう時、新選組の局長である近藤勇《いさみ》が、江戸に隊士徴募に現われた。引き合わせてくれたのは、北辰一刀流で後輩に当たる、藤堂平助《とうどうへいすけ》だった。新選組には、やはり同じ北辰一刀流で名が知られた、山南敬助《けいすけ》が第二位の地位で在籍していることも知っていた。

近藤と会い、何度か話をするうちに、なんとかなるかもしれない、と伊東は感じた。近藤の思考には一途なところがあるが、勤皇の志もしっかり持っていたのだ。その志は、この国の人間のほとんどが、京の帝《みかど》を仰ぎ見るという程度のものではあったが、尊攘派《そんじょうは》に対しては、帝を利用していると強い不快感を持っていた。

局長がこれならば、新選組に食いこむ余地はある、と伊東は感じた。全部を乗っ取ることはできなくても、かなりの部分を同志とし、ひとつの勢力になることは不可能ではない。無論、人斬りの集団のままではいない。時流は倒幕に流れている。どこかで勤皇を標榜《ひょうぼう》し、倒幕派の勢力と結びつく。

時流の流れは読み通りだが、同志の糾合《きゅうごう》が思うに任せなかった。土方歳三という、難敵が京にはいたのである。

山南を切腹に追いこんだのも土方で、自分の力を削《そ》ぐためだ、と伊東は思っていた。切腹させられなかった同志では、新選組の待遇に不満を抱いていた谷三十郎《さんじゅうろう》が、祇園《ぎおん》の石段の下で、ひと突きで殺されていた。これは、土方の意を受けた、沖田の仕業《しわざ》だろう。谷三十郎は、かなり伊東に傾きつつあったのだ。

いまの状況では、しっかりと人数を読めるのは二十余名にすぎない。それでも、ひとつの勢力とは言えたが、自分が思い描いたものとは大きな隔りがある。

土方さえなんとかできれば、と伊東はたえず考えていたが、隙《すき》はなく、沖田や島田などの腕利きがいつもそばにいる。

新選組は、近藤の人望と、土方の性格の峻烈《しゅんれつ》さで、組織として成り立っている、と伊東は見ていた。だから、山南だったのである。山南をこちらへつければ、新選組全体が変ることもできた。いかに土方が強い主張をしようと、孤立するはずだった。山南の処断によって、伊東は著しく動きを封じられたと言っていい。

将軍が死んだ。次の将軍が誰かも、決定してはいない。征長戦中止の勅命も出た。

京の政局は、また動く。薩摩と長州が密《ひそ》かに手を組んでいるのは、ほぼ間違いのないことだろう。とすると、倒幕の実現は、その時機を急速に早めたことになる。

いつまでも新選組にいては、という思いは伊東の中で募っていた。朝廷につくか、薩摩につくか。しかし、大きく動けば、隊規違反と土方に断定される。脱退も、やはり血の抗争を経なければならないだろう。大義名分のある分離独立。方法は、それしかなかった。

「朝廷の方は、私がいろいろ探りを入れてみます。伊東さんは、別の方向で考えてください。いま、薩摩に接近するのは、はなはだ危険で、避けるべきだと思いますが」

篠原泰之進《しのはらたいのしん》が言った。江戸以来の同志である。江戸を出発する時から、新選組は利用するだけ、と打ち明けてある。

「そうか、篠原さんがやってくれるなら、私は別の方で動ける。土方の眼もくらませることができる」

篠原は、伊東より七つ年長だった。だから、伊東は言葉遣《づか》いにいつも注意している。

「尾張《おわり》藩というのは、どうだろうか？」

前尾張藩主の徳川慶勝《よしかつ》は、御三家のひとつでありながら、越前《えちぜん》の松平春嶽《まつだいらしゅんがく》よりさらに朝廷寄りである。まず尾張藩につき、それから朝廷という道も考えられた。それも、時機を見なければならない。

三条大橋西詰の制札が、鴨川《かもがわ》に投げこまれるという事件が、続発した。長州を朝敵とする制札で、長州系の浪士を刺激したものらしい。

三度目に、新選組が出動し、浪士との斬り合いになった。

二人を斬殺し、ひとりを捕縛《ほばく》したので、一応、出動の成果は認められた。しかし、八名を相手に三十余名でかかって、この結果である。みんな泥酔していたのだ、と原田左之助《さのすけ》などいきり立っていた。

土方は、土佐藩士を中心としたこの事件を、政治的なものにするつもりらしく、毎日のように、京都守護職のもとに通っていた。

土方が、意外なほどの政治性を持っていることが、伊東にははっきり見えはじめていた。隊士の処断からして、かなり意図的にやっている感じがあったし、壬生《みぶ》から西本願寺《にしほんがんじ》への屯所の移転なども、新選組の存在を強く印象づけるための政治手法だった、と伊東は思っていた。

征長戦は、勝海舟の交渉により、一応の終熄《しゅうそく》を見た。なんら長州に痛撃を与えられなかったという意味で、幕府の完敗である。動員した各藩の兵も、幕府が思ったような動きはせず、幕府はそれを咎《とが》めることさえできずにいた。幕府の先は見えた、と伊東は思った。

あとは、京の政局がどう動くかである。

京の政争の中心人物であった一橋慶喜《よしのぶ》がいる。次の将軍と目されているが、本人は固辞しているという。それも、ほんとうのところはわからない。そして、薩摩を中心とする列侯がいる。これは、内部は統一されていない。加えて公家である。幕府は、列侯会議をしきりに提唱しているが、各藩の動きは鈍い。もうひとつの目を、京の政局に作れないか。

そこで浮かびあがるのが、やはり前尾張藩主、徳川慶勝である。

伊東は、近藤に出張を願い出、篠原泰之進を帯同して尾張へむかった。

尾張藩では、重臣が相手をしてくれたが、慶勝の上洛については、数度の面会でも言質《げんち》を与えようとしなかった。

「尾張が、積極的に政局に関わるということは、なさそうだな、篠原さん」

「それが確認できただけでも、名古屋への出張は無駄ではなかったでしょう」

わずか三日の名古屋滞留で、伊東は京に引き返した。

待っていたのは、近藤からの、妾宅への招待だった。

「どういうことでしょう？」

一緒に招待された篠原も、不安そうな表情をしている。

「名古屋の報告でも聞こうというのだろう」

機が近づいているのかもしれない、と伊東は思った。新選組からの分離独立。それを探ってみる、いい機会ではないのか。

たやすく、分離独立が許されるとは思えない。大義名分も、まだ見つかっていない。しかし、感触を探るというぐらいのことは、できそうだった。それも雑談としてだ。伊東が切り出すより、篠原が口にする方がいいかもしれない。新選組と、扶《たす》け合うかたちでの分離独立。独立してしまえば、あとはどうにでも動ける。

七条下ルの近藤の妾宅を篠原とともに訪れたのは、帰京した翌日の夜だった。迎えたのは、近藤と土方である。

酒食のもてなしを受け、伊東は名古屋でのことを報告した。徳川慶勝がどう動くかということについて、土方は大した関心を示さなかった。質問してきたのも、もっぱら近藤だけである。諸侯の動きということが、近藤には重要なことで、そしてまたそういうことを話題にできる自分を、愉《たの》しんでいるようでもあった。数年前まで、名もない浪人にすぎなかったのだ。時勢は、こんなふうに人を押しあげることもある。それも、新選組という組織が、それなりの力を示したからだろう。

「政局が複雑になれば、新選組は両面の作戦をとった方がいい、という気がしますが」

篠原が、さりげなく切り出した。四人とも、酒が入っていて、雑談もあてのないものになっている。打ち合わせ通りの機会を、篠原は摑んだ。

「両面とは？」

篠原を見た土方の眼が、一瞬鋭い光を放った。

「硬軟と申しますか、もう少し穏健なことをやる別働隊がいた方がいい、という気もするのですよ」

「穏健な方法とは、どういうものだね、篠原君。新選組が、いままで剣呑《けんのん》な方法しか持たなかったということか？」

「いままでは、新選組もこれでよかったのだと思いますよ。しかし、これからは、浪士が暴れるなどということでなく、もっと複雑なことが起きるという気がするのです。ですから、別働隊は、新選組が死なせてはならないと判断した要人の、護衛を専門にやるとか」

「いまの新選組に、護衛ができん、と言っているのか？」

「いえ。職掌を細分化してみたらどうか、ということです。そういう対応が必要な時代、だと思うのですがね」

「なるほどな」

土方のもの言いが、不意に軟化した。眼を細め、口もとに笑みを浮かべている。

「それは、新選組を二つに分けるということか、篠原？」

近藤の声が、肚《はら》に響いた。

「局長として、そういうことは許せんぞ。新選組を二つに分けるなど」

「まあ、局長。篠原は、そういう考え方もある、と言っているだけです。決めるのは、局長や土方さんでしょう」

とりなすように、伊東は言った。

「それならいいが、篠原は明日もう一度ここへ話しに来い。酒が入っていない時に、考えを聞きたい」

宴は、それでなんとなく散会した。

「局長の方は、思い通りの反応でしたね、伊東さん」

屯所への、帰り道だった。伊東は、土方の反応について、考えていた。篠原の言ったことを、ある程度まで追及し、近藤の反応を引き出した、という感じがあった。

「明日は、篠原さんひとりだ」

「思い切って、分離論をぶっつけてみます。なに、論だけですから、隊規違反を問いようもない」

「あくまで、論だよ、篠原さん。新選組の将来のための、論だ」

屯所へ戻ると、伊東は自室で考えこんだ。

土方は、分離を認める気があるのではないのか。ふと、そんな気がした。近藤が納得できる理由があればだ。

認めるとしたら、何人を、どういうかたちでなのか。伊東と篠原だけ、ということはないだろう。いま伊東の頭の中にある同志三十名ほどを、まとめて認めるというほど甘くもないはずだ。ぎりぎりに人を絞り、十数名というところか。

たとえそうだとしても、いま新選組から離れておくことが、得策かもしれない。居続けると、あまりに極端な立場で、時流に逆らうということになりかねない。

翌日、篠原は命じられた通りに近藤の妾宅へ出かけ、三刻ほどで戻ってきた。

「いやあ、分離などとんでもないというのが、局長の意見でしたよ。ただ、私の摑んだ感触では、正当な理由というか、大義名分というか、そんなものがあれば別だ、というふうでした。あの局長は、土方と違ってそんなものに弱いのではないですか」

「大義名分か」

「必ずしも、幕府のためでなくても、正当な理由はあると私は思いましたね。たとえば、朝廷のため、帝のため、という理由でも、局長は納得する、と私は感じました」

「いまのところ、大義名分がなかなか見つからない、という情況だよ、篠原さん」

「それを捜すのも、私の役目ですかね」

「土方は、どうしていた」

「局長が激高すると、宥《なだ》めるという感じで、ちょっと気持が悪いほどでした。あの男の態度は、信用しない方がいいでしょう。ただ、土方も、ひとりふたりの隊士の処断は命じられても、まとまった人数を処断する度胸はないと思います。会津藩に対しても、聞えが悪いですし」

それだけなのか、と伊東はまた考えこんだ。

いくら考えても、土方の本心はその場にならなければわからないだろう。いまは普通に動き、大義名分を早く見つけることだ。

三条制札事件で、隊内の士気はいくらかあがっている、という感じだった。

事件そのものと、その終熄は、必ずしも新選組の名を高めるというものではなかったが、久しぶりの多人数による争闘だったのだ。

「なにか、背中がものを言っていますね、伊東参謀」

一番隊の気合の入った訓練を見ていると、後ろから声をかけられた。

永倉新八だった。平然と近藤や土方を批判するようなところもあり、同志に引き入れるのに適当だと思っていたが、どこか一匹狼ふうの感じを漂わせている。同志に引き入れても、やはり集団の中では上を批判するのではないかと、危惧を抱かざるを得なかった。

ただ、腕は立つ。沖田を除けば、新選組の中でも、一、二を争う。だから、できるかぎり永倉とは話をするようにしていた。

「私の背中が、なんと言っているのだ、永倉君。一番隊はさすがに強いとか？」

「ふん。沖田は、稽古と実戦の区別もつかんのですよ。稽古で怪我人が多いのは、一番隊ですしね」

「しかし働きも大きい」

「そりゃ、新選組ひとすじですから、沖田は」

「悪いのかね？」

「気味がね。局長や副長と、一心同体だと思っている。それは、どうにも気味が悪いことじゃありませんか」

永倉は、土方も好いてはいないが、近藤を嫌いというめずらしい隊士だった。池田屋事件の直後に、近藤を糾弾《きゅうだん》する上申書を数名の隊士と会津藩に出しているが、細かい事情や経緯を伊東は知らなかった。糾弾状がどう扱われたのかも、知る隊士はいない。

「今度、背中ではなく、私の口と話をしないか、永倉君。祇園あたりで」

「それはいいですな。俺はいつでも、大歓迎ですよ」

永倉は、江戸を出る時から、近藤や土方と一緒だった。働きは隊内随一と言っていいが、いつも沖田の次と目されてしまう。そのあたりに、不満があるのかもしれなかった。

「今後の、新選組の中心は、永倉君だろう。沖田君は、どうも躰の具合がすぐれない容子だし」

沖田はいつも、軽い咳をしている。時に、血を喀くこともあるのだという。その分、人格が純化され、切り崩し難いものがあるのだ。

夕刻、土方が屯所へ戻ってきた。

広島から、山崎烝が帰隊していて、二人で部屋に籠《こも》り、なにか話をしている。伊東は、五人の隊士を、広間に集めて座らせていた。希望する隊士には、時勢から歴史のことまで、講釈して聞かせるのである。はじめのころは、少なくとも二十人はいた。それも毎日だ。いまは、三日に五人程度と減っている。これも、山南が処断されてからだった。

尊皇の話は、できるだけ避けた。言葉尻を、土方にとらえられる可能性がある。時勢の話題も、中心には置かなかった。喋《しゃべ》っている伊東自身も、退屈するような話が続く。それでも、熱心に聞こうという隊士はいた。

十月に入ってすぐに、市橋鎌吉《いちはしかまきち》が切腹させられた。隊規違反だが、平隊士の中で、最も伊東に近づいてきたひとりだった。伊東は、特に庇《かば》いはしなかった。土方が非情なら、自分も非情になるべきだ、と思った。

ある日、屯所を出ようとすると、沖田と一緒になった。沖田は、にこりと笑って近づいてきた。このところ、伊東に見せていた反撥《はんぱつ》も、影をひそめた感じになっている。

「非番か、沖田君」

沖田が頷く。桂川のむこうに女がいる、という話は聞いたことがある。そこへ行くのだろう。囲っているというような、生臭い言い方をされないのが、沖田らしかった。

「参謀は、このところ忙しそうですね」

この男の心理には、大きなうねりがあった。穏やかだと思うと、翌日は眼《まな》ざしだけで人を斬りそうに感じられたりする。

「一緒に、歩こうか」

「途中までなら。私は、桂川を渡ってしまいますので」

「いいね」

「なにがです？」

「京の、秋の気配が。そんなものを感じている暇はないはずだが」

「そうですね。嵐山の紅葉も、頂上から麓《ふもと》へ燃え拡がっていきますし。私は、あれが好きですが、紅葉も緑もなくなった、冬の色も嫌いではありません」

こんな時代でなければ、この若者を好きになったかもしれない、とふと伊東は思った。江戸から出てくる時は、自分がもっと純粋だったのだ、という気もする。京での日々は、確かに自分のどこかを汚した。

「参謀、あれを」

沖田が指さした。雁《かり》が一列になって飛んでいた。もう飛来する季節なのだ。

「寒い時だけ、やってくる鳥ですよね」

伊東は、ちょっと頷いた。沖田の眼は、まだ遠くを見ている。

四

一橋慶喜が、固辞していた将軍職を受け、正式に徳川十五代将軍となった。十二月五日のことだ。

新将軍が決まったことで、幕府は一応の落ち着きを取り戻したようだった。しかも、新将軍は常に京の政争の中心にいた人物である。薩摩も土佐も、警戒を強めたようだ。慶喜は、朝廷にも深く食いこんでいる。

新選組は、しばしば出動した。新将軍就任前後に合わせて、不逞《ふてい》浪士がなんらかの動きに出る、という噂があったからである。時には、歳三自身も出動の指揮を執った。

しかし、浪士の動きが活発になるという兆候は、いまのところなかった。それより、新将軍就任で、どの勢力もその出方を見る、という構えのようだった。

歳三は、勝海舟に言われたことを、まだ考え続けていた。薩長連合の立役者である坂本龍馬が、薩長の天下では新しい体制になるのに時がかかりすぎる、と言っている意味はなんとなくわかった。幕府が倒れ、薩長が天下を取ったところで、まずは徳川から薩長に幕府が変るということだけだろう。薩摩にも長州にも開明派は多いので、いずれ列強の体制に追いつこうという努力はなされる。しかし、それでは遅いし、薩長主導は、いつまで経っても薩長主導のままだ、と坂本は考えていると思えた。

それと、勝の言う徳川家が、どう関係していくのか。坂本にも、徳川家という発想があるのか。

そこのところは、いくら考えてもわからなかった。

「歳、俺は新選組を幕臣に取り立ててくださるよう、会津侯を通してお願いしてみようと思うのだがな」

近藤もまた、ずっとなにかを考え続けていて、ある日、歳三を部屋に呼ぶとそう言った。

「幕臣に?」

「そうだ。会津藩に召し抱えられるのではなく、旗本にだ。将軍家が新しく決まったいまが、いい機会ではないだろうか」

新選組を旗本に、という悲願にも似た思いを近藤が持っているのは、知っていた。しかし同時に、新選組は浪士の集まりでいい、と割り切っているところもあったはずだ。

「幕臣と言っても」

「すぐに、というわけにはいくまい。しかし俺は、日夜、命をかけて働いている隊士を、いつまでも浪士のままにしておきたくないのだよ。その気持は、わかってくれるな」

なぜ、この時機に。歳三は、そう思った。幕府のありようを、近藤はしっかり見据えていないのか。

あるいは近藤は、幕臣たることをもって、新選組の主張をより強く通していこうとしている、とも考えられた。

それは、方法のひとつではある。近藤とて、新選組の頂点にいて、この京の混乱に揉《も》まれ続けていたのだ。いまの幕閣にきちんとものを言うには、幕臣の身分が必要だと痛感することもわからないではなかった。

特に、近藤が見ているのは、薩摩だろう。政争の中でうまく立ち回り、まだ幕府の敵というかたちになっていない。そのため、薩摩藩士には、新選組は手が出せないのだ。追っている浪士が、薩摩藩邸に逃げこんで、歯ぎしりしたことは一再ではなかった。

「そうか、幕臣か」

近藤の考えた新選組の道は、そうだということだった。

「粘り強く、会津侯にお願いしていこうと思う」

制止しなければならない、はっきりした理由はなかった。ただどこかに、それは違うという気分が滲み出しているだけである。

「いま、江戸では軍の改革が進められようとしているというが、間に合うと思うか、歳？」

「どうかな。ただ、底力はあるだろうと思う。その気になれば、薩摩や長州に劣らない軍は作りあげることができる、と思う」

「その中核に、新選組がいたい。そのためには、幕臣でなければならん」

隊士を浪士のままで終らせるのがいやだというより、幕府軍の中核に入りたいという思いの方が、より近藤の本心に近いのだろう、と歳三は思った。

「それは、わかった。会津侯と面談する時は、俺も一緒に行くよ」

「その時、新選組はひとつでなければならんぞ、歳」

伊東の粛清《しゅくせい》を言っている、と歳三は気づいた。やはり、近藤にも伊東派が獅子身中《しししんちゅう》の虫《むし》というふうに、見えはじめたのだろう。

「難しいな。新選組が内紛を抱えているのに、幕臣もないだろうからな」

「おまえに、任せる」

「あの男に、切腹させるだけの隙はないよ」

「だから、おまえに任せるのだよ」

「狡《ずる》くなったな、近藤さんも」

口ではそう言ったが、いずれ歳三が自分でやるつもりのことだった。

しかし、その方法を考える前に、再び大きな衝撃が京を襲った。

孝明《こうめい》天皇の崩御《ほうぎょ》である。急逝ゆえに、暗殺説まで囁《ささや》かれている。

新選組は、全隊が出動態勢をとった。京都守護職からの、通達が届いたからである。浪士が暴れるような事態は起きないだろう、と歳三は見ていた。逝去した孝明帝は幕府寄りで、公武合体が根本の考えである、と言われていた。倒幕派にとっては、誰も口にしないが、最大の障害のひとつだったのである。

暗殺説が出るのも、そのあたりに理由がありそうだった。

新年の祝いはなく、年が明けて一月九日、睦仁《むつひと》親王が即位した。

それで、出動態勢は解かれた。明治帝は十六歳であり、どこかで政治的な主導性を発揮することは、まずないだろうと見られていた。公家と、諸藩と、幕府の絡み合いが、より鮮明に表面に出てくると歳三は思った。

新選組では、伊東、永倉、斎藤の三幹部が謹慎中だった。元日から三日間、島原の料理屋で飲み続け、帰隊しなかったのである。近藤は使いを出して呼び戻し、即座に謹慎を命じた。

伊東がなにかを測ったのだ、と歳三は思った。帰隊しなかったと言っても脱走ではなく、孝明帝の崩御を悲しんで飲んでいたのだ、という弁解だった。

斎藤一《はじめ》は、もともと歳三が伊東のそばに送りこんだ者であり、それをも引きこんだのは、伊東がなにか気づいたからかとも考えた。しかし、その様子はなかった。斎藤が、はっきり否定したのだ。

結局、新帝の即位を機に、謹慎も解かれた。

「伊東君らしいじゃないか、帝の崩御を嘆いて飲み明かすとは。将軍家逝去の折りには、一滴の酒も飲まなかったのではないか」

「二つの悲しみが、同時に襲ってきて、こらえきれなくなってきた、というところでしたよ、土方さん」

歳三の皮肉に、伊東はそう返してきた。

九州へ出張したい、という申し出が伊東からあったのは、十五日だった。その申し出も、近藤に直接ではなく、歳三を通してのものだった。ここでも、伊東はなにかを謀ろうとしている。

歳三はすぐに許可を出し、事後に近藤に報告した。伊東の処置は、歳三が任されていたからだ。

「新選組分離について、各方面への根回しでしょう。太宰府《だざいふ》には、倒幕派の公家が五人流されていますし、その警固を理由に、各藩のそれなりの者も集まっています」

「動き出したということだな、歳」

「近藤さんにとっちゃ、あまり愉快な動きではないでしょうが」

伊東が九州でなにかできることなど、あるはずがなかった。動きは、九州より京であるはずだ、と歳三は読んだ。

篠原泰之進が、確かに動いていた。

盛んに、公家に会い、時には京都守護職の重臣のひとりとも密かに会談していた。朝廷が関係している、と見ていいだろう。いずれ篠原の考えではなく、伊東になにか命じられて動いているのは間違いない。伊東の九州出張は、それを紛《まぎ》らすためかとも思えた。

「ふむ、なるほど」

篠原の動きを追っていた山崎烝の報告を聞いて、歳三は唸《うな》った。孝明帝の陵墓《りょうぼ》の衛士《えじ》を拝命しようと動き、ほとんど内定しているようだった。

帝の陵墓の衛士となると、新選組でも横槍は入れにくい。帝をなんだと思っている、という反論が返ってくるからだ。絶妙なところを、伊東は狙ったと言っていい。

「京都守護職でも、無論承知なのだろうな」

「衛士などに、進んでなろうとする者はなく、しかし陵墓を放っておくわけにもいかず、篠原の申し出は渡りに船というところでしょう。まあ、前例から見て、十名から二十名が適当なところです」

一年ほど衛士は必要であり、その費用は幕府にかかってくることになりかねない。京都守護職でも、そのあたりの煩《わずら》わしさが避けられるのである。

「山崎君、篠原の動きはもういい。次は隊内から誰が同心するか、ということを探ってくれないか」

「斎藤一と、話し合ってもよろしいですか？」

「いや、君が独自に探ってみてくれ」

「わかりました」

山崎烝は、命令の理由を訊くことがまったくなかった。そういう点で、探索の仕事は適任と言っていい。浅野薫のように、極端な佐幕思想を持っているわけでもなく、いわば探索の職人のようなものだった。

斎藤は斎藤で、探り出したことを歳三に報告してくる。二つの報告を重ね合わせれば、情報としての確実性は増すのだ。

問題は、伊東が何名での離脱を申し入れてくるかで、どこまで認めるかは、こちらでも決めておかなければならない。近藤は、できるかぎり少なくと言うだろうが、ある程度の人数を思い切って出そう、と歳三は考えていた。少なくとも十名以上を出せば、伊東はすぐにでも、薩摩と接近しようと動くに違いなかった。御陵衛士《ごりょうえじ》ということで、伊東は分離の大義名分を手にするが、同時に行動の規制も受けることになる。
十七、八名が、伊東に従いそうだということがわかったころ、伊東からも帰隊するという知らせが入った。
歳三は、斎藤と山崎の報告にあった者の中から、五名を除外した。その五名には、継続して務めなければならない隊務を、割り振ったのである。

ほかにも数名の名が挙がっていたが、新選組から分離して動くという肚《はら》までは決めていない、と歳三は判断した。

伊東が帰隊した。

会談の申し入れがあったのは、その翌日だった。歳三は、会談の場所を壬生寺に指定した。屯所でやりたくはなかったが、新選組と無縁の場所も避けたかった。壬生なら、伊東の気持に微妙な圧力をかけるだろう。

会談の場で、伊東はめずらしく、訥々《とつとつ》と分離について語った。御陵衛士拝命のところでは、言葉を切り、はっきりと朝廷のため、と言った。

ようやく手にした大義名分を振りかざすのではなく、謙虚な、抑制した喋り方だった。その分、伊東の心にある勝利感の大きさも、窺《うかが》い知れた。

「帝の陵墓の衛士ということなら、止めるべきことでもあるまいな」

打ち合わせた通り、近藤が言った。

「陵墓の静穏を守るということは、結局は京の治安を守ることにも通じます。陵墓が不逞の輩《やから》に踏み荒らされたのでは、お役は果たせないのですから。外から、新選組と協力する、というかたちになると思います」

「是非、そうして貰いたい。これからも京は乱れるであろうが、帝の霊が安らかならんと願うのは、万人の思いだ」

伊東は、うつむいていた。

「分離を、許可しよう」

近藤の声も、沈んでいた。うつむいたまま、伊東は両手をつき、頭を下げた。

「今後とも、国事のために、微力を注ぎます」

近藤は、ただ頷いている。

「ところで、伊東君。分離していくのは、君と篠原君の二人というわけではあるまい。何人、連れていくつもりだ」

伊東の眼に、隙のない光がよぎった。こういう眼をしているのは、新選組に入ってからはじめてだ、と歳三は思った。

伊東が、懐から書状を出し、開いた。歳三は、それに眼を通した。山崎や斎藤が調べあげた通り、そこには十八名の名が列記してあった。

「すべてというわけにはいかないぞ、伊東君」

腕を組み、歳三は言った。

「しかし、この人数は」

「隊務のこともあるのだ。半数ぐらいに絞れないか。御陵衛士が十数名必要なことは、俺も知っているがね」

「半数とは、同意できかねる」

「新選組の隊務がどう乱れようと、意に介しないと言うのか、君は。同じように、幕府のもとで働くのではないか」

あえて、幕府と歳三は言ってみた。御陵衛士は、帝の陵墓の警固が役目ではあるが、幕府山陵奉行の支配下である。兵力になりそうなもののほとんどは、朝廷に支配させず幕府が支配してきた。幕府の、長期にわたる朝廷への締めつけがどんなものであったか、それひとつを見てもわかる。

それほどの理不尽と思える締めつけがあっても、孝明帝は公武合体に傾いていた。それを暗殺しようとした勢力があることは、容易に想像はできる。しかし、想像だけなのである。すべてはもう、闇《やみ》の彼方《かなた》だった。

歳三は、しばらく伊東とやり合った。近藤は黙って聞いている。伊東の喋り方が、ようやく熱を帯びてきた。十八名の半数といえば、九名にすぎない。伊東の眼に、必死の光がよぎった。歳三はただ、押し合いの行方を考えていた。ひとりずつを検討しながら、その落ち着く先も見えはじめていた。

「仕方がないな、伊東君。俺も、あまりここで揉めたくはない。この五名をはずすことで、同意してもいい」

頃合いを見て、歳三はそう言った。

「ただし、こちらの条件も受け入れて貰う。今後、新選組から御陵衛士、御陵衛士から新選組という移籍は、一切禁ずる。人数を増やしたければ、互いに新隊士の徴募をやるしかないということだ」

十三名の分離というのは、伊東が考えていた以上だったのだろう。ほっとしたようで、移籍禁止の約定は、それほど気にしていなかった。

「いいでしょう」

伊東の表情には、押し返すことができたという満足感すら漂っているようだった。それ以後は、分離する者たちの宿舎の話などに終始した。

三月二十日、十三名の隊士は屯所を出た。

「歳、おまえにすべて任せたことは、忘れていないだろうな」

「近藤さん、これは急ぐ必要など、まるでないことですよ。膿《うみ》を出した。もう少し出るかもしれんが、やがて傷口も塞《ふさ》がる」

伊東のことは、ほぼ目途がついた、と歳三は思っていた。

五

伊東の、新選組分離が発表され、隊内はざわついていた。

そして、伊東をはじめ、十三名の隊士が屯所を出ていった。その中には、藤堂平助も斎藤一もいた。しかし、沖田は、そんなことをまったく気にしなかった。新選組があれば、それでいいのだ。局長の近藤も、副長の土方もいる。

一番隊の巡回が午前にあり、それが終ると沖田はすぐに桂川を渡り、多恵のもとへ行った。土方には、巡回に出なくてもいいと言われていたが、それにすら出なければ、ほとんど隊士とは言い難い、と沖田は思っていた。

多恵の病が、篤《おも》い。

不意のことだった。二日続けて多量の血を喀き、それからは熱にうかされたようになっていた。眼醒めると、血を喀き、また眠るというくり返しで、このところ多恵はほとんど起きあがってはいない。

沖田が覗きこむと、多恵は待っていたように眼を開く。

「私が来るのが、わかるのだな、多恵は」

笑いながら、沖田は言った。大きな声で笑うと、沖田もそのあとは咳に苦しむ。ほほえんで見せるだけである。

「総司様の声が、いつも聞えている。とっても遠くから。そして近づいてきて、そばにいると感じたら、眼をあけるの」

「そうか」

多恵の顔色は、熱のためか朱がさしたようになっていた。ただ、躰は細くなった。そしていつも、苦しそうに息をしている。

多恵が、死のうとしているのだということが、沖田には痛いほどよくわかった。多恵が死ぬのだと思った時、沖田は自分でも想像していなかった恐怖に似たものを感じて、狼狽《ろうばい》した。同じ病が憐《あわ》れで、この商家の離れに住まわせてやったはずだった。沖田の情欲を受け入れ、あとは静かに養生をしていればいい、と思っていただけだ。

情愛など、ありはしない。そう思いこんでいた。自分に、情愛などあってはならない。自分は新選組の中で、遠からず死に直面し、見事に死ぬことだけを考えていればいい。多恵はその間の慰《なぐさ》みで、自分が死んだあとも養生を続け、できれば病を癒《い》やしてくれればよかったのだ。

多恵が死ぬと思った時の狼狽は、なんだったのだろうか。これが自分の気持だと思い定めたこととは別の気持が、もしかするとあったのではないのか。

多恵の手が、蒲団からのびてきた。

沖田は、多恵の小さな熱い手を握った。

いま溢《あふ》れかけているこの思いは、なんなのか。恋というものではないのか。そんな思いとは無縁であったはずのものが、いま不意に溢れ出したのではないのか。

皮膚が、薄く斬られていくような感覚が、沖田を包んだ。どうすればいいか、わからなかった。いままで、多恵をただの慰みもの、と考えていたのだ。確かに、養生ができるように、金は出してやった。自分が熱を出した時には、看病もさせた。しかし、恋してはいない。現世に未練を持つようなことは、自分に禁じてきたのだ。それは、自分の方が当然先に死ぬ、と考えてのことだった。

自分より先に、多恵が死ぬ。それがはっきりわかった時、沖田の内部でなにかがひっくり返った。死なないでくれという思いが、心の底から叫びのように湧き出してきたのだ。

「総司様、大きな手をしている」

多恵は、喋るだけでも息苦しそうだった。しかし、なにも言うなという言葉が、どうしても出てこなかった。

「幼いころから、木刀を握っていたからな。すっかり、無骨になってしまった」

とりたてて、大きな手ではなかった。多恵の手が、小さく薄いのだ。

「でも、やさしい手」

「多恵、私は」

「ごめんなさいね、総司様。あたしが先に死ぬことになってしまった。ほんとうは、もっともっと生きて、総司様のそばにいたかったのに」

「おまえは、死なん、多恵」

呟いたが、多恵には聞えなかったようだ。

「そんなこと、言ってはいけないわね。総司様がいたから、あたしはいままで生きられたのだから。死んでいくことが悲しいなんて、総司様に言ってもいけないわ。残った総司様は、死ぬことで悲しみを終らせられないのだから」

多恵の眼は、熱のために潤んで見えた。額に触れようとして、沖田にはそれができなかった。

自分は、この娘を愛していた。そう思っても、深い悔悟があるだけだ。いまさら、それに気づいて、どうするのか。

「あたしは、ほんのちょっとしか生きられなかったけど、その最後に、総司様にほんとうに愛されていると感じることができて、幸せでした。誰もが得られるという幸せではない、という気がするわ」

沖田の手を握った多恵の指先に、少しだけ力が加えられるのを感じた。

これからではないか。自分たちは、これからはじまるのではないか。そういう声が、心の中で谺《こだま》した。

多恵が眠ると、世話をしている商家の女中に金子を渡し、沖田は屯所へ戻った。

土方に呼ばれ、一番隊長の任務を当分の間解く、と言われた。色をなした沖田の肩を、土方がそっと触れた。

「自分に、正直でいろ、総司」

「土方さん、私は」

「俺に、なにを言ってもはじまらん。とにかく、多恵という娘のそばに、いてやれ」

「私は」

一番隊長の任務を続ける、と言おうとしたが言葉は出てこなかった。

「わかったな」

「私は、もしかすると、多恵を愛していたのかもしれません」

言うと、土方は沖田を見つめ、口もとだけで軽く笑った。

「そうあるまい、と自分に言い聞かせてきたことはわかる。しかし、おまえがあの娘の面倒をみはじめた時から、おまえの気持はあの娘にむいていた。そして娘の方も、おまえがどう思おうと、それを感じていたはずだ」

「私は」

「なにも言うな。男の女に対する思いは、さまざまにあるのだろう。俺などには、よくわからんがね。とにかくおまえがやることは、あの娘のそばにいることだ。そしてこれは、局長も御存知だ」

「ひどいことを、多恵にし続けてきたのではないでしょうか、私は」

「そう言われたのか？」

「いえ」

「なら、自分を責めるな。明るい顔をして、あの娘のそばにいてやれ」

ほんとうに、そうする資格が自分にあるのか、と沖田は思った。しかしそう言えば、また土方になにか言われそうだった。土方の言葉のひとつひとつが、肺腑《はいふ》を衝《つ》く。しかもそれが、いやではなかった。

「隊務に励むことこそが、私の誇りでした」

「男の誇りは、ほかにもある。俺はそう思うぞ、総司」

土方の手が、また肩にのびてきた。

沖田は、眼を閉じた。浮かんだのは『誠』の旗ではなく、熱にうかされた多恵の、朱をさしたような顔だった。

その夜から、沖田は商家の離れに泊まりこんだ。

多恵は、うつらうつらとしていることが多く、時々夢を見るのか、涙を流したりした。沖田にできることは、悲しいほどなにもなかった。時々はっきりと覚醒《かくせい》する多恵の、消え入るような小さな声を聞き、それに答えて、言葉を並べるだけだった。

多恵はもう、血を喀くことも、咳をすることもなかった。その力さえも、躰から失われているのではないのか、と思えた。

なにか言うというのではなく、多恵は沖田の声そのものを聞きたがっているようだった。沖田は、多恵が覚醒している時は、だからただ喋り続けた。幼いころのこと。試衛館道場のこと。江戸のこと。家族のこと。多恵に意味は伝わっていないとしても、声は聞えているのだ。

夕刻になると、商家の女中が多恵の躰を拭いに来る。その間だけ、沖田は部屋から出された。

そんな日が、三日続いた。

「あたし、眠ります、総司様」

多恵が、いつになくはっきりした声で言った。なにか、これまでとは違うものを感じ、沖田は多恵の顔を覗きこんだ。溢れた涙が、こめかみを流れ落ちていく。沖田はそれを、指で拭ってやった。

「眠ります」

「そうか」

「人は、寂しいから眠るのだ、と総司様はおっしゃいました」

それは、言ったかもしれず、言わなかったかもしれない。沖田はただ、これまで多恵に声を聞かせるため、あてどなく言葉を発し続けていたのだ。

「あたしは、とてもとても寂しいから、深く、長く、眠ります」

なにを言っているのか、沖田にはわからなかった。潤んだ多恵の眼が、じっと沖田を見つめ続けている。

「深く、眠ります」

さらば、と言われたような気分に、沖田は襲われた。沖田の指を握っていた多恵の手に、かすかな力が籠《こ》められた。

そして、多恵は眼を閉じた。

翌日も、多恵は眼を閉じたままで、息遣いばかりが、切迫して苦しそうだった。沖田は何度か呼びかけたが、多恵は答えない。

そして二日目に、多恵の躰から、命の気配が消えていくのを、沖田は感じた。それは刀でなど抗《あらが》い得ないもので、沖田は静かに、多恵を見つめていた。

ほんの少しだけ、自分の周囲が騒々しくなった。その間、沖田は、すでに多恵ではなくなってしまったものと、ただ静かにむかい合っていた。

多恵に訪れたもの。そして程なく自分にも訪れるもの。刀では、抗い得ないもの。

沖田がむかい合っているのは、それだった。

「野辺の送りの仕度を」

商家の主人がやってきて、そう言った。

すべては、任せるしかないのだろう、と沖田は思った。人に促され、外に出ると、庭に土方が立っていた。

「歳さん」

土方は、なにも言わなかった。

「歳さん、私は、私自身を見ていたような気がします。剣では闘えないものが、私を襲ってくるのを見ていましたよ」

「そうか。剣では闘えんか」

「歳さん、人は、寂しいから眠るのですか？」

「寂しいからか。かもしれん」

「歳さんは、強いからなあ。いつも、生ききったと思うまで、生きてやろうと思っている。江戸にいる時も、京に来てからも」

「俺は、生ききる。そして、おまえもだ、総司」

「生きるの、歳さんに任せますよ」

「そうか、俺に任せるか。とんでもないものを、任されたな」

「眠りますよ、私も」

「寂しいからか？」

「よくわからない。死ぬ間際に、多恵がそう言ったのです」

「もういい、沖田」

「私を心配して、歳さんは来てくれたんですね？」

「気になった。気にしても、仕方がないことではあったが」

「礼を言います」

「近藤さんも、気にかけている」

「私ひとりが、甘えていたのですね」

「そんなことを言うな、沖田」

「一番隊長に、戻りたいのですが」

「野辺の送りを、済ませてからにしろ。それから、戻してやる」

「意味がありません。私は充分に、生きている多恵を見送りました。死んでしまってからは、なんの意味もありません。それも、わかったような気がします」

「そうか」

「いまから、一番隊長です、私は」

「わかったよ。じゃ、行こうか。野辺の送りは、この家の主に任せておけばいいだろう。帰隊しよう」

土方と、連れ立って桂川を渡った。

「なにか、ふっ切れたようだな、総司」

ふっ切れたわけではなかった。どこか別の場所に、一歩踏みこんだ。しかしそれを、土方に言おうとは思わなかった。いつもの通りの一番隊長でいいのだ、と沖田は思った。

「なにかありましたか、伊東参謀が脱退したあとに」

「田中寅蔵《とらぞう》が脱走し、連れ戻して切腹させた」

「伊東参謀に近い人でしたからね」

隊士の誰の顔も、すぐ思い浮かんだ。一番隊長に復帰して困ることは、なにもないと思った。しかし、いままでとはやはりなにもかもが違っていた。

「おまえのことは、近藤さんも心配しておられる」

「わかっていますよ」

「しかし、嬉しそうな顔をされているかもしれん。それは、別のことでだ」

「局長が喜ばれるようなことが、なにかあったのですね」

「まだほかの者は知らんが、新選組隊士の、幕臣取り立てが決まった。以前から、近藤さんは会津侯に働きかけていたんだ」

幕臣という言葉も、沖田には遠いものにしか感じられなかった。土方も、それについては喜んでいるようではない。

「俺もおまえも、晴れて幕臣ってわけだ」

他人のことでも、喋っているような言い方だった。

屯所へ戻った。

いつもの通りの、新選組だった。

「もういいのか、沖田さん」

井上源三郎がそう声をかけてきたことで、自身の病気療養ということになっていたのだ、と沖田は思った。

近藤の部屋に、挨拶《あいさつ》に行った。

近藤は、沖田を見て二、三度黙って頷いた。私用による留守を沖田は詫びたが、自分が発する言葉すら、遠いもののように聞えた。

自室で、身なりを整えた。夕刻である。

「一番隊、集合」

巡回の時ではなかったが、沖田は一番隊士に呼集をかけた。並んだ十人の隊士の、ひとりひとりを沖田は見つめた。よく知っている顔ばかりである。それでも、どこかそらぞらしいような気分が身を包んでくる。

「いまより、非常巡回に出る」

旗を掲げ、屯所を出た。自分にあるものは、新選組一番隊だけだ。

先頭を進みながら、沖田は何度もそう自分に言い聞かせた。

第六章　大　政

一

薩長《さっちょう》の同盟に、土佐《とさ》が加わった。

同盟成立以前に、土佐藩は亀山社中《かめやましゃちゅう》に全面的な支援を与えていた。それによって亀山社中は、海援隊《かいえんたい》となり、その規模と活動範囲を拡げている。

つまり薩長と土佐の間を仲介したのは、坂本龍馬《さかもとりょうま》だろう、と歳三《としぞう》は思った。

倒幕の同盟が成立したとしても、すぐに内戦がはじまるわけではない。相変らず、京では政争が続いている。同盟は、内戦がはじまった場合に手を結ぶということだ。

それにしても、坂本はまたひとつ幕府を追いこんだことになる。

坂本は徳川家の役に立つ、と言った勝《かつ》の言葉が、やはり不可解だった。いまのところ、幕府を倒すということは、徳川家を倒すということとしか見えない。

戦力については、京でもたえず論じられたが、薩長土がひとつになっても、まだ幕府には遠く及ばない。征長戦で敗れた幕府も、装備の新鋭化が進み、軍制も改革されているという。たやすく敗れるとは思えなかった。

新選組隊士全員が幕臣に取り立てられたのは、そんなころだった。

根なし草に近かったものが、正式に身分を与えられたことになる。近藤は、事業をひとつ終らせたような表情をしていた。

しかし、隊内には幕臣に取り立てられたくないという者も、数名いた。それを理由に、脱退の申し入れもあった。ほとんどが、伊東《いとう》の息のかかった者たちで、歳三はある程度予測していた。

近藤にとっては、許せないことで、許可なく脱退した者のすべてを、脱走であると宣言した。説得に当たった者もいるが、結局はほぼ全員が処断された。

「なぜだ、歳。浪人だった者が、直参ということになったのに？」

「幕府を、見限っているからだよ、近藤さん」

「ならば、新選組は、あの者たちにとってなんだったのだ」

変り得るもの。変えられ得るもの。伊東は、そう思っていただろう。しかし、変えられないとわかって、離脱を試みた。それには成功しているが、移籍は許さず、という約定を律義に守り通して、追随しようとした者をすべて拒絶している。伊東の限界が、それで見えた、と歳三は思っている。もともと、慎重に扱うつもりはあっても、恐れてはいなかった。

新選組は、純血に近づきつつあるのだ、と歳三は近藤に言った。その説明で、近藤はいくらかは納得したようだった。

かねてからの懸案であった、屯所《とんしょ》の移転がはじまったことも、近藤の気持をいくらかそらした。

新屯所は、西本願寺《にしほんがんじ》がすべて用意したのだった。京の南の端にある不動堂《ふどうどう》村で、広大なものだ。強引に西本願寺を屯所にしていた効果が、ようやく出たという感じだった。

引越といっても、私物の多い隊士はいない。隊の武器の移送などに、多少人手を必要としただけだ。厨房《ちゅうぼう》も広く、久兵衛《きゅうべえ》が一番嬉《うれ》しそうな顔をしていた。

近藤は、直参旗本であるという、烈々たる自信を湛《たた》えはじめた。たとえ相手が会津《あいづ》侯であろうと、言うべきことは言うという態度である。それは、悪いことではなく、京における新選組の存在が大きくなったことも意味していたが、決定的に幕府の下に入ったというのも間違いないことだった。

それはもう、大きな問題だと、歳三は考えなかった。幕府、もしくは徳川家に足場を置いていくしか、新選組には道がなかったのだ。その足の置き方をどうするかが、歳三が考えなければならないことだった。

山南《やまなみ》は、死ぬ前になにを見ていたのか。

言葉で歳三に伝えることができないものだったとしても、ひとつの光を、活路を見ていたはずだ。

そしてそれは、歳三自身にも、見えはじめていた。ただ、京の政争がめまぐるしすぎる。見えかけていたものに、布を被《かぶ》せてしまうようなことが、しばしば起きるのだ。

政争というものを、表面的なものとして見よう、と次第に歳三は思いはじめていた。小波《さざなみ》立った水面の下に水があり、それはゆっくりと流れている。

幕府を廃し、薩長土の政府を作るという流れだ。しかし、幕府はまだ強い。権力の所在の動きがあるとしても、たやすくは進まない。つまり、内戦が不可避ということだった。

すべての動きが、内戦へむかっているのか。それとも、どこかで内戦を回避しようとする動きがあるのか。

定まらない流れの中で、誰と誰が、どこが、内戦の回避を第一の問題として見ているのか。坂本は徳川家の役に立つ。勝の言ったこの言葉は、どういう意味を持っているのか。薩長が幕府に代るだけでは駄目だと言った坂本の言葉は、なんだったのか。

京で、新選組にまともにぶつかろうとする勢力はなくなった。したがって、巡回もそれほど厳しいものではなくなっている。新選組が巡回すれば、少々の混乱は収まってしまうという状態なのだ。

だから歳三には、たっぷりと考える時間があった。京の政争がどうなっているのかも、離れて見ることができた。

十五代将軍となった慶喜《よしのぶ》は、二条城に腰を据え、以前よりもずっと強引な駈け引きをしている。勝海舟《かいしゅう》は、将軍のそばにじっとついているようだ。

新将軍の強引さは、さまざまな駈け引きだけでなく、兵庫開港の強行にも表われていた。あえてそれをやる必要があるのかどうか、歳三にはよくわからなかった。

山岡鉄太郎《やまおかてつたろう》が、ふらりと屯所を訪ねてきた。近藤とも沖田らとも話をしていったが、歳三には三日のうちに大坂へ来てくれ、という言葉を残しただけだった。

「山岡先生は、さらに剣をきわめられたのですね。なにか、私心のない剣という感じがしました」

軽い咳《せき》をしながら、沖田が言った。山岡に変化があったことは、歳三も感じたが、それを剣とは結びつけなかった。近藤は、ただ幕臣になったことの、祝いを言われただけのようだったが、ひどく喜んでいて、歳三にも同じことを二度喋《しゃべ》った。

清河八郎《きよかわはちろう》が組織した浪士組として江戸を出発した時、浪士取締役として付いていたのが山岡だった。あのころ、幕臣というだけでも、近藤には眩《まぶ》しかったのかもしれない。それが、いまは直参旗本である。京に来てから、実にさまざまなことがあったが、こういう厳しい時代でなければ、およそ考えられないことではあった。

「新しい屯所に移ったことだし、新選組ももう一度、態勢を整え直さなければならんな、歳」

「それは、どういうところでですか？」

「銃器を充実させたい。戦《いくさ》になれば、やはり刀より銃器だろう」

「江戸じゃ、まだ刀だと思っている人間も多いようです」

「それは、江戸がまだ戦と無縁だからだ。一度、戦をやれば、みんな銃がどういうものか認識するだろう」

「俺は、なんとなく刀も大事だ、という気もするのですがね」

「一対一で誰かとむかい合う。そんな時は、刀だろうさ。しかし、五千、一万がぶつかる時は、銃がものを言う」

歳三には、戦のやり方が変ってきたことが理解できていた。刀に固執すると思われた近藤までが、銃と言いはじめている。新選組で刀と言い続けているのは、沖田ひとりと言ってよかった。

しかし、銃の戦ということになれば、百名余の新選組が、大きな力を発揮するとは考えられない。銃を持った五百の兵には、抗しようがないのだ。

態勢を整え直すのではなく、新選組のあり方そのものを、変えなければならない。そこまで、近藤は考えていないだろう。

「俺は、ちょっと大坂に行ってこようと思います」

「ほう、なぜ？」

「金が集まるのは、京より大坂。そして銃を買うには、金が必要ですから」

「軍資金か」

「いまから、準備しておくべきでしょう。それから、隊士の徴募に江戸へも行ってこようと思います」

江戸になにかがある、と思っているわけではなかった。ただ、江戸からも眼を離すべきではない。内戦になれば、京と江戸の戦になる公算が大きいのだ。

「隊士の数は、多ければ多いほどいい、と俺は思っている。旗本の一部を、隊士に組み入れることはできんものかな、歳？」

「まず、無理でしょう。こちらは新参で、隊規の厳しさも、いまの旗本には受け入れられないでしょうし」

「まあ、江戸へ行ったら、そっちの方面でも動くだけは動いてみてくれ」

いまの新選組で、隊士が二百に達することはない、と歳三は思っていた。ただ、一軍を指揮できる者を、何人か育てあげることは不可能ではない。

三日という期限が切られていたので、翌々日、歳三は島田魁《かい》ひとりを伴って大坂にむかった。

大坂では、島田魁に軍資金の調達をはじめさせ、歳三は山岡がいる宿を訪ねた。

「済まなかったな。勝さんが、どうしても土方《ひじかた》さんに会わせておけと言った男が、いま大坂にいるのでね」

「ほう。勝様は、将軍家の補佐でお忙しいのではないのですか？」

「それは、淡々とこなしておられる。そして別のことも、いろいろと考えておられる」

「誰です、その人物は？」

「まあ、行こうか。まずは、会ってみることだ」

山岡は気軽に歳三を港へ誘い、小舟で沖に停泊している軍艦にむかった。

かなり大きな艦だ。幕府が軍艦を買い入れたという話は聞いていたが、これがそれかもしれない。舷側《げんそく》まで漕ぎ寄せると、縄梯子《なわばしご》が降りてきた。

これほどの軍艦に乗るのは、はじめてだった。乗っている兵は筒袖《つつそで》を着ているが、士官はみんな洋服姿だった。

大砲も、巨大なものを積んでいる。これほどのものを、地上で動かすことは不可能だろう、と歳三は思った。それが、軍艦ならどこへでも行ける。

「こっちだ、土方さん」

山岡が、船室の方へ入っていった。

かなり広い部屋だった。男がひとり、机にむかっていた。顔をあげ、山岡に挨拶《あいさつ》し、それから男は歳三の方へ顔をむけた。

「例の男を、連れてきましたよ」

「なるほど。いまにも、人を斬りそうな眼ですな、山岡さん」

その言い方で、自分が何者か知られていて、好感も持たれていない、と歳三にはわかった。

男は、拡げていた書類をまとめ、立ちあがると、もうひとつの卓の方へ山岡と歳三を導いた。

「榎本釜次郎《えのもとかまじろう》殿。勝さんの下にいるが、外国の海軍を見てきて、いま幕府海軍の改革に当たっている」

「新選組、土方歳三です」

「名は、聞いているよ、土方さん」

「そうですか。人斬りとして、京では名を売っていますからな」

「正直言って、いい感じは持っていない。しかし、それは聞えてくる噂《うわさ》にだ。噂と真実が違うことぐらい、私にもわかっていますよ。新選組の土方歳三。会ってみなければ、どういう男かわからない、とは思っていた」

卓を挟み、むき合って腰を降ろした。

いかにも、才気のありそうな男だった。坂本の、茫洋《ぼうよう》とした印象とはまるで反対と言っていい。断髪で、海軍のものらしい黒い軍服もよく似合っている。

「会って、なにか話をしなければならない、ということはない。ただ会わせろ。勝さんはそう言われた」

山岡が、卓に手を置いて言った。

「この艦は、開陽丸《かいようまる》という。いまこの国で、最大だ。艦内を見てみますか、土方さん」

「いずれ」

「海軍力では、薩長土を合わせたものより、数倍強力です。その中心に、この開陽丸がある。この艦をはじめとして、すべての艦を駿河《するが》湾に並べ、艦砲射撃を行えば、東海道を軍が進むことは不可能です。つまり、江戸を攻めることはできない」

「中山道《なかせんどう》がありますが」

「幕府の兵力のすべてを、そちらに集中できますよ。違うかな?」

榎本は、卓上に指先で線を引き、さらにそれを遮断するように、もう一本引いた。

「確かに、あれだけの大砲が何十門もあれば、進軍などできるわけはない」

「つまり、幕府は決して負けない。戦ではです。そのことを、よく憶《おぼ》えておいてくれませんか」

「なんのためにです」

「あらゆる事態のために。幕府が決して負けないということは、薩長土にもよくわかっているはずです」

「負けないが、しかし勝てない」

「つまり、そういうことです。そしてそれが、いまこの国が抱えている、最大の問題だと言ってもいい」

「東海道を進むことはできないが、倒幕派は西国を制圧することになる。即ち、日本が二分される。そう言われるのですね」

榎本の眼が、束《つか》の間《ま》、歳三をじっと見据えてきた。

「どうやら、勝さんが会っておけと言われた意味が、わかってきましたよ。新選組は、ただの人斬りではない」

「好んで、斬ってきたわけではありません」

「では、日本が二分された結果は？」

「火を見るより、明らかだと思います。倒幕派には、英国がつく。幕府には仏国が」

「私は徳川の家臣だから、そうなっても徳川家を守りたい」

榎本も、幕府とは言わず、徳川家と言った。するとこの巨大な軍艦も、幕府のものではなく、徳川家のものだと言っているのか。

「私には、まだのみこめないことが、多すぎるのですよ、榎本さん」

「でしょうな。私も同じです」

「しかし」

「こんな時代には、天才が出てくる。そして、新しいもののありようを作っていく。勝さんがそうであるし、坂本龍馬がそうです」

「坂本龍馬は、薩長を結びつけ、それに土まで加えましたよ」

「そうですな。犬猿である薩長を結びつけようなどと、頭のどこから出てくるのだろう、と私など凡人は思いますよ。しかし、結びついた。そして、土佐まで加わった。坂本という男が考えていることは、かなりの部分、実現したでしょう。しかし、それ以上進展しない。みんな、倒幕と合唱しているだけだ」

坂本龍馬は、それでは駄目だと言った。なにが駄目なのか。

「幕府を倒すことが、大きなことだと思いすぎている。自分らが倒せなければ、外国の力も借りかねない。そういうことになりませんか、土方さん」

　幕府を倒すことが目的ではなく、この国を新しく生まれ変らせることが目的だ、と榎本は言っているのだろうか。そのために幕府を倒すことが必要だ、と倒幕派は考えているのではないのか。しかし幕府は、勝ちもしなければ負けもしない、と榎本は言う。

「この国の戦の行方が、私には見えませんよ、榎本さん」

「私も、同じですね。どうしたところで、列強諸国にはひねられる。たとえ植民地にされなかったとしてもです。この国はそれだけ遅れているとしか、私には思えない」

「戦をするだけ馬鹿らしい、ということにはなりませんか？」

「そういうことです」

「しかし、戦は起きる」

「いまのままではですよ、土方さん」

　いまのままではなくなる、という情況があるのか。あるとすれば、なんなのか。

　考えろと言われても、歳三には見当もつかなかった。戦を回避する方法がある、とも思えない。

「海軍の増強も、戦のためではないのですか、榎本さん。薩摩《さつま》や長州《ちょうしゅう》の装備も進んでいる。お互いに、戦をする気だからでしょう」

「まったくだ。人間ってやつは、戦から離れられない。一度権力を持った者が、なにもせずにそれを手放すことなど、日本だけでなく、世界の歴史にもないようですしね」

お互いに、馬鹿らしいと思っていても、どちらかが手を出し、斬り合いになる。人と人には、そういうところがある。それは、もっと大きなもののぶつかり合いになっても、変りはしないのかもしれない。

「今日は、会うだけでいいだろう、榎本さん」

山岡が口を挟んだ。

「そうですね。新選組の土方歳三と、こんな話ができるとは思わなかった」

榎本が、右手を差し出してきた。握手と呼ばれる外国人の習慣で、束の間、歳三は戸惑った。それから、手を出す。軽く握り合った。おかしな感じだ、という気しかしなかった。

小舟で戻り、港の近くで山岡と酒を飲んだ。

「山岡さんの意見も、聞きたいものです」

「俺に、意見なんかないよ、土方さん。もともと、棒を振り回すことしか知らない男なんだから」

「俺も、同じだけれどな」

「京の、激しい時勢の流れの中で、刀を抜いて闘ってきた。つまりあんたには、相手があったということだろう」

自分の剣は孤独だ、と山岡は言っているように聞えた。

大坂は、料理屋まで京とは違う。勿論《もちろん》、江戸とも違う。皿に盛られた煮豆の量も、二人では多すぎるほどだった。

「京へ戻るかね、土方さん？」

「勝様に、できれば会いたいのですが」

「それは、辰五郎《たつごろう》親分に頼めばいい。幕臣になったあんたが、二条城に行ったところでなんの問題もないが、親分と一緒なら、面倒な手間は省ける」

山岡の言い方で、新門《しんもん》辰五郎がしばしば二条城に出入りしていることがわかった。娘が、将軍の側室ということになったのだ。

勝海舟と坂本龍馬。そして榎本釜次郎。人は、少しずつ見えてきた。江戸には、小栗忠順《おぐりただまさ》がいる。

「山岡さんは、江戸へ？」

「近々、帰ろうと思っている。勝様が暗殺されるようなことも、なさそうだ」

「わかりませんよ、いまの京では。死にそうもない人間が、死にそうな気もします」

「たとえば、土方歳三とか」

山岡にはめずらしい、皮肉だった。

「俺が死ぬことに、意味なんかないでしょう。斬りたがっている人間も、半端な数ではないですし」

「新選組は、いまの道しかなかったのか。江戸で浪士組が結成された時は、まるで違う姿を俺は思い描いていたがね」

「京で生き残るために、選択した道ですね。特に、池田屋のあとからは、引き返せなくなりました。前へ進みながら、道を選ぶしかなくなったのですよ。なにしろ、ついこの間まで、浪士だったのですから」

「博奕《ばくち》なら、分の悪い方に張った。俺には、そう見える」

「浪士と言っても、もともと藩にいて、それを抜けたというのではありませんからね。はじめからの、浪士なのです」

「わかるよ、言ってることはな」

それきり、山岡はあまり喋らず、酒を口に含むだけになった。

私心のない剣、と沖田は言ったが、山岡は山岡で、幕臣という立場を複雑に考えているのかもしれない。

山岡と別れると、島田魁と合流し、大坂の商家を四軒ほど回った。それで、二千両の供出金が出た。隊士全員が幕臣に取り立てられた、ということが大きかったのかもしれない。

「喜んで貰《もら》えますね、局長に」

島田は、供出された金額に、ただ満足しているようだった。

「京へ帰るぞ」

歳三は、それだけを言った。

二

予想したよりたやすく、勝海舟には会うことができた。

二条城の、勝の居室とされているところらしい。勝は、羽織、袴《はかま》で退屈そうに寝そべっていた。

「そっちから来たところをみると、榎本と会って煙《けむ》に巻かれやがったな」

「確かに」

「あいつはできる男だが、才気走っていけねえ。新選組の土方に、才気を見せてどうするんだ」

「坂本龍馬は徳川家のためになる、というのはどういうことでしょうか？」

「いきなり来たね。龍馬は、榎本ほど才気走っちゃいねえ。おめえにゃ、わかりやすいってわけだろうな」

「江戸へ、行こうと思います」

「なにをしに？」

「名目は、新隊士の徴募ですが、ほんとうは、久しぶりに小栗様にお目にかかりたくなったんですよ」

「龍馬は、徳川家の役に立つ。確かにそう言った。だけどそれは、徳川家でなくてもいい。つまりは、徳川家の方が、龍馬を利用しようってわけさ」

「徳川家なのですね、幕府ではなく」

「そうだ」

「幕府は、どうなるのですか？」

「そりゃ、似たようなもんを、薩摩や長州や土佐のやつらが作ればいいだろう。どうでもいいことじゃねえか」

「それが、そういうわけには参りません。新選組は、幕臣ということになっております。薩、長、土が幕府を作れば、その幕府の臣なのですか？」

「馬鹿か、おめえ。幕臣ってことは、徳川家の臣ってことだ。第一、薩、長、土が幕府を作るとしたって、幕府という名じゃねえかもしれん。いまの幕臣は、徳川家の臣よ」

「そうですね」

歳三が笑うと、勝はまた横になり、背中をむけた。

「どうでもいいことを、おめえ、俺に説明させやがったな」

「戦は、徳川家と倒幕勢力の闘いということになりますが」

「戦はしねえよ」

「なぜです？」

「国力の消耗だろうが、内戦は。上様は、そう考えておられる」

「将軍家が、戦をされないと言っておられる、ということですか？」

「それで、俺にも道が見えてきたが」

どんな道が見えてきたのか、勝は言わない。訊《き》くことも、できなかった。見えているだけで、言葉にすることなど、多分できないのだ。自分は自分の眼に頼るしかないと、歳三は思った。

「小栗と会うと言ったな、おまえ」

勝はごろりと寝返りを打ち、歳三の方に躰《からだ》をむけると、肘枕《ひじまくら》をついた。

「戦になると、江戸攻めになるかもしれません。それを、小栗様がどう考えておられるか、聞いてみたいのです。小栗様も、幕府ではなく、徳川家と言われておりましたし」

「あれは、頑固《がんこ》な男だ。俺は会わねえよ。どこかに製鉄所を作るなんて言ってやがるが、遅すぎるな」

「遅すぎることは、小栗様も充分に承知しておいでしょう。幕閣が、勝様や小栗様にさまざまなことを任せるのが、遅すぎたのですから。いまやれることをやる、と小栗様は考えておられると思います」

「なら、勝手に会って、御高説を拝聴してくりゃいいさ。いまは、どんなことだって起きちまう。考えてみりゃ、恐ろしいぞ、土方。俺はずっと、その恐ろしさに肝《きも》をふるえさせている。気が小せえからな」

　いま、江戸では主戦論が強いのだろうか。二回目の長州征伐では、確かに主戦論が強かった。しかし、負けた。鎧《よろい》をつけた武者が、筒袖に銃を持った百姓に撃ち倒されたのだ。銃を揃《そろ》える。大砲や軍艦も揃える。それだけで、勝てるのか。

　江戸では、もしかすると負けたと思っていないかもしれない。底力を出そうとした時、将軍が死んだ。それで、軍を退いた。そう見ている者も、多いかもしれなかった。

「私にも、なんとなく道が見えてきているのですよ、勝様」

「だろうな。みんなそれぞれ、道が見えはじめた。だけど、誰も説明なんてことはできねえ。

ぼんやりした明りが、方々にあるってことさ」

「新選組でも、分離していった者たちは、倒幕派と接触しています」

「新選組が、倒幕派になるってことはねえのかい？」

「倒幕は、近すぎるし、見えすぎる未来ですよ、勝様。私が見たいのは、その先にあるものですから。いま倒幕派に衣替えをして、なんの意味がありますか？」

「なんとなく、時の勢いってやつはある。誰もが、それに乗りたがる」

「まさしく、そうです。そして、ただ流されることになる」

勝が、畳の上に起きあがった。

「ただ流されたくねえんなら、土方」

勝が、にやりと笑った。

「いまの流れがどんなものかも、ちゃんと見据えているんだろうな」

「そのつもりです」

「薩摩は、どう動く？」

「徳川を、攻めます。ここまで、うまく立ち回ったのですよ。疲弊させるだけさせた長州と手を結び、土佐を引きこんだのです。倒幕戦の盟主として闘えます。勝てるかどうか、最後は賭《か》けでしょうが」

「いまのまんまじゃ、幕府は負けねえよ。江戸を攻められた場合の話だがな」

「私も、そう思います。京に、薩摩を中心にした勢力があり、江戸に幕府がある。この国は二分だと思いますね。内戦を回避しようという考えなど、西郷や大久保にはないでしょう。それなら、公武合体でもよかったはずですから。幕府を、徳川を倒さないかぎり、自分たちの天下はない、と考えているはずです」

「天下か。戦国の世じゃあるまいし」

「この国は、新しく生まれ変らなければならないという意思のもとに、すでに歩きはじめております。倒幕派も、幕府もです。ならば一緒にやればいいようなものですが、権力のありようは古いままです。いや、権力に古い新しいなど、ないのかもしれません。坂本龍馬が、薩長土の連合では駄目だと考えているのも、そのあたりにあるのではないでしょうか」

「もうちょっと、詳しく言ってみな」

「倒幕がどうのということについて、坂本はなんの関心も持っていません。倒幕など、坂本にとっては姿勢だけでいいのでしょう。それで対立する両派が話し合い、西欧の政治体制を超えたものを作る。坂本は、そこまで考えている、という気がします」

「なぜ、西欧を超えられる？」

「この国は過渡期です。つまり、どんな変化も可能なのです。しかし、薩摩が考えているのは、倒幕でしかない。いま、薩摩と坂本は、お互いに相手が駄目だと思いはじめているのではありませんか。結局、西郷という男の器量が、坂本と較べて小さすぎるということだと思うのですが」

考えに、考えた。いま歳三が語れるのは、このあたりまでだ。それから先については、皆目見えてこない。

「小栗に、書状を書く。おめえ、届けてくれるか？」

「小栗様とは、そういう仲でしたか？」

「届けるか届けないか。それだけ答えな」

勝は、歳三を見据えている。

歳三が頭を下げると、勝は従者を呼び、その場で書状を認《したた》めた。

「小栗も、江戸で苦労してるんだろうが、俺ほどじゃねえやな。俺は、なにしろ当代きっての狸《たぬき》や狐《きつね》を相手にしてる。小栗が相手にしてるのは、ただの馬鹿だからな。ただ、仏国から手強いのがひとり来ていて、この扱いには苦労しているだろうよ」

「江戸で、旗本の軍制を変えようとしている男ではないのですか？」

「まあ、その親玉だ。軍人なんかは、旗本のやつらともすぐ溶けこんだらしいが」

書状に封をしながら、勝は言った。

「小栗様と勝様の関係が、私はいまだに掴めません」

「掴まなくていい。おめえは、小栗を斬りに行くのさ。まあ、ほかにも斬ると哮《ほ》えている連中はいるだろうが、新選組の土方が現われたとなれば、尻尾を巻くやつらばかりだ」

「しかし、斬ると言われても」

「榎本も、俺を斬ると言った。それで榎本を重用しようとする者が出てくる。いまの幕府ってのは、そんなものなんだ」

「だから、勝様は榎本さんとあまり会われないのですか？」

「会うよ、頻繁に。ここで、上様にもしばしば会っている」

「それを、誰も知らないということですか？」

「山岡は、知ってるなあ」

「そうだろうということは、私にもわかります」

「おめえ、わかりすぎだ。山南は、もうちょっと考え、殺気を漂わせながら、俺とむかい合ったもんだぜ」

「山南より、かなり長く生きています。その間に、山南が見なかったものを、私は見てきたのですから。山南が、いまここにいたら、と私は思います」

「そうだな。最後は痛々しくて、俺は見ていられなかった」

「勝様を見ていよ。それが、山南が私に言い遺したことだと言っても、過言ではありますまい。この時勢の流れの中で、勝様の動きだけは、だから私も凝視しておりました」

「なら、もういい。おめえは、自分が思う通りのことをやれ」

「坂本龍馬に、会いたいのですが」

「江戸から帰ったら、会えばいい。坂本は大きいぞ。俺の弟子だが、とてつもなくでかくて、俺は眼がくらんでいる」

「そうですか。私は別のことで、坂本龍馬に確かめたいことが多くあるのです」

「なんでも喋るさ、あいつは」

小栗への書状を受け取って腰をあげようとした歳三を、勝は押しとどめた。立ちあがって廊下へ出、従者になにか言っている。

しばらく、勝はなにも喋らなかった。

廊下で従者の声がすると、勝は歳三を促して立ちあがった。長い廊下を、勝に従って歩いた。どこへ連れていかれるのかは、見当がつかない。

二度曲がり、いくらか広い廊下に出た。

武士が二人、端座しているのを見て、歳三の全身に緊張が走った。

襖《ふすま》が開かれ、勝ひとりが入っていった。奥にもうひとつ襖があり、そこにもひとり武士が端座しているのが見えた。

「御前である」

端座している武士のひとりが、小声で言った。歳三は、廊下の板に両手をついた。

「新しく麾下《きか》に加わりました、土方歳三と申す者でございます。この者、新選組の副長もいたしておりまして」

「名は、聞いている」

声がした。

「面《おもて》をあげよ」

歳三は、腕だけのばし、上体を起こした。ひとり、じっとこちらを見据えている。将軍徳川慶喜だろう。そう思うしかなかった。

「憶えておこう、土方歳三」

歳三は、再び平伏した。

勝が出てきて、襖が閉じられた。勝の背中を見ながら、廊下を歩いた。

「驚かしたな。上様に一度御覧いただこうと、ふと思っちまった」

勝の口調は、いつもの通りだった。

「会ったのがいいことなのかどうか、これから決まるんだがな」

「勝様は、どういうおつもりだったのです？」

「つもりもなにもねえ。この間は、大鳥圭介《おおとりけいすけ》を会わせたが、もっと感激していやがったぞ」

「意味があるのですか、私が将軍家にお目通りすることが」

「まあ、感激しねえところが、おめえらしくはあるな。意味があるかどうかは、これからわかるだろう」

「わかるまで、考えなくてもよいのですね？」

「人斬りってのは、そんなもんか、土方？」

「ほかに、考えることが多すぎるのです」

「なにも考えられねえ。そんなふうになるぜ、いまに」

途中から、従者に引き渡された。預けた刀も返された。二条城を出ると、歳三は堀川通りを、不動堂村の屯所にむかって、ゆっくりと歩いた。

訓練のかけ声が聞えた。

裏へ回り、歳三は井戸の水を汲《く》んでひと口飲んだ。気づくと、背後に久兵衛が立っていた。

「どうした？」

「いえ」

「沖田か？」

なにかしら、勘のようなものが働き、歳三は言った。久兵衛が、かすかに頷《うなず》く。

「どこにいる？」

「部屋に。かなりの血を喀《は》かれました。私以外は、まだ誰も気づいておりません。沖田様からも、口止めをされております」

「局長には？」

「いま、お留守ですし」

「わかった。誰にも言うな」

歳三は、直接沖田の部屋にはむかわず、自分の居室に入った。障子《しょうじ》に射す陽の光を見つめながら、しばらくじっと座っていた。

立ちあがった。沖田の部屋は、廊下を隔てた斜めむかいだった。声をかけ、襖を開くと、沖田は蒲団《ふとん》から起きあがろうとした。

「寝ていろ、総司《そうじ》。熱がある顔だ」

「このところ、副長も外出が多いですね。私がしっかりしなければならないのに、熱など出してしまって」

「熱の出る病だ。仕方あるまい」

沖田のそばに座り、腕を組んでほほえみかけた。沖田は、しばらく眼を閉じていた。

「俺は、新隊士の徴募に、江戸へ行くのだがな、総司」

「はい、聞いています」

熱に潤《うる》んだような眼を開き、沖田が言った。

「井上源三郎《げんざぶろう》を伴う。おまえも一緒に来るか？」

「私が」

「おまえは、京へ来てから、ほとんど旅はしていない。江戸は懐かしいだろう」

「江戸か。確かに、懐かしいですよ、歳さん」

「おまえがいれば、徴募の役に立つ。応じてきた者の腕だけは、はっきり見きわめなければならんからな」

沖田の顔に、力の無い笑みが浮かんでいた。潤んだ眼を閉じ、また開く。

言うべきではなかったかもしれない、と歳三は思った。沖田は、常人にはない鋭さで、歳三が考えていることを見通した気がした。

「歳さん」

沖田が、歳三の方に顔をむけた。

「私を、京で死なせてください」

胸を衝《つ》いてくるような言葉だった。しばらく黙り、それから歳三は小さく何度か頷いた。

沖田は、それから四日、起きられなかった。

時折、起きて道場の方へ行こうとするらしいが、そのたびに咳が止まらなくなり、少量の血を喀くのだという。身のまわりは、久兵衛が看ていた。

歳三は沖田の病状を聞きたいとは思わなかったが、久兵衛が現われないと、それもまた気になるのだった。

京は、ひところのように、浪士がなにか企《くわだ》てるということは、少なくなった。代りに先走った公家《くげ》が、戦の準備をはじめたりすることが目立つ程度だった。

伊東甲子太郎《かしたろう》の一派は、高台寺《こうだいじ》に拠《よ》り、勤皇《きんのう》という名分のもとに、倒幕派との接触をしているようだった。近藤はいきり立っていたが、歳三は冷静だった。人が集まってくるということがなかったからだ。その点では伊東も焦りがあるようで、太宰府《だざいふ》の倒幕派の公家を訪ねる旅に出ていた。

沖田が道場に出た、と久兵衛が知らせにきた。歳三が行った時は、すでに近藤もいて、沖田の稽古《けいこ》にじっと眼をやっていた。道場は、異様な気配に包まれている。

一番隊士が、並べられていた。ほかの隊の者は、みんな羽目板のところまで退《さ》がり、息を詰めて見守った。

ひとりずつ、一番隊士が打ちかかっていく。それに対し、沖田は突きの一尖《いっせん》を出すだけだった。誰もそれをかわせず、ただ後方に飛ばされていた。のどを突かれ、のたうち回っている者もいる。十人の隊士が、全員対峙《たいじ》する間もなく突き倒された。

「それでやめにせい」

ほかの隊の者に声をかけようとした沖田に、近藤が言った。沖田は無言で、近藤に一礼すると道場を出ていった。

「相変らずの、突きだな」

「前よりも、鋭くなったと思いますよ、局長」

「そして、はかなげになった」

「そう見えますか、あの剣が？」

「おまえには、見えんのか、土方？」

「いえ、同じです」

近藤は、かすかに頷いた。

歳三の、出立の日が近づいてきた。沖田は、寝たり起きたりという様子だった。

「敵を、闘う相手を求めておられます」

久兵衛が、そう言った。

「あいつはいま、自分と闘わねばならんのに」

「酷でございます、土方様。身にとりついた病も、敵のようなものです」

めずらしく、久兵衛が言った。自分と闘う。そうして欲しいと、歳三は思っているだけだった。

三

江戸へは、それほど急ぎはしなかった。

同行の井上源三郎は、歳三より年長で、すべてに急《せ》くことはなかった。天然理心流《てんねんりしんりゅう》では古く、近藤周助《しゅうすけ》の門下であった。通ったのは、歳三の義兄に当たる、佐藤彦五郎《ひこごろう》の道場である。沖田と同じように突きを得意としていたが、技に冴《さ》えはなく、強引に突きまくる剣法だった。もっとも、沖田の技には尋常ではない冴えがある。

井上は、道中でも沖田のことを心配していた。井上もまた、弟に対するような感情を持っているのだろう。

「江戸へ行ったら、俺はやりたいことがいくつかある。もしかすると、時がかかるかもしれないので、隊士の徴募は源さんにやって貰いたいのだが」

旅へ出てから、歳三は井上を昔呼んでいたように呼んでいた。

「そうか。副長自らが、隊士の徴募に行くというのも大袈裟《おおげさ》なと思っていたが、ほかにやらなければならないことがあるのだな。俺がどれだけ役に立つかわからんが、やるだけやってみる」

腕はかなりのものだが、口は立たない。ただ、人を見る眼は持っていた。口が立たない分だけ、他人の口に惑わされることもない。

「どれぐらい、集めるつもりです、副長?」

「多ければ多いほど、と局長には言われているが、絞《しぼ》れるだけ絞ってくれ、源さん」

「頭数だけ増やしても、仕方がないということかな」

「近藤さんは、新選組をひとつの軍にしたいと考えている。そのためには、一千は必要だろう。しかし、そうすることで、新選組は新選組ではなくなる」

「わかる気がする」

「いずれ、新選組はなくなるさ。いずれであって、いまではないと俺は思っている」

「やっぱり、薩長と幕府の戦になるのかい?」

「わからんな。いまは、時勢というやつが、どうにでも読める」

「じゃ、俺みたいな凡人は、眼をつぶってることだね」

「おいおい、人を選ぶ時だけは、眼をあけていてくれよ」

「道を歩く時もだ」

通行人とぶつかりそうになり、井上は笑いながら言った。

「ところで、総司のことだが」

「やめよう、源さん、その話は」

井上は、束の間、眼を閉じ、それからちょっと空を仰いだ。沖田の命はあまり長くない。井上も、そう思ったようだ。

江戸へ入ると、日野《ひの》へむかう井上と別れ、歳三は赤坂に宿をとった。

京と較べると江戸はのんびりしているが、それでも以前よりどこか切迫した気配もあった。宿帳には土方歳三とは書かず、偽名を使った。特に理由はないが、しばらくはその方がいい、という気がした。この宿に、入隊希望者が来るようになっても、扱いには困るのだ。

駿河台《するがだい》の、小栗忠順の屋敷を訪ねた。

さすがに、小栗が自分で出てくるということはなかった。初老の用人らしい男が取り次ぎ、歳三は玄関脇の部屋に通された。

半刻ほど、待った。廊下を駈けるような音がし、小栗が飛びこんできた。

「土方か。久しいな」

「勝様からの書状を、お預りしております」

なにと言われれば、特に用件はないのだった。書状がいい理由になった。小栗は、書状にさらりと眼を通すと、巻き直して懐に突っこんだ。

「相変らず、無礼な男だ、勝は」

「私は、書状をお届けしただけです」

「おまえのことも、書いてあるぞ、土方。同志に加えるそうだ。なんの同志だ？」

「さて、それはわかりかねますが」

「私はな、土方。現将軍家を好きになれん。ここでしか言えぬことだがな。この国が躓《つまず》き、幕府が断固としたものを失ったのは、いつからだと思う」

「ずっと、駄目だったのではないのですか？」

「いや、井伊《いい》大老がおられた。開国しなければならんということを決断され、実行された。あの時が、幕府が生まれ変る唯一の機会だったのだ。信念の人であった。私心がなく、視野が広かった。開国し、外国のいいものを取り入れ、米国や英国や仏国に並ぶ。それまで、さまざまなことを耐え抜く。頂点に立ってそれが指導できるのは、あのお方しかなかった。あの強さが、この国には必要だったのだ」

「井伊大老を襲ったのは、水戸の浪士だということですが。現将軍家をお好きになれないのは、水戸斉昭《なりあき》公の子息だからですか？」

「そうだ。水戸は許せぬと思う。それは、小さなことかな、土方？」

「小さなことでしょう」

「ほう、言うではないか」

「あれほど憎み合っていた、薩摩と長州も手を結んでおりますから」

「そうだな。確かに、殺し合った者同士が、いまは扶《たす》け合っておるな。倒幕という目標がひとつ見えたからかな」

小栗が、睨《にら》むような眼をした。

「だから、水戸が井伊大老を襲ったことを忘れろ、と言うのか。あれが小さなことだったと」

「小さなことだ、とは申しておりません。まだ気にされて、恨みを捨てないことが小さなことだと言ったのです」

「そうだな、時は流れておる。井伊大老が亡くなられたのは、もうずいぶんと前だという気がする」

「嫌いであろうとなんであろうと、小栗様は将軍家のために働いておられます」

「言ってみただけよ、水戸が気に食わぬと」

相変らず、小栗は饒舌《じょうぜつ》だった。三白眼で睨みつけ、その眼光がふっと穏やかになる特長も変らない。

「井伊大老が亡くなられた時、遣米使節の一員として私は米国にいた。勝もまた、咸臨丸《かんりんまる》で太平洋を渡ってきていた」

小栗も勝も、外国というものを見ている。榎本も、そうだという。

「外国を見た者にとって、攘夷《じょうい》など馬鹿げたたわ言でしかなかったな。その点は、私も勝も同じだ。しかし、私や勝が帰国した時は、すでに大老は亡くなられていた」

「そうですか」

「新選組が、池田屋などで多数の浪士を斬ったことで、倒幕への流れが逆行したと、倒幕派は言っておるようだが、井伊大老が生きておられれば、倒幕という流れそのものも、大きなものにはなり得なかった、と私は思っている。果断の人であった。私や勝なども、もっとうまく使いこなされたであろう」

井伊大老が桜田門外で討たれた時、歳三はまだ江戸で鬱々《うつうつ》としていた。時勢が流れはじめていることはわかったが、それに乗るどころか、なにがどう流れているのかさえ、詳しくはわからなかった。

浪士組に応募して江戸を出ることになったのは、それから三年近く経ってからだ。浪士組に応募したことが、新選組を作るきっかけになった。

「攘夷派の浪士を、新選組が何人も斬ったというが、私はあの者たちをすべて殲滅《せんめつ》してくればいい、と思っていた。開国か攘夷かなどを論じるのは、私の眼から見れば時代遅れもいいところだった。この国がひとつになって開国し、速やかに諸外国に追いつく。そうしなければ、植民地の運命が待っていると思った。南の国を見てみろ。ひどいものだ。清国《しん》も、諸国に蚕食《さんしょく》されて、独立した国なのかどうか、あやしいものだ。日本は、独立国でなければならん。それは、井伊大老の、揺ぎない信念だったのだ」

小栗はまた歳三を睨みつけ、それから視線をそらした。光が穏やかになると、左の眼がやや斜視気味に傾く。

「いまさら言っても、詮《せん》なきことではある。これから先をどうするかを考えるなら、後ろをふり返ることにそれほど意味はない」

小栗が腕を組んだ。小柄な勝よりも、さらに小柄である。背を丸めると、少年のような印象だった。

「私と勝で、唯一、一致していることがある。その点に関してのみで、私は勝という無礼な男を認めている」

小栗の眼が、また鋭い光を帯びた。歳三は、立合をしているような気分になった。小栗の剣は、癖があるが悪質ではない。受け方を間違えなければ、返せる剣だった。

「私と勝。それから誰だと思う、土方？」

「坂本龍馬」

小栗の眼が、穏やかになった。穏やかになる時、必ずしも心の中も同じではないのだ、と歳三は思った。

「安易な答ではないか、土方。坂本龍馬は、確かに勝の弟子ではあるが、私を驚かせようとして名を出したとしか思えん」

「坂本は、薩長の幕府では駄目だ、と私に申しました。無論、徳川の幕府でも駄目でしょう。いま作られようとしている権力では駄目だ、と小栗様も勝様も考えておられるのではありませんか？」

「だからといって、薩長土を結びつけ、倒幕勢力の形成に重大な役割りを果たした坂本龍馬の名を出すのか、おまえは」

「敵であるとおっしゃられても、考えが一致することはある、と思います。偶然なのか、井伊大老のお考えにも似たものを持っている、と私は思っているのですが」

小栗は、低い唸《うな》り声をあげた。眼は、穏やかな光を放ったままである。

「坂本龍馬のことは、置いておこう。おまえにまだ言いたいことがあるのなら、後で聞いてもよい。ほかに、思いつく名を挙げてみろ」

「小栗様と勝様が、なんで一致しておられるか、それをお聞きしたいのですが」

「不戦」

「戦をしない、ということでございますか？」

「この国で、大きな戦があってはならん。内戦になれば、必ずや列強諸国の介入を受けるであろう。唯一、頼れるのは米国であった、と私は思っている。英国の植民地から独立した、という歴史を持っている国だからな。しかし米国は、国内で内戦をはじめている。海の彼方《かなた》の小国に力を貸す余力はあるまい」

小栗は、腰かけていた椅子《いす》を少しずらし、卓の上に両肘《りょうひじ》をついた。

「私は、横須賀《よこすか》に製鉄所を作ろうとしている。しかし、本格的なものはできまい。仏国が、借款《しゃっかん》を断ってきた。ただ、軍制の改革には、手を貸してくれている。仏国の軍人に軍隊ではないと言われた旗本も、いくらかましになるであろう」

「遅すぎた、と私は思いますが」

「不戦なのだ、土方。旗本がいかに精強な軍に育とうと、国内においては不戦」

「国内において」

「軍は、海外の侵略から、この国を守るためにある。不戦とは、この国の人間と不戦ということだ。私は、勝とそれで一致した」

そしてほかに誰が。老中に誰か、不戦を考えている者がいるか。京の板倉、江戸の小笠原、ともにそこまで考えているとは思えない。ならば、公家の誰かか。それも、やはり考えにくい。

「ほかに誰が不戦の考えを持っているのか、私にはわかりません。不戦と考えている人間はいるでしょうが、それなりの力を持った人物でなければならないわけですし」

「別に、勿体《もったい》ぶっているわけではない。まず、先の帝《みかど》」

「孝明帝《こうめいてい》が」

公武合体という考えの中に、不戦の思いはあったのではないのか。すると、もうひとり出てくる。

「先の将軍家。そして、現将軍家」

「現将軍家もですか」

「そうだ。先の将軍家を後見しておられたのが、現将軍家であったことを考えれば、わかるであろう」

「そうですか。不戦ですか」

「松平春嶽《まつだいらしゅんがく》がなにを言おうと、山内容堂《ようどう》が公武合体と叫ぼうと、不戦という考えから出たものではない。現将軍家の意思は、絶対の不戦にあり、したがって政争というかたちで闘わざるを得なかった」

「しかし、薩、長、土は倒幕を目指しているではありませんか。それが変ることは、まずあるまいと私は思いますが」

「だからいま、上様は京でぎりぎりの闘いをしておられる」

いつまでも政争にこだわっている、というように歳三には見えていた。その底に、不戦という信念があるのなら、理解できるところも出てくる。

「不戦は、不戦。しかし、負けるから不戦、と思われてはならん。だから私はいま、陸軍の強化に力を注いでいる」

「結局、倒幕派が攻めてくれば、闘わざるを得ないのではありませんか？」

「上様は、不戦をたやすく貫けるとは、考えておられぬ。無論、私も勝も」

榎本は、戦になれば、勝てないが負けもしない、と言った。薩長の幕府では意味がないというようなことを、坂本龍馬は言った。

歳三の頭の中で、さまざまなものが交錯した。

外は、暮れかけている。小栗は、ぼんやりと外に眼をやっているようだった。

「不戦という、信念が徳川家の中枢にある。それは、わかりました」

「もういい、土方。いかに不戦と言ったところで、長州とはすでに二度闘っている。不戦とは、あくまでこの国を二分しないということだ。ところで、明日の夕刻、ここへ来られるか？」

「はい、それは」

「三日ほどで済むと思うが、夜、私に付き合ってくれぬか。私は、出歩かなければならんのだ」

護衛をしろということだろう、と歳三は思った。願ってもないことだった。小栗の動きが具体的にわかるのだ。それで、なにか見えてくるかもしれない。

小栗は、椅子から立ちあがると、入ってきた時と同じように、慌てて部屋から出ていった。用人に送られて、歳三は小栗の屋敷を辞去した。

頭の中に、不戦という言葉が浮かんでは消える。小栗は、ただ観念論を言ったのか。それとも、本気で考え、実行しようということなのか。

背後に、人の気配を感じた。

二人いた。かすかな殺気を、漂わせている。すでに暗く、顔ははっきりと見定められない。

ひとりが、刀の柄に手をかけた。

「小栗の屋敷から出てきたな。どこの者で、どういう用件か、答えて貰おう」

「先に、そちらが名乗るべきではないのか？」

斬り捨てるのは、たやすい。しかし歳三は、肚《はら》の底に殺気を押しこんだ。

「答えた方が、身のためだ」

「名乗るほどの者ではない。浪人で、仕官できぬものかと、勘定奉行を訪ねた。用人にしか会えなかったが、紹介者がいたので、明日、もう一度訪ねることになった。明日は、会って貰えると思う」

「その、紹介者というのは？」

「山岡鉄太郎という、旗本だ」

二人は、山岡の名は知っているようだった。ひとりが、軽い舌打ちをした。

「できることなら、明日の面会は諦《あきら》めろ」

「こちらも、食っていかなければならないので、はい、と言うわけにもいかん」

それだけ言い、歳三は二人に背をむけて歩きはじめた。斬りかかってくれば、生かしてはおかないつもりだったが、なんの動きもなかった。

山岡の名を借りたことには、多少のうしろめたさがあった。剛直に、俗世に汚されることなく、生きている男だ。

宿に戻った。

歳三は、深夜まで、不戦という、夢想としか思えないことについて、考え続けていた。勝も小栗も、夢想家ではない。それどころか、時勢を最も正確に把握し、分析を続けてきたのが、この二人だろう。だから、不戦という言葉を、現実味がないというだけで、無視することはできなかった。

翌朝、かなり陽も高くなったころ、宿に佐藤彦五郎が訪ねてきた。宿の場所と使用する名は、井上に伝えてあった。

「日野に来ないというのは、なにか大きなお役目があるのだろう、と思ってな。それで、わしの方から訪ねてきた」

非礼の詫《わ》びを言うと、彦五郎は笑いながら言った。

「わしのことは、気にしなくていい。歳さんの顔を見たい、と思っただけだ」

「道場は、どんなふうです？」

「まあまあだ」

彦五郎は歳三の義兄にあたり、日野で天然理心流の道場を開いている。といっても、近隣の農家の子などが通ってくるぐらいだ。

「ひとつだけ、言っておこうと思った。いま言っておかなければ、と思ってな」

「なんでしょう、兄上？」

「京で、どれほど厳しい時勢の流れの中にいるのか、日野の田舎にいるわしには、わからん。

ただ、身内としてひとつだけ言う。歳さん、あんたには帰る家がある。つまり、日野の家だ。もし、なにかあった時は、それを思い出してくれ」

「それは」

「直参になったあんたに、こんなことを言ってはいかんのかもしれんが、日野には、耕やす畠もある」

彦五郎が、どんなふうに時勢を分析し、こんな申し入れをしているのかと考えるより先に、歳三の内側には熱いものが拡がった。久しく、忘れていたものだ。

「わしは、自分がなにができるか考え、どう考えても、こんなことしか言えなかった。情無いと思うのだが」

「兄上、なによりのお言葉です。心に、しみこみました」

歳三は、頭を下げた。彦五郎は、恥しそうな表情をしている。江戸に来ているのだ、と歳三は思った。

四

旗本の屋敷だろう。用人などはおらず、初老の女性《にょしょう》が迎えた。歳三は、玄関のところで半刻ほど待った。

出てきたのは、小栗ひとりだった。

「次は、芝だ、土方」

門を出ると、小栗は小声で言った。提灯《ちょうちん》も持っていない。闇《やみ》の中を、芝の方向にむかって歩いた。

「実戦の経験がある人間が、旗本には極端に少ない。まして、指揮となるとな」

不戦を貫くために、実戦の経験が必要なのかと、揚げ足とりのようなことを歳三は言いたくなった。実戦ならば、京にいる者は経験を積んでいる。新選組だけでなく、見廻組《みまわりぐみ》も、会津、桑名《くわな》の藩兵もかなりの経験を積んだと言っていい。

小栗は、のんびりと歩く。あまり長く歩くのは、得意ではないらしい。提灯を持たないので、闇の中で小栗は何度か躓いた。

「後ろをふり返らないでください、小栗様」

よろけた小栗を支えながら、歳三は言った。駿河台の屋敷を出た時から、尾行《つけ》られていた。それが、不意に人数が増えたのだ。二人だったものが、十数名になっている。

「誰かが、襲ってくるのか、土方？」

「わかりませんが、人数が多いのです。斬り合いになった場合は、私の背を見て動かれませんように」

「なるのか、斬り合いに」

小栗の全身が、不意に硬直するのがわかった。

登城《とじょう》では、さすがに二十名近い供がついている。夜は、供をつけられない理由があるのだろう。

歳三は、場所を捜した。

ひとりきりなら、どうにでもなる。小栗がいて、しかも常人より動きが悪い。それを守るのが、仕事なのだ。

石垣のそばを通りかかった。神社の下らしく、灯明もある。小栗の躰を、石垣に押しつけるようにし、歳三は尾行てくる人間をふりむいた。

十数人が、駈け寄ってくる。殺気を隠そうともしていない。四、五人は、刀の柄に手をかけているようだった。

「勘定奉行、小栗上野介《こうずけのすけ》と知ってのことか、おまえら？」

「貴様は？」

「賊徒に、名乗る必要などない。死ぬか、退《ひ》くか、どちらかを選べ」

「なんだと。ひとりで、俺たちとやり合えるとでも思っているのか。さっさと、奉行の身柄を渡せ」

小栗の暗殺というより、拉致《らち》が目的のようだった。いくらか、歳三はほっとした。いきなり小栗を狙ってくることは、ないはずだ。

三人が、抜刀した。

「死ぬか、退くか、選べと言ったはずだ」

「こいつ、膾《なます》にされたいらしいぞ」

低い嗤《わら》い声が起きた。ひとりの斬撃《ざんげき》を、歳三は上体をよじってかわし、躰を戻した時には刀を抜いていた。抜き撃ちで斬れた。それを教えてやったつもりだったが、わかる気もないようだった。

二人目の斬撃は、かわさなかった。相手の剣に押し被《かぶ》せるようにして、斬り降ろした。声もあがらなかった。頭蓋《ずがい》が口のところまで二つに割れ、棒のように仰むけに倒れた。

悲鳴が起きた。それに押されるように、三人が同時に斬りかかってきた。ひとりを左一文字に斬り、撥《は》ねるように返した刀でもうひとりの首筋を斬りあげ、三人目はまた頭蓋から両断した。二人は、即死だろう。ひとりは、腹から滑り落ちてきた腸に足を絡ませていた。自分の足をとっているものが、自分の内臓だということも気づかず、蹴《け》るような仕草を二、三度見せて、横に倒れた。

場が、しんとした。歳三は刃を返し、血を切ると同時に、鍔鳴《つばな》りをさせた。

その音に弾かれたように、全員が駈け去った。

石垣に背をつけ、小栗は硬直していた。

「行きましょうか」

言っても、返事をしようとしない。肩に手を置くと、小栗の躰は痙攣《けいれん》を起こしたように激しくふるえはじめた。歯の鳴る音も、はっきりと聞えた。

「小栗様、面倒になる前に、行きましょう」

「これは」

倒れた四人を、小栗は見つめ続けていた。

「死んでおります」

「なにが、なにが起きたのだ、土方？」

「私が、斬ったのです。小栗様を襲ってきましたので。御覧になってはいませんでしたか」

「見た。多分、見たと思う」

「歩けますか？」

腕に手を添えた。膝《ひざ》を曲げずに、小栗は歩きはじめた。しばらくして、ようやく小栗の躰のふるえは止まり、膝も曲がるようになった。

「はじめてだ。人が斬られるのを、私は、はじめて見た」

「京では、毎日のように起きていることですよ」

「あれほどたやすく、人というのは死んでしまうものか」

呼吸はまだ、切迫したように速かった。

歳三は、斬った四人のことを考えていた。

あしらって追い返そうと思えば、たやすい相手だった。そうしようという気は、最初からなかった。戦場にいるようなものなのである。京に潜入した浪士は、見つかれば常に生か死かの闘いをする。

四人は、旗本の子弟というところだろうか。数を恃《たの》む。幕府は、上から下まで同じようなものだった。

旗本が幕府の軍という考えは、捨てて当然だった。大番組《おおばんぐみ》をはじめとする軍制は、すでになんら機能していない。装備がなく、年齢もまちまちだというだけでなく、頭の中身が時代についてきていないのだ。

「土方、人を斬ったあとも、何事もなかったように、どうして歩いていられるのだ？」

「何事もなかったわけではありません。ああいう斬り方だと、あとで入念に刀の手入れをしなければなりませんし」

「刀の手入れだと。気持の方だ。気持の方。どうして、平然としていられる」

「あの四人を斬ったのは、小栗様ですから」

「私が？」

「小栗様を、斬ろうとして襲ってきた者たちです。私ひとりなら、斬らなかったどころか、言葉を交わすことさえなかったでしょう。だから、小栗様が、土方歳三という刀で、あの四人を斬られました」

小栗が、低い呻《うめ》くような声をあげた。

芝に近づくと、さすがに小栗はしゃんとしてきた。頭の中には違うものがあるようで、しきりになにかぶつぶつ呟《つぶや》いていた。

かなり大身の旗本の屋敷だろう。

潜《くぐ》り戸から請じ入れられ、歳三は玄関脇の部屋に案内された。用人が、むき合って座った。

用人は、ほとんど喋ろうとはせず、行灯《あんどん》の明りの中で、じっと歳三を見ていた。

しばらくすると、門を叩く音が聞え、小者に呼ばれて、用人は立っていった。

戻ってきた用人の表情には、険しいものが漂っている。

「さきほど、旗本の若い者が四人、斬り殺されたそうだ」

「ほう」

「おぬし、その羽織や袴に付いているのは、血ではないのか?」

「確かに、血だが」

「斬ったのは、おぬしということだな?」

「さて、私は刀を抜いて襲ってきた十四、五人のうちの何人かは斬ったが、いずれ野盗の類《たぐ》いだろう。旗本を斬った覚えはないな」

「夜盗だと。夜盗を斬り捨てたと言うか?」

「違ったのかな。旗本なら、もう少し腕が立つだろうし、斬られた仲間を置いて逃げもしまい。武士の恰好《かっこう》はしているが、あれは武士ではなかった」

用人の顔が、赤く紅潮した。

「これは、目付に報告せねばならん」

「町奉行所にしろ。やつらは武士ではない」

「貴様、どこまで愚弄《ぐろう》すれば」

「おまえ、落ち着いて座れ。外にいる連中が俺と斬り合いたいというなら、いつでも相手にしてやるが、庭先が血で汚れるぞ」

「無礼者が」

「どちらが無礼かな。これでも俺は、一応は直参。用人づれに無礼者呼ばわりされる理由はないな」

「直参だと。名は？」

「土方歳三」

「知らんな、そんな直参など」

「京ではみんな知っている。新選組の土方歳三と言えばな」

「新選組、土方」

用人の声が、途中で強張った。

「座れ。突っ立っていると、首を落とすぞ」

糸が切れたように、用人が畳に座りこんだ。

「外の連中は、追い返せ。途中で待ち伏せるなら、それもいい。ただし、新選組隊士は俺ひとりではない。勘定奉行にぴったり付いているのが、俺だけということでね。先刻は、逃がしてやったのだ」

「それは」

外で、激高したような声が聞えてきた。用人が、這《は》うようにして部屋を出ていった。しばらくすると、外はしんと静まり返った。人の気配も、遠ざかっていく。

小栗と屋敷を出た時は、尾行てくる者の気配などまるでなかった。

「薩長が土佐を引きこんだが、山内容堂が倒幕に踏み切れずにいた。そこに出てきたのが、坂本龍馬の智恵だった。山内容堂は、それに飛びついた」

歩きながら、小栗が言った。さっきの旗本たちが襲ってくることなど、小栗の頭にはないらしい。おかしな男だと思ったが、いやな感じはしなかった。

「坂本も、不戦ということについて、真剣に考えているようだ。勝の弟子というのが気に入らんが、坂本はなかなか先を見る眼を持っている」

やはり提灯もなにも持たず、駿河台の小栗邸にむかって歩いた。

「坂本が出した案というのは？」

「大政という考えだ。幕府は朝廷から、大政を預けられている。こういう時代だから、まずその大政を朝廷に奉還する。しかるのち、新しい政体を考える。無論、新しい政体についても、坂本は考えているようだ」

「もし、それが実現すれば、どういうことになるのですか。列侯会議とは違うのですか？」

「違う。各藩の、実力を持った者たちで、その政体を構成する。坂本は、これを薩長の者たちにも提示していると思う」

薩長の、倒幕という姿勢には、水を差すことになる。しかし、それがうまく運べば、内戦は回避される、ということだ。

内戦さえ回避されれば、この国にはまだ力がある、と歳三は思っていた。しかし、薩長が作りあげつつある倒幕の流れを、変えることがほんとうにできるのか。

それもまた、時の流れに逆らうということではないのか。そして、幕府はほんとうに、大政を朝廷に奉還できるのか。

「徳川家は、どういうことになります」

「島津《しまづ》家、山内家のように、諸侯のひとりということになる。そういう諸侯が集まった会議と、実際に力を持った者たちの会議。その二つが、政体の基本になる」

「では、徳川家は諸侯の上に立つことにはならないのですね」

「立てるか、いまの徳川が、諸侯の上に。それは、上様もおわかりになっている。ただ、いままで政事をなしてきたという経験は、新しい政体の中でも生きるであろう」

「そういうことですか」

いま、そうやって倒幕の流れを変える。坂本龍馬は、なにを見、なにを考えているのか。途方もない男だ、という思いだけが、歳三にはあった。その途方のなさが、なにか新しい力のようなものさえ感じさせる。

「私は、坂本から書状を貰った。それには、不戦の決意がしっかりと書かれていた。内戦を起こせば、この国は終りだとな。おまえが、不戦ということで、はじめに坂本の名を出した時は、内心ぎくりとした」

「不戦ということは、誰でも考えると思います。しかし、そのためになにをやればいいのか。いや、戦をしてはならないと考えながら、戦をしてしまう。それが人間というものではないでしょうか」

「そこだな。権力というものが見えると、人は分別をなくす。そういう輩《やから》が、京にはごろごろしているのではないのか」

小栗は、坂本の構想がどういうものか、しっかりと摑んでいるようだ。当然ながら、勝も摑んでいるだろう。

歳三も、ぼんやりだがわかりはじめていた。坂本は徳川家の役に立つ、と言った勝の言葉にも、いくらか信憑性《しんぴょうせい》を感じはじめている。

駿河台が近づいてくると、小栗はまた口の中でなにか呟きはじめた。時々、刀の柄に手をやって、力を籠《こ》めたりもしている。襲われたことについてなにか言っているのではなく、別のことのようだ。

「これから二、三日、泊まってくれ、土方」

門を入ったところで、小栗がふりむいて言った。

「まだ、石頭の旗本どものところを、いくつか回らなければならんのだ」

小栗ひとりを回らせるというのは、心配でもあった。歳三がついていかないかぎり、小栗はひとりでも回るだろう。

新隊士の徴募は、井上源三郎に任せるしかなさそうだった。今回の江戸の目的は、小栗の方にあるのだ。

「小栗様も、本心を語っていただけませんか」

「おまえもだよ、土方。私はいつも、本心を語っている。ただ、多くの言葉の中に紛《まぎ》れこませているだけなのだ。それより、新しい着物を用意させよう。その羽織と袴の血は、落としておいた方がいい」

はじめて、玄関脇の小部屋でなく、奥へ通された。小栗の居室らしい。

用人を呼び、小栗は酒肴《しゅこう》を命じた。椅子などなく、卓がひとつあるだけの部屋だが、壁に大きな地図が張り出してある。世界の地図だろう。日本だけが赤く色をつけてあるが、いかにも小さかった。

「世界を見ていると、日本などどうでもよいほど小さいのだ、土方。清国と較べても、ほとんど豆粒のようなものではないか。それが、列強諸国の気持を惹《ひ》いている。なぜだと思う。この国には、鎖国の間に培《つちか》ったものが、間違いなくある。文明という点で、列強に遅れてはいるが、遜色《そんしょく》のないものもまた、多くある。それをむしろこの国の人間より、列強諸国の方が知っているのだよ。それを、内戦で失ってはならん。当たり前のことが、幕閣にも、薩長の過激派にもわかっておらん」

用人が、酒肴を運んできた。酒は弱くないらしい。小栗は、茶碗に自分で酒を注いだ。

「つまらぬな、幕臣は。私は、坂本のように浪士でいたかったよ。いいか、土方。坂本は新しい政体を作る案を出した時、なんと言ったと思う。自分には、なんの役職もいらん。世界の海を股《また》にかけて、海援隊をやる。そう言ったのだぞ」

小栗は、茶碗の酒をひと息で呷《あお》った。

用人に促され、歳三は着物を替えた。歳三の躰の刀疵《きず》に、小栗が眼を剝《む》いた。どれも、深いものではない。斬り合いをしていれば、普通に受ける疵ばかりだ。

「勝が、徳川家のために坂本を使おうとしているのは、諸刃《もろは》の剣《つるぎ》というところかな」

歳三の躰から眼を逸《そ》らせ、小栗は言った。

「徳川家が消滅してこの国がひとつにまとまるなら、それでもいいと坂本は考えるだろう」

「あくまで、不戦ということでですな。小栗様は、それがあり得ると考えておられますか？」

「おまえは、土方？」

「倒幕派が、矛《ほこ》を納めますか、このまま。そして、幕臣が黙って、その身分を剝《は》ぎ取られていきますか？」

「上様は、不戦であっても、徳川家を消滅させようとは考えておられない」

「では、無理ですね」

「おまえの頭ではだ、土方」

「小栗様の頭では？」

「私や勝の頭でも、難しい。だから、いやでも坂本龍馬の頭の中を覗《のぞ》きたくなるのだ」

「まず、不戦。徳川家の存亡は二の次。そういうことであれば、あるいは坂本なら」

「書状を読むかぎり、坂本は化けものだ」

「その書状は？」

「焼いた」

「徳川を存続させ、なお不戦でこの混乱を乗り切れる。その秘策を坂本は持っているというのですか？」

「多分」

「具体的なものを、坂本は示したわけではないのですね？」

「坂本の頭の中には、三段、四段、いや五段、六段に構えた方策がある、と私は思っている。山内容堂の大政奉還の上様への建白は、その第一段にすぎん」

歳三は、酒を口に含んだ。苦い味しかしなかった。

暑いのか、小栗は片肌を脱いで団扇《うちわ》を使いはじめた。勝とも、酒癖がまた違う。

「もういい。酒を飲んでいる時まで、坂本の頭の中を考えたくはない」

「明日も、夜回りをされるのですか？」

「旗本には、わからず屋が多い。軍制改革など、東照神君《とうしょうしんくん》が承知されるはずがない、とまで言う者もいる。おまえが、四人を斬ってくれたのは、かえってよかったかもしれん。実戦を経験した者がどれほど強いか、証明してやったようなものだ」

小栗は、また自分で酒を注ぎ足した。顔は紅潮しはじめている。団扇をとり、歳三は小栗に風を送った。

四人を斬ったことについて、いくらなんでも不問ということはないだろうと思っていたが、三日経っても、誰かが事情を訊《き》きに来ることがなかった。

「すでに、三十名ほどの応募がありました」

井上源三郎が、宿に報告にきた。小栗の夜回りは、昨夜で終了している。あれ以来、襲われることもなかった。

「一応、腕は試してみましたが、みんなそこそこというところですか。浪人から這《は》いあがるのに、必死だということはわかりますが」

「これから、もっと来るだろう？」

「来るでしょうね」

「二十名まで絞ってくれ、源さん」

「いいんですね。百名でも連れて行けば、局長は喜ぶだろうけど」

「百名が二百名でも、大した意味はない」

近藤は、まだ幕府というものにこだわっている。そんな段階ではないと言っても、多分、理解しようとはしないだろう。理解したとしても、幕府とともに滅びる方を選ぶ。

「副長が、人を斬ったという噂が、江戸に流れていますよ」

「斬ったんだよ、源さん」

「ま、そうだろうとは思っていましたが」

井上は、ものに動じない。そういうところは、一緒にいて気持がよかった。分別もあるが、時勢の話などあまりできない。

「応募してくる者たちも噂は聞いているでしょうが、こちらからは黙っていましょう」

「そうしてくれ」

「敵の人数が多い時は、気をつけてください。山南さんだって、斬られて死にかけた」

「敵じゃないんだよ、源さん」

ここ数日、歳三は考え続けていた。小栗や勝はどう動くのか。そして、将軍家の真意は、ほんとうに不戦にあるのか。

薩摩の西郷、大久保、長州の桂《かつら》らは、なにを考えているのか。倒幕軍を編成しての江戸攻撃が、ほんとうに行われるのか。それを押えるだけのなにかを、坂本は手にしているのか。

結局は、小栗や勝がどこまで想定しているかだった。江戸攻撃までは、考えているという気がする。そこで、どうやって本格的なぶつかり合いを避けるのか。二人は、それについて語り合っているのか。

坂本から小栗に届いて、焼いたという書状には、なにが書かれてあったのか。

「とにかく、江戸での隊士の徴募は、源さんに任せるしかなさそうだ」

もうしばらく、歳三は江戸にいるつもりだった。どこかで、なにかが動きはじめる。それを、歳三は肌で感じていた。

五

小栗邸への、人の出入りが激しかった。

小栗は、城から戻ってくると、居室に籠《こも》って誰とも会おうとしなかった。

毎日小栗邸に顔を出すようにしていたが、なにもないと小栗は会おうともしない。しかし、今日会おうとしないのは、なにもないからでないことは確かだった。

「殿がお呼びだ、土方殿」

用人が、玄関脇の部屋を覗いて言った。

歳三は、奥の小栗の居室に顔を出した。小栗は、座りこんで背中を丸め、なにか低く呟いていた。そういう恰好をしていると、まるで子供のように小さく見える。

「土方」

顔をあげ、小栗は言った。

「はじまったぞ」

「戦がですか？」

「馬鹿を言え。上様が、大政を奉還なされた。十月十四日のことだ。いかにも性急ではあったがな。とにかく、大政は朝廷に奉還され、上様は征夷大将軍《せいいたいしょうぐん》ではなくなられた。幕府も、なくなった」

確かに、急な話だった。江戸との話し合いも、持たれてはいなかったのだろう。

「きわどいところであった」

「そうなのですか？」

「薩摩が動いたのだと思うが、岩倉具視《ともみ》が討幕の密勅を今の帝に出させた」

公武合体の考えを持っていた孝明帝を、倒幕派に強要されて暗殺したのが、岩倉具視だとも言われていた。

「密勅とは、ありそうなことです」

「西郷あたりの考えだと思うが、先手を取って大政を奉還された。幕府を討てという密勅は、幕府がなくなってしまったので、なんの意味も持たなくなった。実に、同じ日に行われたことだぞ、土方。きわどいところで、徳川家は朝敵となることを回避した」

そういうことになる、と歳三は思った。ぎりぎりの政争で、徳川慶喜は、倒幕派の攻撃をかわした。しかし、武力倒幕派の執念も、大変なものだ。土佐が一歩退いたら、次は討幕の密勅という手に出た。

「西郷という男、ほんとうは小心なのかもしれんな。京の政争でも、常に堂々と渡り合おうとはしてこなかった。たえず小さなものを、薩摩藩を守ろうとして動いてきた」

「直情径行ではありませんな、長州と較べると。京ではずっと守護職と組んだというかたちをとり、新選組も手を出せませんでした。そのくせ、暗殺はやるのです」

「ある意味で、怪物でもあるのだろう。坂本とはまた違うが」

「私は、京へ戻ろうと思います」

「そうか。ひとつだけ、よく心に刻みこんでおけ。今度の大政奉還も、上様が考えられている段階の、ひとつにすぎん。どこまでいくのか、誰にも読めはしないが」

「わかりました」

「幕府の陸軍は強化される。しかし、それには時がかかる。海軍は、薩長土を大きく凌《しの》いでいる。全体では、どう考えても負けない戦だ。しかし、西国にまで攻めこむ力は、つけられまい」

「一度戦端が切られたら、国は二分ということですか?」

「わからん。密勅には、内乱を起こして幕府を討てとあったらしい」

「列強諸国の介入があってもいい、と西郷は考えていますね」

「西郷とて、できれば回避したいことなのだろう。しかし、自信はない。徳川に力を温存させたままでは、いつ、薩摩が追いつめられるかわからん、と思っているだろう。少なくとも、江戸を攻めたがっていることは、間違いないのだ」

不戦という考えは、およそこれから権力を握ろうという者には、説得力を持たないのかもしれない。薩長の幕府では駄目だと言った坂本の真意は、両藩とも権力を手にしようとしている、というところにあるとも思える。いまは、誰が権力を手にするというのではなく、この国がどう生まれ変るかということが問題なのだ、と坂本は考えているのだ、と歳三は思った。

「京で戦端を開き、江戸へ攻めこむ。西郷が考えているのは、それだろうな。つまり、開戦のきっかけを、どこかで摑もうとするはずだ」

「心しておきます」

「どんなことでも、西郷は開戦のきっかけにするぞ。たとえば、新選組が薩摩系の浪士ひとりを斬ったということでさえもだ」

「そのあたりは、うまくやります。薩摩に口実を与えない斬り方をしましょう」

「斬り方にも、いろいろあるか」

小栗が、黄色い歯を見せて、にっと笑った。

「おまえが、四人斬り殺すのを見た。斬られた者の家では、恥じて病死という届けを出してきた。そこまで考えて斬ったのなら、おまえはいまの江戸を見切っているぞ」

「まさか。私はただ、小栗様を護らなければならないと思っただけです」

「人を斬るのは、さぞ気持のいいことであろうな。私など、生涯で人を斬ることなどないという気がするが」

「馴れてしまうと、つまらないものです」

「はじめは、面白いということか？」

「斬り合いそのものが、つまらんのです。なぜかというと、強い者、勢いのある者が、必ず勝つからです」

「おまえは、十数名をひとりで相手にした」

「しかしその十数名に、勢いがなかった。強くもなかった。いまの徳川の旗本のありようを物語って、余りありますな」

「そういう言い方をするのか」

小栗は、別に不快そうな表情はしていなかった。ちょっと眼が鋭い光を帯び、そしてまた斜視に戻った。

「旗本でも、血の気の多い者はいる。御先手組《おさきてぐみ》の者たちは、日ごろから鍛えてもいる。新しい軍がどういうものか教えこめば、すぐにも戦力になる、と思っているのだがな」

「まず、無理でしょう。小栗様を襲ったのも、御先手組の者たちではなかったのですか。あれに新しいかたちの戦を教えこむより、農民から体力が優れた者を徴発して鍛えた方が、ずっと早いと思います。長州の奇兵隊は、御先手組など相手にしませんでしたぞ」

「まあな。私も、仏国の軍人からは、そう言われている」

小栗のもの言いも、時々は勝のようになる。自嘲《じちょう》に近くなるのだ、と歳三は思っていた。

「京で、開戦ということになると思う」

小栗が、話題を変えた。

「薩摩の武力倒幕の意思は、今度の密勅事件で、きわめてはっきりしたものになった。長州はもともとそうだから、薩摩の意見がはっきり見えたということだ」

「はい」

「私は、江戸でおまえに会いたい。上様が、次にどういう手を取られるか、江戸にいてはよく見えてこないが」

「京では負ける、ということですか？」

「勝っても、意味がない。長州を討ち、薩摩まで進攻して、戦ができるか。京を守るのに汲々《きゆうきゆう》とするだけであろう。それは、避けなければならないことだと、私は思っている」

　この国が、二分することを避ける。ならば、江戸を攻められたらどうするのか。江戸を放棄することは、まず考えられない。放棄したところで、行くところはない。たとえ会津に拠《よ》ったとしても、またそこも攻められるだろう。結局、徳川家が潰《つぶ》れるまで、薩摩が安心することはないのだ。

　しかし、小栗も勝も、徳川家を守ろうと考えている。いや、守ることで、本格的な内戦が防げるとさえ考えている。

　坂本も、そうだということなのか。

　小栗は、遠くを見るような眼をしていた。

小栗邸を辞去すると、歳三は宿に戻り、すぐに日野の井上に使者を出した。明朝、出立するという使者である。

いかにも性急な使者だが、井上ならそれでなにかあったことを察するはずだった。島田魁を連れてきていたら、納得のできる理由の説明を求められたことだろう。それだけ、井上は世馴れしている、とも言える。

井上が選び出した二十二名の新隊士は、翌朝には宿の前に集合していた。歳三は、出ていくと、ただ名乗り、隊規について確かめるように喋った。どの顔も、緊張している。

「進発」

歳三の表情を見て、井上が声をかけた。すでに、二隊に分けられている。

あまり期待できそうもない、と歩く新隊士を見て歳三は思った。みんな、大人しすぎる。かつて浪士組として進発した時は、清河八郎をはじめ、ひと癖《くせ》もふた癖もある男たちが揃っていた。いつ、なにが起きてもおかしくない、という雰囲気が漂っていたものだ。この二十二人は、すでに命令に忠実だった。

かなりの強行軍になった。できるかぎり早く京へ帰りたいという歳三の意思を、井上ははっきりと読んだのだろう。

「露営ということも、あり得る。毎夜、蒲団で眠れるとは思うな」

野宿には寒すぎる季節になっているが、不平を洩《も》らす者はいなかった。

「頭数程度にはなりますか、副長？」

「まあな」

剣だけなら、なんとかなる。しかし、銃をいじったことがある者など、ひとりもいないだろう。井上にも、剣がすべてという頭がどこかにあるのだ。

旅の間に、新隊士の力量を見極めるということも、歳三はあまりやらなかった。それほど意味があるとは思えなかったのだ。隊規を守れる人間かどうかがわかれば、それでいい。

別のことを、歳三は考え続けなければならなかった。

大政が奉還されたあと、政局がどう動いていくのか。武力倒幕派の次の攻撃を、徳川慶喜はどうかわしていくのか。そのために、勝がどういう働きをするのか。

名古屋に入る直前で、島田魁が三人の隊士を連れて出迎えているのに会った。

「大坂に、むかっていただけますか。新門の親分からの伝言で、口で伝えてくれということだったんで、私が迎えを口実に出てきました」

新門辰五郎には、駄目でもともとの書状を、飛脚《ひきやく》に託していた。

名古屋で、歳三は一行と別れ、先行した。

京へはむかわず、大坂へ直接入った。伊賀を抜ける街道だが、その方がいくらか早い。それに、京から大坂にはむかいたくなかった。事が事である。いや、事がきちんと用意されているのかどうか、行ってみなければわからない。

野宿だった。

大坂に入ると、宿で躰を洗い、伝言されていた場所に使いを出した。それから、待ち続けた。丸一日待ち、二日目に、辰五郎のところの若い者が迎えに来た。

別の宿の一室に案内された。そこで夜まで待ち、淀川《よどがわ》沿いに移動した。小さな宿があった。そこにいたのは、辰五郎自身だった。

「いや、上様がすぐに二条城を出してくださいませんでねえ」

辰五郎の口調は、いつもと変らなかった。

宿は川のそばにあり、辰五郎はそこから自分で小舟を操り、対岸に渡った。やや溯上《そじょう》した感じだが、闇の中で定かではない。

民家だったが、住人はいないようだった。二階へ導かれる前に、やはり辰五郎のところの者らしい男に、刀を預けた。

「下で待つってわけにゃ、いかねえんですよ、土方の旦那《だんな》。氷川《ひかわ》坂下の殿様の命令でなけりゃ、こんなこともしたくねえ」

「済まん。迷惑をかける」

辰五郎の言葉で、勝が動いてくれたことが知れた。二階の奥の一室にだけ、明りがあった。入るよ、と辰五郎は気軽に声をかけた。

襖を開けたところに、坂本龍馬はいた。

「おう、土方さんか」

坂本は、卓の上に紙を拡げている。細い眼をさらに細め、束の間、歳三を見つめた。

「こわい眼をしているな、あんた。わしは、俺、おまえで話したい、と思うちょるんじゃが。いまにも斬りかかってきそうな眼じゃ」

「これは、失礼した。緊張しているのだと思う。許してくれ」

「新選組の土方歳三が、緊張かや」

かすかに、坂本の口もとに笑みが浮かんだようだった。座ると、辰五郎も少し離れたところに腰を落ち着けた。

「江戸からの、帰りです」

「俺、おまえ、と言うちゃろうが」

「小栗忠順殿と会ってきた。坂本さんの書状について、小栗殿は話された。書状は焼き、その内容までは語られなかったが」

「別に、隠すようなことじゃないきに。まあいい。土佐弁はやめておこうか。ぼくは、蝦夷《えぞ》地《ち》に新しい国を作るべきだと、小栗さんと勝さんに話をした」
意外な話だった。歳三は予想すらしていなかった。新しい国。この国を新しくするという
のではなく、別の国を作るということか。
「突飛だな。現実性に欠ける」
「そうかな。この国が二つに割れようとしている。それならいっそ、二つの国にして扶《たす》け合
いながらやっていく、というのが、現実的な内戦の回避策ではないか」
「蝦夷地には、松前《まつまえ》藩があるだけだ。しかも、ごく南に」
「蝦夷地に、数十万の人間が渡れば、国として成り立つ。百万、二百万の人間を渡すことも、
可能だ。薩長土の新しい政府は、唯一、対等に扶け合える外国を持つということになる。違
うか？」
「国を作れるほど人が渡るというのが、現実的ではない、と私は言っている」
「なぜ？」
「どこに、そんな人間がいる？」
「徳川は、旗本八万騎と称しているではないか。その家族まで含めれば、相当な数になる。
ほかにも、薩長土の新政府で、まともに扱われないと感じている親藩、譜代もいる。下手を
すると、入国を制限しなければならないぐらいだ」

「坂本さん、あんた、まさか？」

「まさか、なんだね？」

徳川慶喜を、蝦夷地へ連れていく気か、と歳三は思ったが、口には出せなかった。

「まあいい。土方さん、薩長土は、内戦をやっても勝てんのだ。いまでも、戦費の調達に四苦八苦している。武器を売っているぼくが、それは一番よく知っているよ」

「薩長土が勝てなくても、徳川も勝てない」

「その通り。いくら装備を新しくし、最大の海軍力を持っているといっても、京から押されて、尾張《おわり》あたりで踏みとどまるというところかな。そして膠着《こうちゃく》し、先の見えない内戦が続く。いまの状態だと、そうなる。列強が介入する、いい口実ができるだけだ。日本人同士で殺し合うような、馬鹿なことはやっちゃいかん」

「しかしな、肝心の」

「徳川慶喜は、不戦の信念を持っているではないか。蝦夷行きについては、勝さんと小栗さんが説得すればいい。三十万の人間が、五年食っていける金が、幕府にはあったはずだ。五年の間に、蝦夷地は生産力をあげる。いまでも、相当なものだぜ」

「蝦夷地のことは、よくわかっていない」

「間宮林蔵《まみやりんぞう》を知っているな。伊能忠敬《いのうただたか》の地図で、その間宮が蝦夷地を担当した。その先の、樺太《からふと》まで足をのばしている。海岸線の詳細な地図は、幕府に差し出したが」

　歳三の顔を見て、坂本がにやりと笑った。

「海岸線の踏査《とうさ》だけでは、時間がかかりすぎているのだな。当然、内陸の踏査もやっている。特に、鉱山の踏査。ぼくは、そう思っているのだよ」

「幕府に、それはあがっていない。踏査していないと考えるべきだ」

「間宮をかわいがったのは、水戸斉昭。つまり徳川慶喜の親父さまだ。間宮は、内陸踏査の資料を、斉昭に渡したのだよ。斉昭が、何度か、水戸藩の領地を返上する代りに、蝦夷地をくれと、正式に幕府に申し入れをしている。嫌がらせだと幕閣は取り合わなかったが、斉昭は本気だった。ぼくは、そう思っている。一度、蝦夷地へ渡った形跡もあるしな」

「水戸藩が、蝦夷地に別の藩を作ろうとしたということか？」

「別の国だ。いや、真の徳川の国と言うべきかな。十一代の家斉《いえなり》のころから、幕府は徳川のものではなくなった。一橋治済《ひとつばしはるさだ》、その子家斉のものになった。主要な藩には大抵、嫁か養子を出していて、日本全国、一橋の血で埋め尽されたのだ。しかし、水戸はそれを受け入れなかった。峰姫《みねひめ》という正室を迎えたが、当主の斉脩《なりのぶ》は子を生《な》さぬというかたちで、それを拒絶し、そして家督《かとく》を弟の斉昭に譲った。斉昭は、蝦夷地に徳川の国を作ろうと夢見、当然それは息子に語っただろう。蝦夷地に、国を作れる富があることを、間宮が持ってきた資料によって、知っていた」

歳三は、眼を閉じた。坂本はただの思いつきを喋っているのではなく、この国の歴史から、時勢のあるべき姿を導き出している。それにしても、常人にできる発想ではなかった。

「明日、西郷と会う」

坂本は、なんでもないことのように言った。

「徳川家が、蝦夷地に新しい国を作る。それを薩長土が認めれば、戦をしなくても済む、と言い聞かせる。権力を眼の前にすると、人は見境がつかなくなるものらしい。しかし、内戦をやって、たとえ勝ったとしても無理がある。英国や仏国や、それに米、露。そんなところに頼る必要も、そんな国を真似る必要もない。対等に付き合える、徳川国を作るのに、むしろ力を貸すべきだ。蝦夷地の物産をこの国に売り、南の物産を蝦夷地に売る。これで、両方とも富む。その物産の移送を担うのが、海援隊だよ。昆布を南へ運び、砂糖を北へ運ぶ。それだけでも、両国は富むのだ。このままだと、植民地になるか、どちらかが勝ったとしても、強い国にはへつらい、弱い国を苛《いじ》める、つまらん国になる。武力ですべてを解決するような国だ」

坂本が喋ると、ほんとうにできそうなことだ、という気がしてくる。勝は、坂本のこういう発想に、なにかを賭けようとしているのかもしれない。

「大政奉還という考えも、そこから出てきたのか、坂本さん」

「別の国を作ろうという時、この国の権力にこだわってどうする。徳川慶喜は、京の政治場面で、うまい具合にそれを使ったようだが」

「不満なのか？」

「小さいな。まだどこかで、この国の権力にこだわっている。いっそ、海援隊の船で、慶喜を蝦夷地に運んでしまおうか、と勝さんに言った。過激すぎると、却下されたがね」

徳川慶喜が、蝦夷地に行った場合のことを、すでに考えはじめている自分に、歳三は気づいた。確かに、数十万の人間は、本能に導かれるように、それに付いて行くだろう。

そうなった時の、自分の役割りはなんなのか。軍の指揮でもやらせようというのか。

「権力を奪うということには、無理がつきまとう。いま結ばれている条約ひとつ、破棄することはできんよ。対等に付き合える国がひとつあり、通商が盛んになれば、列強もそれに加えてくれと言い出す。連中が考えているのが、自国の利だということは、当たり前だろう。不平等な条約を結んでいる国とは付き合わん。そう言える状況を作り出すべきなのだ。そして、それは難しくない」

それから坂本は、対等の交渉相手として、清国について喋りはじめた。人が多く、国土が広大で、物産も豊かだ。対等に清国と付き合うことによって、いまの窮地を救うこともできる。蝦夷地と日本と清国。この三国が扶け合えば、西欧や米国や露国に決して劣らない国に、それぞれがなることができる。それからさらに、南の国々と手を結んでいく。

「ぼくは、列強が必ずしも優れた国だとは思っていない。武器の買付けをしてみて、それがわかった。ちょっとませているが、同じ子供だ。どういう大人になっていくかは、これからなのだ」

坂本は、喋りはじめると熱中するようだった。話すことは、ひとつひとつ眼を開かれる。しかし、正しいのかどうかは、歳三には判断がつかなかった。

「もし、戦が避けられないとなったら、どうなるのだ、坂本さん」

「それは、古い方が滅びていくしかない。ただ、ぼくは西郷を説得する自信がある。小心なところと大きなところ。両方を併せ持っている。大きなところに、訴えかけてやればいいのだ」

坂本の言ったことの意味を、歳三はひとりになって考えてみようと思った。それも、清国と親交を結ぶとか、南の国々と通じるとか、そういうことまでは考えきれない。徳川慶喜が蝦夷地へ行き、新しい国を建設することができるかをだ。

「私は、なにができるのだろう、坂本さん？」

「それは、君自身で捜すのさ。京で、攘夷派に恐れられるだけの力を持った。その事実があるから、ぼくは会った。勝さんも小栗さんも、そこを見ているのだと思う」

「私が力を持ったわけではない。新選組という組織が力を持った。そういうことだ」

「海援隊には力がある。しかし、坂本龍馬にはなんの力もない。ぼくが、そう言ったら？」

「それは」

「人間は、他人が見る眼に従わなければならない時もある、とぼくは思う」

ごく常識的な喋り方も、この男はするのだ、と歳三は思った。眼は茫洋としていて、こちらを射抜くような鋭さはない。

「これで失礼するが、ひとつだけ言わせて貰ってもいいだろうか、坂本さん？」

「なんでも」

「京には、入らない方がいい」

「西郷と会わなければならないからな」

「大坂で会えばいい。大坂にも薩摩藩邸はあり、西郷もよくそこにいる。そういう時に、場所を選んで会う方がいい」

「京では、暗殺されるかな」

「少なくとも、新選組はやらんよ」

京でなら、新選組が守る、と歳三は言いたかった。この男は、死なせてはならないという気がする。しかし、できることではなかった。

「新選組がぼくを斬らないと言うなら、恐れるものはなにもないではないか」

「会津藩がいる。桑名藩も。そして見廻組もいて、旗本の御先手組の一部もいる」

「それのかわし方は、充分に身につけたつもりだ。伏見《ふしみ》で襲われたりしたからね。たとえ相手が新選組であろうと、ぼくはかわせそうな気がする」

「武力倒幕派の暗殺は、半端ではない」

「西郷や大久保や桂が、それほど愚かだとはぼくには思えんが、君の言ったことは心しておく」

それ以上、歳三はなにも言えなかった。

帰りも、辰五郎自身が漕《こ》ぐ舟に乗った。坂本と話している間、辰五郎はそこにいないように、じっとしていた。

「心配だよ、親分」

「あっしもです」

それ以上、辰五郎は喋らない。

闇の中で、櫓《ろ》の音が重なるだけだった。

六

不動堂村の屯所では、すでに新隊士の訓練がはじまっていた。

歳三は、すぐに近藤に江戸の報告をした。

「まあ、井上から聞いてはいるが」

井上がどういう報告をしたかは、およそわかる。応募してきた者は多かったが、それなりの腕を持っている者はほとんどいなかった。そう言ったはずだ。余計なことは、決して喋らない男だった。

大坂に寄るのは軍資金の話だ、とあらかじめ出迎えた島田魁に報告させてある。

「上様が、大政を奉還された」

近藤は、江戸のことに大して関心を示さなかった。それよりも、大政奉還について、歳三と話をしたかったのだろう。ようやく幕臣の身分を得たが、幕府そのものがなくなったというかたちなのだ。こういうことについて語れる相手は、近藤には歳三しかいない。

「私も考えながら旅をしてきましたが、徳川家がなくなったわけではない、と思います。上様が政事を朝廷に返されたというだけで、徳川家がある以上、われらは徳川の臣ということになります。旗本、御家人《ごけにん》は無論同じ思いでしょうが、大名の中にも、徳川の臣だと思い定めている家は多いと思います」

「そうだな」

「時勢は、まだ動き続けています、局長」

「まったくだ。朝廷が、再び上様に、政事を預けると言うこともあるわけだしな。薩摩や長州が武力で攻めようとしてきても、これを打ち破れば、そうなるはずだ」

近藤は、絶対に戦をすべきだと考えている。その点だけでは、武力倒幕派と変らないと言ってもよかった。

できることなら、新選組も不戦を貫くべきではないか。しかし、これまでの京でのことを考えると、およそ不可能なことだろう。どこで戦を切りあげるかだが、その時、歳三は決定的に近藤と対立することになるかもしれない、と感じた。対立した時、ほんとうに信念と呼んでもいいものを持って、近藤とむかい合うことが、自分にできるのか。

「伊東甲子太郎は、どうしていますか？」

「朝廷にすり寄ってばかりだ。眼障《めざわ》りだと感じているのは、俺だけではない。会津藩は、かなり強く抗議してきた」

「新選組にですか？」

「別働隊と考えられていたからな。伊東のことは、おまえに任せてあったはずだぞ、土方」

「そうでしたな」

「暢気《のんき》なことを、言うな。それより、おまえにひとつ、言っておかなければならないことがあった」

近藤が、ちょっと声を低くした。

「沖田が、浅野薫《かおる》を斬った」

「浅野を」

長州に潜入していたが、こういう情勢になったので、機を見て帰京するように、とは伝えてあった。

「屯所で、斬ったのですか？」

「いや、巡回に出ていて、歩いている浅野を見つけた。隊士を待たせて、沖田はひとりで近づいていったそうだ。浅野が逃げ、沖田が追い、ひと突きだったようだな」

「なぜ、浅野は」

「沖田の殺気がすさまじかったのだろう。浅野薫は脱走ということになっていたからな。帰京せよと伝えた時、長州へ潜入した間者《かんじゃ》であったと、隊士には教えておくべきだったかもしれん」

「斬らずに、取り押さえる腕が、沖田にはあったはずですが」

「刀を持つと、人を斬りたくなる。いまの沖田は、そうだな。病状が、このところ急速に悪化して、寝こむ日が多くなっている。それでも、少し具合がいいと、巡回に出てしまう。俺がいる時は止めるが、いない時は誰にも止められん」

「仕方がありませんな」

「なにがだ」

「浅野薫は、長州に潜入していて、はじめて役に立ったのです。いい処分の仕方ができた、と思うことにしましょう」

「冷たいなあ、おまえは」

「死んだ人間のことまで、考えていられません」

近藤の自責の念を、少しでも軽くしようと思って言ったことだった。近藤は、それ以上なにも言おうとしない。

「伊東のことは、近々、なんとかします。新選組に敵対というように見られているのは、われわれが舐《な》められているということです」

「まったくだ」

「沖田は、いま巡回ですか?」

新隊士の訓練の場に、沖田の姿はなかった。

「いや、部屋だ。俺がいる時は、さすがに巡回に出ようともせん」

「会ってきます。浅野が間者であったことは、沖田には、いや全隊士に内密にしましょう」

「俺は不安なのだ、歳。戦にむかうということが、はっきり見えん。とうに肚《はら》を決めているのに、政争に振り回される。沖田にも、似たようなところがあると思う」

死に場所を捜して、焦っている。確かに、沖田にそういう傾向は出ていた。そのあたりが、計算し尽して死んだ山南とは違った。

歳三が入っていくと、沖田は素早く蒲団の上に身を起こした。まるで敵でも迎える、という感じだ。大小は、枕もとに並べて置かれている。

沖田の眼からは、すがるような光は消えていた。馴々《なれなれ》しさも、消えていた。そして、歳三が江戸へ発つ前より、ずっと澄んでいた。なにか、別のものを見ている。そう思った。山南は、それを見る前に、命を断つ道を選んだ。

「副長、江戸で人を斬りましたか？」

挨拶より先に、沖田はそう言った。

「斬ったよ。井上から聞いたのか？」

「源さん、私にはなにも喋ってくれませんよ。寝ていろと言うだけで」

「そうか」

「私は、寝ていてもいなくてもいいのですが、時々、無性に人が斬りたいのです」

「よせよ、総司」

「副長を見ていても、立合えば勝てるかどうか、とっさに考えてしまいます」

「いまの総司と立合って、俺は勝てるとは思えん」

「なぜです。私は、病人ですよ」

「俺は、生きたいと思っているからさ。夢ってやつが、どうにも捨てきれん」

「夢かあ」

「おまえには、関係のないことだがな」

「冷たい言い方だ」

沖田は、手拭《てぬぐ》いを口に当て、四、五度咳をした。手拭いには、いくつも小さな赤いしみがあった。夢はあるのか。歳三は、自問した。これから死のうとする沖田に、先に死んでいった山南に、語るべき夢はあるのか。

「戦には、出ていいですか、副長。局長には、駄目だと言われたのですが。局長は、私が巡回に出るのも止めます」

「出ていい」

「死ぬ力が残っていれば、ですか？」

「おまえも、皮肉なことを言うようになった」

「蒲団に寝て、死んで行く。山南さんが、羨《うらや》ましいですよ、ああいう死に方で」

「介錯《かいしゃく》は、おまえだった」

「あちらへ背中を押してやったのは、副長ですよね」

沖田はもう、山南の死が脱走による処断でないことは、決まったことのように言った。

「私の背中、押せますよ、副長。薩摩の中村半次郎《はんじろう》が、京にいるそうです」

西郷がいれば、中村もいる。そういうことだ。坂本は、京へ西郷に会いに来るのか。

「顔だけは、見に来るぞ、総司」

それだけ言い、歳三は腰をあげた。

必要ならば、中村半次郎を斬りに行く。そこで、自分も死ぬ。沖田は、歳三にそう言ったのだろう。沖田ひとりでは、中村に会う情況は作れない。

京へ戻ると、歳三にはやることが多くあった。軍資金は調達しておかなければならず、幕臣になったことで、会津藩とさまざまな交渉をする必要も出てきた。隊内のことは各隊長に任せるとしても、伊東甲子太郎はなんとかしなければならない。巡回の隊や、山崎烝《すすむ》らの探索方の情報も、細かく分析して新選組の動きを決めた。京は、いまにも武力倒幕派が戦を仕掛けてきそうな、危うい空気に満ちていた。

　中村半次郎の動きを、山崎に探らせた。ここは少々薩摩藩と揉《も》めようと、中村は斬っておいた方がいい、と歳三は心の底のどこかで判断していた。ただ、稀《き》代《たい》の遣手《つかいて》である。動きを探ることにすら、かなりの危険を伴った。ほんとうは、西郷を斬ってしまう方がいいのだが、その前には必ず中村がいるのだ。

　中村と遭遇できる機会を捉えたら、沖田に行かせるつもりだった。いまの沖田なら、間違いなく中村との相討ちを狙う。相討ちを狙った沖田を、阻止できる者がこの世にいると、歳三には思えなかった。

　伊東とともに御陵衛士《ごりょうえじ》に加わっていた斎藤一《はじめ》を、歳三は合図を送って脱走させた。新選組屯所に帰隊させることはせず、紀州藩の三浦という人物のもとに潜伏させた。三浦は、近藤と親しく、新選組にも強い思い入れを持っている。なにより、高台寺党と呼ばれるようになった伊東たちの動きに、相当の不快感を持っているようだった。

　斎藤は、金銭問題の失態かなにかで脱走したはずだ。女の問題でもいい。そう、はじめから言い含めてあった。斎藤が、歳三が送りこんだ間者であることは、伊東に知られてはならないのだ。接触も避けた。

　脱走した二日後、斎藤は文書で高台寺党についての報告をしてきた。

人数は増えない。かつて新選組が会津藩を頼ったように、伊東は薩摩藩に頼ろうとしている。しかし、なんと言っても、元新選組の隊士たちだ。薩摩がたやすく信用するはずもなかった。

そのため伊東が考えた方法というのが、近藤の暗殺だった。それによって、反新選組の立場を鮮明にし、薩摩藩の歓心を買おうというのだった。

馬鹿げたことを、と歳三は思った。同時に、そろそろ潮時が来ている、とも感じていた。

伊東甲子太郎と、書簡のやり取りをした。新選組と高台寺党が、どこで手を組めるか、という探りと感じられる書簡の内容だった。

伊東からの返書も速く、その日のうちに届いた。伊東はもう、近藤の暗殺の機を測りはじめているのかもしれない。きわめて友好的な返書だった。

さらに友好的な書簡を返し、一度、近藤も交えて話をしたい、と申し入れた。それはすぐに受け入れられ、会う日取りも決まった。

まず、高台寺党を片付けようと考えていた歳三のもとに、報告がひとつ入った。

十一月十五日の、深夜だった。

報告を受け、歳三はしばし立ち尽した。

坂本龍馬が、暗殺されていた。

京である。四条河原町。下手人は、判明していない。

京へ入るな、ともっと強く言っておくべきだった、と考えても遅かった。あまり、人を疑うことを知らなかった。身の回りに気をつかっていても、どこか自分の危険について軽く考えていた、という気もする。

なにがなんでも暗殺で結着をつけようという人間たちの心情が、あの天才にはうまく理解できていなかったのかもしれない。

「深夜、藩邸に戻ったというのだな」

山崎の報告は、歳三の心をさらに凍えさせた。薩摩の中村半次郎が、宵《よい》の口に外出し、深夜、藩邸に戻っている。その間の動きを、山崎も摑むことはできなかったようだ。

時間的には、符合する。ただそのことが、わかっただけだ。

坂本は、西郷と密会しただろう。徳川家を蝦夷地へ移し、新しい国を作らせるという、途方もない構想も語ったに違いない。

西郷の返事。果して、そうなのか。

暗殺には、当然、新選組の関与も疑われた。近藤は、新選組の手による暗殺ではなかったことを、心底から残念がっていた。大政奉還の発案者である坂本には、許せないという感情を強く持っていたのだろう。

坂本の潜伏先を知り得たのは、誰か。

勝海舟。新門辰五郎。そして、西郷。

なにかが失われた。歳三は、痛いほどそれを感じた。時代に必要だった、なにか。これから大きく生きるはずだった、坂本の思想。時勢は、残酷だ。まず思ったのは、それだ。

こんなことならば、高台寺党の始末など後回しにして、沖田と抱き合わせるかたちで、中村半次郎を消しておくべきだった。そう考え、暗殺が西郷の命によるものだと、ほぼ確信している自分に、歳三は気づいた。

これで、規模の大小は別として、必ず戦は起きる。

埋め難い喪失感が、歳三にはあった。それは、山南を失った思いとは、また違うものだった。誰にも、歳三はそれを見せなかった。坂本が言ったことについては、自分で考え続けるしかない。

坂本の暗殺から三日後、歳三は近藤とともに伊東甲子太郎と会った。近藤の妾宅《しょうたく》である。肝の太さを見せるためか、伊東は単身でやってきた。

近藤は、終始上機嫌で応対し、新選組が幕臣になったことについて、盛んに詫びた。高台寺党を取り残すことになった。そう言っているのだ。伊東も、口では残念そうな口ぶりだったが、肚の中では嗤っているはずだ。それは、近藤も心得たことだった。

伊東を、送り出した。

四半刻で、近藤の妾宅に隊士が駈けこんできた。油小路で、伊東を処断したという報告だった。待ち伏せは、大石鍬次郎《くわじろう》がほか三人を率いてやった。たやすい暗殺で、大石は伊東に抜き合わせる余裕も与えなかったらしい。人を斬らせると、沖田に次ぐ腕がある、と歳三が見ていた通りだった。ただ、大石は暗く残忍である。相手の動きを奪って、ゆっくり殺していくというところがある。

屍体《したい》は七条油小路に放置し、収容に駈けつけた高台寺党も、皆殺しにする手筈だった。西郷が坂本を殺したと思われるのも、仲間内の暗殺だが、高台寺党の殲滅も仲間内と言えばそうだった。ただ、殺す方も殺される方も、時勢にとってはどうでもいい存在である。

歳三は近藤と屯所へ戻り、その後の報告を待った。

三人を討ち取った、という報告は、未明に入った。七人が七条油小路に現われ、四人は取り逃がしている。三隊、三十三名で襲ってだ。

これにより、高台寺党は潰滅《かいめつ》したが、大した戦闘力が新選組にないことも証明されたようなものだ、と歳三は思った。

「人の斬り方を知らないやつが、増えましたよね、副長」

廊下をふらふら歩いていた沖田が、歳三を見て言った。この斬り合いについて、沖田はなにも知らされていなかったようだ。

「人の斬り方など、知らん方がいい」

「私は、人の斬り方しか知りません」

低い声で、沖田は笑った。それ以上、なにも言おうとしない。

伊東暗殺について、煩雑《はんざつ》なことが終ったのは、数日後だった。

歳三は、すぐに伊東のことは忘れた。それより先に、見ていなければならないものがある。

じっと、歳三は息を殺していた。

第七章　濁流

一

新門辰五郎《しんもんたつごろう》から、使者が来た。

歳三《としぞう》は、二条城へ出かけていった。

京でのかつての将軍の城には、いまも徳川慶喜《よしのぶ》がいる。二条城の警備は、朝廷に大政を奉還してからは、以前ほど厳しいものではなくなった。それでも、京での政争の中心には、依然として慶喜がいた。

案内されたのは、勝海舟《かつかいしゅう》が居室としているらしい部屋だった。

「あっしは、これで」

歳三を見ると、軽く会釈《えしゃく》をし、辰五郎は出ていった。勝は腕組みをしていて、歳三が座っても眼を閉じたままだった。

「おめえら、またつまらねえ人斬りをやりやがって」

「そのことですか」

高台寺党《こうだいじとう》の暗殺について、言っているようだった。

「これからいろいろあるでしょうから、すっきりさせておこうと思ったのです」

「死にやがったぞ、龍馬《りょうま》も」

歳三も腕を組み、眼を閉じた。

「おまえは、龍馬から話を聞いていたな」

「蝦夷地《えぞち》の件ですね」

「あれが、この国で内戦を起こさせない、唯一の方法なのかな。いや、唯一じゃねえ。やつの頭の中にゃ、第二、第三の方法もあったはずだ。これで駄目な場合、次にはこれと、いつも考えるやつだった。商いに、絶対なんてことはねえからな」

勝は、独り言のように呟《つぶや》いている。商いに絶対はないのかもしれないが、政治と権力は絶対を争う。そのはざまに、坂本《さかもと》は落ちたと言ってもいいかもしれない。

「権力をいきなり返上された朝廷は、どうしていいかわからないまま、それでも王政復古なんて叫びをあげるだろう。その後ろにゃ、西郷や大久保や桂《かつら》がいるんだろうが」

「坂本龍馬の暗殺で、土佐《とさ》藩の藩論も、また大きく倒幕に傾いたようです」

これが西郷の命による暗殺なら、坂本の二国論を阻止して絶対権力を狙うと同時に、土佐藩を武力倒幕に引き戻してもいる。暗殺は、誰もが新選組か見廻組《みまわりぐみ》の手によるもの、と信じて疑ってはいないのだ。

「上様は、近いうちにここを出られる」

勝がはじめて眼を開き、腕組みを解いた。

「大政を返上した以上、京に留まられる理由はないからな。上様が京におられたら、いたずらに薩摩《さつま》や長州《ちょうしゅう》を刺激することになるし」

「大坂ですか？」

歳三も、腕組みを解いた。

「それにしても、龍馬のやつ」

「暗殺はどうやるものか、実によくわかりました。新選組の人斬りなど、暗殺とは呼べませんな」

「もういい。人を殺す話なんかよ。俺は、この乱世の筋書きを、ずっと龍馬が描いていくもんだと思っていた。それが、これからって時に死にやがって」

「坂本さんは、蝦夷地の件以外に、なにか別のことを言っていたのですか？」

「いや。まず、蝦夷地だった。それが駄目な時は、別のことも考えてやがったさ、あいつのことだ。蝦夷地のことについても、細かいところまで頭にあったはずだ。それを、そのまま持っていっちまいやがった」

「まずは、西郷を説得するのが先だ、と考えたのでしょうね」

「西郷を説得できる、と俺は考えていたよ」

西郷には、西郷の言い分があるのかもしれない。国を二つに分けるかたちは、どうしても避けたかった、と考えたとも言える。しかし、坂本の提示は、蝦夷地だったのだ。国土として、ほとんど機能していない土地を、新しい国にしようというのだ。二分、ということにはならない。

ならば、人や富の流出を恐れたのか。あるいは、蝦夷地からの徳川家の反攻を考えて、怯《おび》えたのか。

「上様も、御心痛だ。確かな光が見えてきたというのに、また戦《いくさ》かもしれん」

「もしかすると」

あり得ないと思いながら、歳三は口にした。

「上様も、坂本さんの考えについて、御存知だったのですか？」

「御存知でなけりゃ、俺らの話にお乗りになることもできまい」

「しかし」

「幕府ではなく、徳川ということを、上様は第一に考えられている。それは前将軍の補佐をされていた時から、変らねえんだよ。だから、龍馬の考えについては、砂が水を吸いこむように理解された。古くなった体制を、生まれ変らせるのに、いい機会だとまで言われた」

「そうなのですか」

徳川慶喜の不戦の意思は、よほど強いものなのかもしれない、と歳三は思った。しかし、薩長を止められる者は、誰もいなくなった。おまけに、土佐まで引き戻している。

「戦は、避けられないと思うのですが」

「それで、上様も迷っておられる。いま戦をやれば、英、仏、露の思う壺《つぼ》ではないか、と考えておられるのだ」

そんなことは、武力倒幕派にもわかっているはずだ。それでも、強引に徳川家を潰《つぶ》してしまいたがっている。

「内戦になったとしたら、古い方が消えていくしかない、と坂本さんは言っていました」

「時の勢いからして、そうだろうさ。本格的な内戦となれば、早く終らせるためにも、龍馬は薩長に手を貸しただろう」

「こうなった以上、上様は内戦の覚悟をされたのでしょうか？」

「わからねえ。いまは、深くなにかをお考えになっている」

「坂本さんの考えは、実に斬新であったと思いますが、それは坂本さんとともに死んだのでしょうか？」

「それも、見えねえな。俺たち次第だという気もするが、蝦夷地に新しい国を作っても、二つを繋《つな》ぐ坂本はいなくなった」

「両国の通商は、ほかの者ではできませんか？」

「人は、どこからか出てくる。そういうもんだろうと思う。しかし、龍馬ほどの者は、もう出てこねえ。それだけは、俺にもわかる」

西郷は、龍馬がやろうとしていることを恐れたのではなく、その人そのものを恐れたのではないのか。不戦という龍馬の考えは、西郷にはあるはずのないものだった。そのように、次々と自分の発想にはないものが出てくるうちに、薩摩は手足をもぎ取られていく、と考えたのではないのか。

二条城に来る前には、西郷を斬らせてくれと、歳三は勝に言うつもりだった。しかし、いかに西郷が悪辣《あくらつ》であったにしても、斬ることになにか意味があるのか。ただの私憤ということにならないか。

「あとはな、土方《ひじかた》、上様次第だ」

「そうですね」

「蝦夷地に夢を抱いた、斉昭《なりあき》公の御子息でもある。それに」

勝は、ちょっと言い淀《よど》んだ。歳三は黙って、次の言葉を待った。

「蝦夷地については、相当のことがわかっている」

「それは、間宮林蔵《まみやりんぞう》が踏査した資料が、上様のもとにあるということですか？」

かすかに、勝が頷《うなず》いた。

「それがな、純粋に上様の意思が貫かれるだけでなく、夢に駆られるという要因になりそうな気がする」

「いけないのですか、それでは？」

「夢が、すぐに実現することはない。夢を見て、すぐに豊かな国が作れると思うのは、間違いだ。とんでもない苦労が、待ち構えているのは決まってら」

「その苦労まで、上様はなされる気はない、ということですか？」

「そこが、俺にもわからねえんだよ。なにしろ、俺らとは育ちが違う」

「上様が挫折されたら、それで終りということですか？」

「その時、旧幕臣で蝦夷地に渡った者は、行きどころがなくなる」

「勝様の御懸念は、それですか？」

「いや、懸念なんてもんは、捜せばいくらでも出てくる。小栗《おぐり》も、そう思ってるだろうよ」

「お二人とも、それで踏み切ることができず、情勢を眺めておられるのですか？」

「おい、おい。おめえ、俺を責めてるのか?」

「私は、蝦夷地へ行こうと思います。私についてくる、新選組隊士を伴ってです。新選組にとって、活路はそれしかありません」

勝が、じっと歳三を見つめている。

言ってしまった、と歳三は思った。新選組の活路。どこをどう探り、どう捜し回ったところで、それしかないのだ。それしかないと思いながら、口に出すことがいままでできなかった。

「思い切ったことを、言うじゃねえかよ」

「闘うにしたところで、将来の展望があるところで闘いたい。そういう思いは、当たり前だという気がします」

「国を二分する戦になって、その片方を支えるという気は、ねえわけか」

「そうなったら、徳川家のために闘います。京で拠《よ》って立つ場所を得るために、新選組は将来の選択の道を、ひどく狭めてきたのだと思います。仕方がないことで、間違ってはいなかった、と感じてはいます。だから、徳川家を選択するしか、道はないのです」

「なるほど」

こんな時、大抵は笑う勝の顔に、笑みは浮かんでいなかった。どこか、遠くを見る眼をしているだけだ。

「俺がおめえに眼をつけたのは、戦の現場の指揮官として、有能だろうと思ったからだよ、土方。蝦夷地のことまで頭にあったわけじゃねえが、徳川家を守るためには、そういう男が必要だと思っていた」

「新選組は、百名前後の集まりです」

「しかし、誰よりも実戦を積んだ、というところがある。刀だけの実戦だが」

「京の実戦は、刀でやるしかなかったのですよ」

「わかってる、そんなこたあ。要は、実戦で肝《きも》を据えられるかどうか。それにゃ、刀も銃も関係ねえ。なにか乗り越えるものを、おめえは越えてる」

新選組で売りものになるとすれば、実戦の経験しかない。それも、人数は多くないにしろ、常に集団戦の訓練をし、闘ってきた。

「小栗は、幕府軍の装備を新しくしようとしてきた。海軍じゃ、かなりの成功を収めている。製鉄所の構想も持っていた。陸軍の装備を進めているが、そっちはうまくいかん。兵の質の問題だな。それで小栗は、武士ではない者を集めて、軍を作ってみる構想も持ちはじめた。その時、指揮できるのが、おめえだろうというのは、小栗と俺が、めずらしく一致したことでもある」

「まるで、奇兵隊《きへいたい》ですな」

「その通り。武士でもないやつらに、三河《みかわ》以来の旗本とふんぞり返っているやつらが、手もなくやられたんだ。それでもまだ、昔の戦のやり方が捨てられねえでいる。これは、血みてえなもんだな。改めるのに、四年、五年はかかるだろう」

旧幕府がどうのということについては、歳三は、もうどうでもいいという気持を、どこかで持っていた。

新編成の軍を、蝦夷地で作る。それなら、歳三だけでなく、新選組の中にも力を発揮できる者が、何人もいた。

「まあ、いいやな。これは、上様がどうお考えになるかで、すべてが違ってくる。それより、新選組にやって欲しいことがあってな。いますぐにだ」

「ほう、なんでしょうか？」

「紀州《きしゅう》藩の、三浦休太郎《きゅうたろう》という男を知っているか。近藤などとは親しいようだが」

高台寺党を抜けた斎藤一《はじめ》が、まず潜伏したのが三浦休太郎のもとだった。しかしそれは言わず、歳三はただ頷いた。

「この男を、土佐藩が狙っている。龍馬を殺したのが、紀州藩だと強引に言い出した者たちがいてな」

坂本の海援隊《かいえんたい》と紀州藩では、海難事故が起きていて、坂本は厖大《ぼうだい》な賠償金を取ったと言われていた。それで、紀州藩の中には、坂本に対する恨みがあったのだろう。それと暗殺と結びつけると、わかりやすいところはあった。新選組の仕業《しわざ》とするのと、同じぐらいわかりやすいだろう。

隊士の出動記録や、その夜の所在などで、新選組実行説は消えていた。

「この三浦を、守っちゃくれねえか？」

「それは、構いませんが、どの程度に？」

「襲ってきたやつらを、追い返す程度でいい。あんまり、死人は出すな」

「二、三人は、よろしいのですね」

勝は、小さく頷いた。

三浦の居所を訊《き》き、歳三はすぐに屯所《とんしょ》に戻った。

「六条油小路？　天満屋《てんまや》だ」

斎藤一を呼んで言った。高台寺党から離脱した時、三浦休太郎の家へ潜伏していたので、二人は顔見知りである。

「三浦殿を守るのが、目的だと思ってくれ。大石鍬次郎《くわじろう》ほか七名を連れていけ」

土佐藩が狙っていると言うと、斎藤はいくらか怪訝《けげん》な表情をした。三浦と土佐藩がうまく結びつかなかったのだろう。

「江戸から来た新隊士も、加えろ」

「わかりました。守ることが、目的なのですね」

永倉新八《ながくらしんぱち》や原田佐之助《さのすけ》などまで加えると、襲ってきた側は半端な死者では済まない。あまり殺すなということだ、と斎藤には暗黙のうちに伝えたつもりだった。

近藤の居室へ行った。

「そうか。土佐藩が三浦殿を」

「三浦殿を守ることを、第一にしようと思います。坂本の暗殺で、土佐藩は気が立っているでしょうから、あまり刺激しないよう」

「新選組が、坂本の暗殺に関わったと思われることはあるまいな」

「それは、ないでしょう」

誰が坂本を暗殺したのか、謎が解けることはないのだろう、と歳三は思った。こういうものを、ほんとうの暗殺と言うのだ。

坂本暗殺の嫌疑を一時かけられたことは別にして、戦が近づいていると確信しているのか、近藤は神経を逆立てたような状態だった。戦で、新選組にどういう場が与えられるのか、考え続けているのだろう。そういう時、小さなことで動きたくない、と思っている。

「三浦殿と俺は旧知で、気も合う」

「まあ、心配はいりません」

近藤はそれ以上は言わず、ただ頷いた。

「斬り合いに、出かけましたね。斎藤や大石というところですか？」

沖田の部屋を覗《のぞ》くと、すぐにそう言ってきた。身を起こしはせず、横たわったままだ。近藤とは違う意味で、沖田の神経も逆立っている。

「なあ、総司《そうじ》。しばらく、どこかで養生をする気はないか？」

「戦が、近づいているのですか？」

「まあな」

「戦に出ていい、と歳さんは言った」

「鉄砲で撃たれるだけだぞ」

歳三は、沖田の眼の奥を覗きこんだ。すでに、死の色があるような気がする。

「おまえは、中村半次郎《はんじろう》を狙え。機会は、俺が作る。わかったな、総司」

数日、天満屋に隊士を張りつけておいただけで、土佐藩の襲撃はあった。

二十数名が襲ってきたらしい。斎藤一は、三浦休太郎の護衛だけに気を配り、それほど強い攻撃はかけなかったという。相手の手負いは多数だが、死者は一名だった。新選組にも一名の死者が出た。

「どういうこともありませんでした。永倉らが駈けつけた時は、すでに襲撃してきた者の姿はありませんでしたし。三浦殿は、紀州藩邸に戻っておられます」

「そうか」

斎藤一は、隊士の死者一名について、まったく気にしていないようだった。これから戦になる。そうなれば、死者などめずらしくないとでも思っているのか。

「沖田に、皮肉を言われましたよ。たったひとりかと。人を斬ることしか、あの男の頭にはないようです」

歳三は、ただほほえみ返した。

勝から依頼されたことは、きちんと果たした。それについて礼を言うほど、勝に暇はないらしい。礼を言われるほどのことでもなかった。

京が、騒然としていた。

徳川慶喜の京退去が迫っているのだ。大政を奉還したのに、京に留まっていることはおかしい、と朝廷の中から意見が出たのだろう。薩摩は、自らの希望や意見は、必ず朝廷を通して言う。

戦機を測っているのだろうが、西郷はそれを摑《つか》めずにいた。戦機を摑めるほどのことが、京では起きない。騒然としても、京の治安が乱れているわけではなかった。

近藤の部屋に呼ばれた。

「喜べ。新選組の守備がどこか、決定したぞ」

近藤の表情には、気迫が漲《みなぎ》っている。

「二条城だ」

慶喜の留守の間、そこを守り抜くのだ、と近藤は言った。会津《あいづ》藩の力で、近藤は二条城警備に強引に割りこんだ、という感じだった。

「いずれ、薩長はどこかで戦機を摑みますぞ、局長。その時、新選組がどうするか、考えておかなければ」

「考えるまでもない。二条城を守り抜く」

「そうですか」

守ったところで、すでに主のいない城だった。しかし近藤は、城さえあれば慶喜が京へ戻ることは難しくない、と考えているのかもしれない。

ここは、小さな勝敗にこだわるべきところではなかった。全体の流れを見ると、慶喜は京を放棄するのだ。それによって、薩長の構えた刀を、寸前でかわそうとしている。

しかし、かわしきれるのか。かわせない時、戦はどこで起きるのか。

歳三は、厨房《ちゅうぼう》へ行った。

屯所にいると、たえず雑用に追われる。自室にいても、それから逃れられない。厨房は、屯所の中で唯一、隊士が追いかけてこない場所と言ってよかった。

久兵衛《きゅうべえ》が淹《い》れてくれた茶を飲みながら、歳三は考えこんだ。大きなことを、迷っているわけではない。蝦夷地は、見えている。新選組を、いつ蝦夷地へむけられるのか。それまでに何度の戦があり、何人の隊士が生き残っているのか。

近藤は、執拗に戦を続けようとするかもしれない。その時、新国家という考えが、近藤を説き伏せる理由になり得るのか。

「もう一杯、いかがでございます、土方様？」

久兵衛が、急須を持ってそばに立っていた。歳三は、軽く頷いた。

「突然でございますが、土方様」

久兵衛が、じっと歳三を見つめている。

「私を新選組隊士にしていただくのは、無理でございましょうか？」

「どうしたのだ、久兵衛。いきなり、驚かすようなことは言うな」

「申し訳ございません。しかし、このところ、隊士になることはできないものか、と毎夜のように考えるのですよ」

「先があって、出世ができる、と考えたか？」

「まさか」

「だろうな。新選組のこれからというのは、久兵衛の方が俺より見えているかもしれん」

「ともに暮させていただいた。そう申しあげてもよい、と思います」

「情《じょう》か。なんとなく、離れ難い思いを抱いてしまったか」

「いくらか違います。自分の滅び方を見つけた、ということでございましょうか」

「新選組で滅びると」

「人はみな、いつかは滅びるものでございます。どう滅びるか選ぶ。それが、男の生き方のような気がするのです」

唐突だという思いは、消えなかった。しかし、歳三はそれ以上、なにも訊かなかった。この男には、どういう過去があるのか、とふと思っただけである。

「隊士になるのは、やめておけ。新選組の料理人のままでいい」

「たとえ新選組が、土方様おひとりになったとしてもですか？」

「そうだ」

歳三は、ちょっと笑った。

滅びるまで、生きる。生ききったという思いの中で、滅びる。それが男ではないか。

なんとなく、そんなことを歳三は考え続けた。

二

会津、桑名《くわな》の両藩とともに、新選組は二条城の警備に入った。

晴れがましいことではあったが、慶喜の実家である水戸藩から、強い異論が出ていた。それを押して、近藤はあえて入城をした。

翌日、水戸藩兵がやってきて、新選組は即刻退去を要求された。それを、近藤はすぐには受け入れなかった。会津藩からも説得が来たが、近藤ははねつけた。いまは会津藩お預りではなく、徳川の臣なのである。会津藩を困惑させるのは本意ではなかったが、新選組の体面は隊士のために守るべきだと思った。

土方は、二条城にあまりこだわりは持っていない。使者をはねつけるのは、近藤自らがやった。自分が前面に出ていることで、会津藩の困惑は大きくなっているようだ。

「水戸藩と、直接、話をしたい。然《しか》るべき立場の人間に、来ていただきたいと思う」

その言葉はそのまま水戸藩にも伝わったらしく、大場主膳正《しゅぜんのしょう》という家老が話し合いに来た。慶喜から命じられたことだと大場は言い、老中から命じられた、と近藤は返した。幕府はもうないと大場は主張した。それはかたちだけのことだ、という思いが近藤にはある。

しかし、これ以上は大人気なかった。

新選組の体面が保たれるかたちでの退去という話になり、水戸藩が新選組と交替するということで結着がついた。

「たった一日だけの、二条城警備だった。俺が、つまらぬことにこだわったと思っているか、歳?」

「いや、局長のこだわりは、隊士のことを考えてのことだったと思います」

新選組は、すぐに大坂に下ることになっていた。

「はじめから、二条城などには入らない方がよかった、と思っているだろう」

「それも、新選組を印象付けるためには、必要だったような気がしますよ。交替というかたちで、体面も立ったわけだし」

土方は、どこか冷めていた。といって、なにか問題があるわけではない。高台寺党の処断は、一応はやったし、隊規はそれ以後、さらに厳しいものになっている。

ただ、熱が感じられないのだ。それは、近藤自身も同じだった。芹沢鴨《せりざわかも》がいたころ、その一派の粛清《しゅくせい》、池田屋。あのころは、間違いなく燃えるように熱いものがあった。その熱さは、いつの間にか消えた。そしていつも、重苦しいものが肩の上に載っている。旗本に取り立てられてから、それがいっそう重たくなったように、近藤は感じていた。

ただ、誰にも語ったことがない。

土方にさえ、語れない。たとえ、土方が同じことを感じていたとしてもだ。語った瞬間に、新選組というものは、見えないところから崩れはじめるという気がする。

大坂の宿舎は、天満天神だった。もとより戦仕度で、銃器なども運びこんでいる。

しかし、倒幕派は戦機を摑めないでいるようだった。徳川慶喜も、二条城を去ることで、うまく開戦の契機をはずした。

いかに大坂に宿陣したところで、百名をいくらか超える軍だった。各藩の足軽隊ほどのものでしかない。その新選組が、一応軍として受け入れられているのは、これまでの京での働きがあるからだ。そして、ひとりひとりの隊士の質が、きわめて高い。

五百から一千。そう考えたことはあった。何度も、隊士の徴募をやった。人数が増えれば、質が落ちる。それがわかっただけのことだった。

百名は、精鋭である。かつて近藤が精鋭というものを見たのは、蛤御門《はまぐりごもん》での長州戦、そして長州征伐での、長州兵たちだった。装備と同時に、士気が高く、集団戦の訓練も充分に受けているようだった。それに較べて幕府軍は、ただ大軍であることを恃《たの》んでいた。

装備は、新しくできる。士気を高めることも、訓練を積むこともできる。それでも、新選組の百名に勝る精鋭を、徳川が育てられるとは思わなかった。かつて見た長州兵と較べても、やはり新選組の方がずっと強力であることは間違いない。実戦を積みあげ、厳しい隊規の中で磨きあげてきた。

その百名も、銃を前にすれば、およそ無力に近いことはわかっていた。剣で闘いたい。それはもう、夢のようなことにすぎないのだ。江戸を出た時は、剣で身を立てられると思った。実際、京に来て、剣は生きた。しかし、いつまでも続かないだろうということも、少しずつわかってきた。それもまた、実戦を経ることによってわかったのだった。

熱さのようなものが消えていったのは、それがわかりはじめたころからではなかったか。これから、新選組がどうあるべきか。それは、考え続けてきた。土方もまた、同じことを考えてきただろう。

このまま消えてたまるかという思いと、ほんのひと時だが役割りは果たしたのではないかという思いが、近藤の心の中では交錯《こうさく》している。役割りを終えたのなら、見苦しくなく、消えていくべきだ。しかし、新選組の使命にすべてを賭《か》けてきた隊士たちは、どうなるのか。

いつの間にか、特殊な集団に育ってしまっている。いま、軍のどこかに編入されたとしても、馴染《なじ》んでしまうということはないだろう。隊士ひとりひとりの力量がそうであるし、心情もそうなのだ。

大坂には、二日いただけだった。

すぐに、伏見《ふしみ》へ移動した。倒幕派と開戦ということになれば、多分、前線に位置することになるだろう。

華々しく、散るべきか。しかし、刀で散ることができるのか。銃弾を浴びて、遠くの敵に倒される。そんなことを、肯《がえ》んじることが自分にできるのか。

伏見の市中巡回は、京にいたころと同じようにやった。ただ、一番隊の沖田総司は京に残してきた。大坂へ下る時から、しきりに同行を望んだが、血を喀《は》いて起きあがれなくなった。

とりあえず、七条の近藤の妾《めかけ》の家に預けてある。

妾を持つことについて、土方がどう思っているかはわからなかった。近藤はただ、女を抱きたいという欲求を抑える気はなく、妾を囲えるだけの懐具合になったから、そうしただけだった。どこも恥じるところはないが、土方はそちらに関しては、島原で遊ぶだけだった。

時勢に生きる男が、どこかに根を生やしてはならない、と考えているようでもあった。

江戸にいたころのことは、しばしば思い出した。貧乏道場が、懐かしくもあった。それもまた口にすることはできなかったが、いまの自分が間違ったところに進んできた、とも思ってはいなかった。

激しい流れの中で、力のかぎり生き続けてきた。そしていま、ここに新選組の近藤勇《いさみ》がいる。それを、間違っていたと誰が言うことができるのか。

「近藤さん、時々巡回に出たりするのは、どういうわけです？」

二人きりになった時、土方が言った。土方は、局長と近藤さんを、実に巧みに使い分ける。近藤さんと言われると、なぜかいつも江戸を思い出した。

「一番隊長の総司が抜けている。せめて、巡回の時ぐらい、その代りをしてやろうと思ってな」

「それだけですか？」

土方の眼ざしは皮肉で、どこか冷笑されているようにも感じられた。

巡回していると、京に来たばかりのころを思い出した。しかしここは京ではない、と土方は言っているようでもあった。

「近藤さん、総司はいつまで京に残しておくつもりです」

土方の口調から、皮肉なものが消えていた。

「戦で死にたがっていますよ」

「むざむざと、銃弾に倒れさせようというのか、あの手練《てだ》れを。戦では、ただ剣を遣《つか》えればいいというわけにはいかん。銃を相手なら、できるかぎり走り回り、標的になるのを避けねばならん。総司は、その動きにまではついてこれん」

「すると、迷惑にならないように、自ら銃弾に身を晒《さら》しかねないと」

「総司の剣を、生かしてやれる場を、見つけたい」

言ったが、自分自身の剣も生かせる場があるのかどうか、と近藤は思った。

「俺は、薩摩の中村半次郎と立合わせてやる、と総司に言ったのですが」

「いまの総司なら、相討ちを狙うな。そして、相討ちを狙ってきた総司をかわせる者は、誰もおらん。そうやって死なせてやりたいとおまえは思ったのだろうが、新選組が京を離れてしまうと、それも難しい」

「近藤さんは、まだ京にこだわっていますか？」

「いや。あのまま京に残っていたら、新選組が薩長に開戦の口実を与えかねなかった」

「戦は、いやだと？」

「立合も戦も、きちんと構えてからやるものだ。上様が大坂に下られて、幕府方の兵はみんな腰が引けていた」

「大坂で、いやこの伏見あたりで、薩長を迎え撃ちますか」

「大坂に上様が控えておられる。腰を据えぬわけにはいくまいよ」

土方には、どこか戦を避けたがっているような気配があった。いま闘っても負ける、と思っているのかもしれない。

長州征伐で、苦戦はしても、幕府軍が負けるとは近藤は思っていなかった。しかし、負けた。今度も同じことになりかねない、という危惧《きぐ》はある。

「負ける戦を避けていたら、勝てる時に勝てん。俺はそう思っている」

「ほう、負けるかもしれんと、近藤さんは思っているんですか？」

「おまえはどうだ、歳？」

「やってみなければ、わかりませんよ」

土方は、含み笑いをした。

京からの呼び出しが来たのは、そのすぐあとだった。

大した用事ではなかった。新選組の近藤が、平然と京に出入りしているということを、公《く》家《げ》たちにでも見せたいのだろう。

ひとりで行こうとした近藤に、土方が四人の隊士と馬丁を付けてきた。

思った通り、二条城に入り、永井尚志《なおゆき》と面談しただけで、用件は済んだ。

伏見への帰りは、深夜になった。

月明りがある。それで、なんとなく伏見街道の景色も見てとれた。

近藤は、気の抜けたような二条城の様子を思い起こした。戦の気配さえ、二条城にはないのだった。ひたすら息をひそめ、しかし公家などには馬鹿にされたくないという気持が、大した用事もないのに近藤を呼びつける、という行為に繋がる。

幕閣は、はじめから腰が引けていた。幕府の権威だけに頼って、自らの力で闘おうとしてこなかった。権威が消えたいま、その狼狽《ろうばい》ぶりは滑稽《こっけい》でさえある。

「局長」

島田魁《かい》の声がした。

「慌てるな。襲ってきたら、斬り抜けるしかあるまい」

気配があった。月明りの中。間違いなく、待ち伏せの人数がいる。相手が誰か、考えても意味のないことだった。

「襲ってきたら、局長は馬で駈け抜けてください。その間、私たちが追撃を防ぎます」

「それしかないかな」

どれほどの人数なのか、近藤は測ろうとしていた。十人までなら、斬り合いになってもなんとか凌《しの》げる。

不意に、右肩に衝撃が走った。銃声は、少し遅れたような気がした。狙撃に対して、なんの警戒心も抱かなかった自分を、近藤は嗤《わら》った。いざとなると、やはり刀に頼ろうとするのは、ほとんど本能のようなものらしい。

「局長」

「肩だ。心配するな、島田」

十数名の人影が、駈け寄ってきた。島田魁が抜刀した。

近藤は、馬の腹を蹴った。無傷なら、充分に闘える相手だ。右腕が、あがらない。痺《しび》れたような感じで、痛みはなかった。

疾駆しはじめた馬を、襲ってきた人数は二つに分かれて避けた。後方で、斬撃《ざんげき》の気配がある。馬を返そうか、と近藤は一瞬思った。

前方に、さらに人影が現われてきた。槍を構えているようだ。

近藤は、感覚のなくなった右手を懐になんとか入れ、口で手綱をくわえた。

左手の中で、刀を回し、刃が下にむくようにした。逆手で、柄を握った。槍。突き出されてきた穂先を、抜き撃ちで斬り落とした。馬が棹立《さおだ》ちになる。両腿《りょうもも》でしっかりと挟みこみ、刀を持ちかえた。

気合をあげて、ひとりが斬りかかってきた。斬撃を弾き返し、小手を斬った。刀が飛び、叫び声があがる。篠原泰之進《しのはらたいのしん》だった。睨《にら》みつけると、襲ってきた数人が退《ひ》いた。

近藤は、刀の峰で馬の尻を叩いた。

再び、馬は疾駆をはじめた。再度の狙撃に備え、上体を低くした。馬を倒されてもすぐに跳び降りられるように、鐙《あぶみ》もはずした。

しかし、もう襲撃はなかった。

近藤はそのまま、新選組の陣へ駈けこんだ。

隊士が騒ぎはじめる。土方が駈けつけてきた。

「騒ぐな」

土方の声が響いた。

「篠原がいた、土方。島田らが、まだ残っている。墨染《すみぞめ》だ」

「永倉をむかわせました」

さすがに、土方はやることが迅速《じんそく》だった。戸板に載せられ、屋敷の中に運ばれた。行灯《あんどん》の明りの中で見ると、出血は自分で思ったよりずっとひどかった。上体を起こした。横たわると、出血はさらにひどくなるのだ。

「狙撃でしたか」

自ら血止めの処置をしながら、土方が言った。手際はいい。

「高台寺党の残党か。あの時、全員処断できなかったことが、禍根《かこん》を残しました」

「仕方があるまい。銃に対して、油断があったことは確かだ」

「実は、七条醒ケ井《さめがい》が襲われたようです」

近藤の妾宅《しょうたく》だった。こういう時、妾宅に寄る男だと思われたのか。

「総司は無事です。というより、襲われる前に家を出て、局長が京にむかわれた直後に、ここに現われました。仕方なく、ひと間を取って休ませていますが」

「総司が、来てしまったか」

ほかに土方はなにも言わないので、女が無事であることはわかった。二年以上、親しんできた女だった。

「大坂へ行っていただきますよ、局長」

「これぐらいの、掠《かす》り傷《きず》でか？」

「とんでもない。肺の上の端をやられています。ひどい出血は肺からですが、それで血が溜《たま》らずに済んでいます。総司と一緒に、大坂へ。松本良順《りょうじゅん》殿がおられますし」

「待て」

「待てませんな。良順殿がよいと言われれば、伏見に戻られるといい」

「俺を、大坂に隔離するのか、歳？」

「近藤さん、いまあんたに死なれたら、新選組はそのまま消滅する」

「おまえがいるだろう、歳？」

「近藤さんあっての、新選組ですよ」

出血は、さほどひどくはなくなった。ただ、息苦しさを近藤は感じていた。肺を撃ち抜かれているのは、確かなのだろう。

大坂にいた方がいい、と近藤は判断した。この状態では、自分が隊士たちの負担になりかねない。

「総司を大坂に行かせる。いい理由もできました。まさか、局長の護衛を断ったりはしないでしょうから」

「わかった」

「明日一日、容体を見て、異常がなければ明後日、船を用意します」

頷き、近藤はしばらく、積み上げた蒲団《ふとん》に寄りかかるような恰好《かっこう》で、眠った。

翌朝、島田魁が報告に来た。斬り合いになり、隊士が一名と馬丁が死んでいた。相手にどれぐらいの損害を与えたかは、わからないという。島田は、近藤が撃たれたことについて、土方に叱責《しっせき》を受けたようだった。

「気にすることはない。狙撃には、私が一番無警戒だったのだ」

「局長ではなく、私に弾が当たればよかった、と思います」

「馬に乗っていたのは、私だ。それからして、間の抜けたことではある」

襲ってきたのが高台寺党の生き残りだったことについて、島田はなにも言おうとしなかった。土方から、知らされていないのかもしれない。篠原泰之進の顔を見たのは、多分、近藤だけだろう。

出血も止まったようなので、近藤ははじめて横になった。

天井を眺めていると、さまざまな思いが交錯してくる。死んでいたら、どうなったのか。土方が言うように、新選組が消滅したのか。それとも、残った者は、また新しく土方を局長に仰いで出発し直したのか。

土方が局長になれば、新選組はまるで別のものになる、という気もする。そして土方は、そうなることを望んではいない。

いま京から倒幕軍が攻撃してきたら、伏見で止めることなどできないだろう。大坂なら、止めることは難しくない。そこで倒幕軍を破ることもだ。

その時、新選組は前線に立つのか。何人が、生き残り得るのか。

捨て石になれば、幕府を勝利に導けるという確信も、近藤にはなかった。

翌早朝、船に乗った。

沖田に、近藤を護衛するというつもりはないらしい。甲板に、近藤と並んで横たわった。

船が動きはじめた。

「局長、空が流れていきます」

沖田が、ぽつりという。もうひとり、使者の役目を担った隊士が同乗しているが、二人のそばには来なかった。

「私はこのところ、空なんか見ていませんでした」

「俺もだ、総司」

「局長にも、叱《しか》られるばかりだったし。歳さんは、なにか別のことを考えているような気がするしなあ」

「別のこととは？」

「わかりません。ただこの時代が、歳さんにはほかの人間とは違うように見えているのだと思います。山南《やまなみ》さんも、そうだった」

それは、近藤も感じていた。土方と話し合い、違いを明らかにしようという気が、近藤にはなかった。土方が、伊《い》東《とう》のように新選組を利用しようとしているわけではないのは、はっきりとわかる。

「局長、私はこのまま、闘うこともなく死ぬのでしょうか？」

「なにを言っている、総司。土方は、中村半次郎を斬らせる、と言っていたぞ」

「そうなれば、運がいいのだと思います」

声は落ち着いていた。なにか、澄んだ諦《あきら》めのようなものも感じさせた。

「試衛館《しえいかん》のころ、局長の竹刀を、私が巻き落としたことがあります。はじめてでした。憶《おぼ》えていますか？」

「真剣ではなかった」

「そうです。でも、よく思い出します。大人になったのだなあ、と思いました」

「おまえは、子供のまま強かった」

「ひどいなあ。私は、いつまでも大人にはなれないのですか」

「京へ来て、おまえは立派な大人になったよ」

「そうですか」

視界を、雲が流れていく。京の日々はなんだったのだろう、と近藤は思った。名も知られていない、田舎の道場主だった。わずか数年で、人に知られるようになった。血を流し、恨みも買った。自分をそれほど変えたのは、この時代というやつだ。しかし、時代について、なにか考えてきただろうか。

それは、土方がやればいい。なんとなく、そんな気がする。新選組はそれで道を誤ることはない。

「局長、雲が千切れていきます」

上空は、風が強いようだった。

近藤は、いくつかに千切れる雲に、しばらく眼をやっていた。

三

年が明けてすぐに、京の薩長軍が南下をはじめた。すでに、どこかの海上で軍艦同士の戦闘がはじまっているという噂《うわさ》だった。

開戦のきっかけは、いささか馬鹿げたことだった。江戸で、御用盗と呼ばれる、軍資金に名を借りた盗賊が横行したという。それは必ず三田《みた》の薩摩藩邸に逃げこみ、業を煮やした旧幕府側の兵が、薩摩藩邸に焼討ちをかけてしまったのだ。藩邸の焼討ちは、戦を仕かけたのと同じだった。

西郷という男の策だろう、と歳三は思った。相手の苛立《いらだ》ちを誘うように仕かけ、乗ってくれば、それを理由に名分らしきものを自分の方へ引き寄せる。気の小さな男のやり方、と言っていい。坂本龍馬の暗殺が西郷の命によるものだとしたら、これもやはり気が小さい。自分とは異質のものを、認めようとしないのだ。

新選組は、伏見奉行所近辺に陣を布いた。隊旗の『誠』の字が、久しぶりに風に踊っている。

「小さくかたまるな。敵の攻撃は、多分、銃撃が中心だろう。かたまっていると、そこに弾が集中する。動き回り、隙《すき》を見て敵に接近する。白兵戦になれば、銃器は使えん」

重い具足を着けている者は、全部はずさせた。せいぜい、胴丸と鉢巻で充分である。

「永倉新八が指揮する本隊を編成する。これは、敵の正面に立つことが多い。私は、三十名の別働隊を指揮する。側面の牽制《けんせい》をし、本隊が敵に接近できる状況を作る」

「副長、総指揮は会津ですか？」

井上源三郎《げんざぶろう》が言った。

「総指揮は、決まっておらん。新選組は、新選組で動く。砲弾が、二、三発頭上を越えたら、応戦することにする。これも、私の独断ということになるが」

「つまり、迎え撃つ策は立てられていないということですね。周囲を高台で囲まれた、この伏見の町の中でじっとしているだけで」

「いまのところ、こちらから開戦というかたちは取らない。あくまで、むこうが攻めてきたら、伏見を守るということだ」

会津、桑名を除いて、旧幕府の指揮官に、戦をする気はあまりないようだった。大坂に集結している、旧幕府軍と合流したい、というのが本音なのだ。そうすれば、敵の数倍の大軍の中に身を置くことができる。

「灘《なだ》の酒が奉行所にある。運んできて、飲むがいい。ただし、過すなよ」
五、六人の隊士が、奉行所の方へ駈けていった。永倉も井上も原田も大石も、じっと腕を組んで動こうとしない。
これで戦になるのかという表情を、大石などは露骨にしている。

歳三は別働隊の編成を終えると、伏見奉行所の本陣へ行った。

フランス伝習隊《でんしゆうたい》長の、竹中重固《しげかた》が、ひとり憮然《ぶぜん》としていた。やはり、指揮の統一がなされていないことに、腹を立てているようだ。

「さっき、おたくの若い者が来て、酒樽《さかだる》を運んでいった。新選組は、酔って戦をするのかね」

「酔わなけりゃ、怖くてやっていられませんよ。擂鉢《すりばち》の底みたいなところで、なんの準備もなく敵を迎えるのですからな」

「幕兵は無論、各藩もそれぞれ準備はしている。全軍のまとまりには、欠けるようだが」

「全軍のまとまりを、準備というのではないのですか、竹中さん？」

「確かに」

竹中が、力なく笑った。

「フランス伝習隊は、自慢の火器を出して闘わないのですか？」

「われらは、無用だそうだ。まだ決戦ではない、という言葉で、そう言われた。決戦で出動するのは、当たり前のことだろう」

「ちょうどいい。竹中さんに話しておきたいことがある」

「なにかな？」

「新選組は、前線に立つことになるだろう。しかし、玉砕《ぎょくさい》する気はない。どこよりも闘ってみせるが、ここで潰れようとも思っていないのだ」

竹中は、不思議そうな眼を歳三にむけてきた。

「正直な人だな、あんた。どうして、私にそんなことを言う」

「誰かに、言っておきたかった。そこに竹中さんがおられた」

「それだけか」

竹中が、声をあげて笑った。

砲声が聞えた。着弾は、ずっと手前だったようだ。

「距離を測ってるが、薩摩のやつら、下手糞《へたくそ》だな。最初の目測で、もっと近くに落とせるはずだ。この分だと、ここに届くまでに十発は撃つな」

「フランス伝習隊なら、もっと正確に撃てますか？」

「あんなものよりはな。剣だって、見切りというやつがあるのだろう、土方さん。あれは、その見切りができない砲撃だね」

「しかし、そのうち当たりそうだ」

「無茶苦茶に剣を振ってりゃ、そのうち当たるだろう。そんな程度だよ、あれは」

竹中の口調に、くやしさが滲《にじ》み出していた。フランス伝習隊の実力を、歳三は知らない。

しかし、この竹中という男は、剣は遣えそうだった。

竹中の言った通り、五、六発で着弾は次第に近づいてきた。

「じゃ、縁があったら、またどこかで、竹中さん」

竹中は、かすかに微笑み、頷いた。

隊へ戻ると、歳三は永倉に前進を命じた。近づいてくる着弾を、潜って接近するという恰好になる。

別働隊を率いて、横に回った。砲撃は、奉行所の建物を直撃するほどになっている。

永倉が、別働隊の牽制を待っているのが、歳三にはよくわかった。歳三は、薩摩の前衛から見え隠れするように、隊士を動かした。銃撃が集中してくる。このあたりで行くだろうと歳三が思った時、永倉の本隊は突っこんでいた。永倉が先頭に立っている。なにがなんでも、敵中へ斬りこむという恰好だった。薩摩兵は、すぐに押された。退き方が早すぎる、と歳三はなんとなく思った。それに気づいた様子もなく、永倉は遮二無二《しゃにむに》攻めている。

伏見の市街戦だった。永倉には、眼の前の敵しか見えていない。町家が並んだところに引きこまれていくのが、歳三のいる場所からはっきり見えた。

伝令を出す暇はなかった。町家に潜んだ薩摩兵が、一斉射撃を浴びせてきた。ただ、薩摩の指揮者も慌てていたようだ。眼の前に来る前に、射撃を開始した。さすがに危険と思ったのか、永倉は退いてきた。

横から牽制して、歳三は本体に銃撃が集中するのを防いだ。

合流し、全隊の指揮を歳三が執《と》った。奉行所の建物の近くまで、撤退した。『誠』の旗を警戒しているのか、敵は執拗な攻めはしてこなかった。専《もっぱ》ら、砲撃に頼っているだけだ。砲撃は激しかったが、建物を壊すだけだった。

ほかの戦線でも、攻めこんでは待ち伏せを食らうという、初歩的な戦闘でかなりの犠牲を出していた。全体から見ると、よく闘ったということになるのか。敵は、伏見を落とし得ていなかった。

「ここを守り続けるのは、至難だ。高地に囲まれた低地というのは、戦術として最も避けるべき場所ではないか」

ようやく開かれた緊急の軍議で、竹中がそう言い出した。鳥羽《とば》街道を退《さ》がり、大坂からの援軍を待つべし、というのだ。会津も、さすがにそれに反対はしなかった。最も犠牲を出したのは、会津藩である。

すぐに、全軍後退の命令が出た。

皮肉なことに、その時だけは全軍が統制のとれた動きをした。

鳥羽まで退がり、腰を据え直した。新選組が布陣したのは、淀城下だった。進軍してくる方にとっては、進路が狭まり大坂への難所と言っていい場所だった。守る方にとっては、死守点である。

歳三は、じっくりと軍の配置を見ていた。前衛は新選組で、次に会津藩が位置する。旧幕兵は、淀城に入ってしまったようだ。素通りしてくれという態度に思えた。大坂からの増援の気配も、いまのところない。

「淀を死守しようというのではなく、大坂に引きこもうと考えているのでしょうか、副長。それにしても、手薄だという気はしますが」

永倉新八が言った。歳三は、その場の戦に惑わされないよう、できるかぎり全体を見ようとしていた。旧幕府軍の主力は、大坂である。火器も少なくないはずだ。しかし、大坂を守るなら、淀に最強の前衛を置くべきだった。淀を落とされたら、外堀を埋められたのと同じ状況になる。

旧幕軍の首脳は、本気で戦をするつもりがないのではないのか。いや、もっと上の方が、戦の意思を持っていない。しかし、大坂で薩長と闘おうという、旧幕臣の気持も押さえきれずにいる。

つまり、どういうことなのか。このまま、ずるずると戦に引きこまれていくつもりなのか。兵力でも、軍資金でも、旧幕軍が圧倒的だ。陸軍の装備でわずかに薩長が勝っているが、海軍力でも較べものにならない。

本気でやれば、大坂では勝てるだろう。しかし、京まで攻め返せるとは思えない。陸軍は装備もまちまちで、徹底した統制があるとも思えないのだ。すると勝海舟が、そして徳川慶喜自身が恐れていた、膠着《こうちゃく》ということになる。列強が、涎《よだれ》を垂らして待ち望んでいた状態だった。

これを受け入れるぐらいなら、旧幕軍は伏見で全力を出していただろう。

それから先のことが、歳三にはよく読めなかった。

「永倉、あまり張り切るな。ここは激戦になるだろうし、多少の犠牲はやむを得ないが、なにしろ敵には銃器が揃《そろ》っている。こちらは、大坂に要請しても、なかなか銃器が届かないという状態だ。増援の兵の姿もない」

「私も、決戦は大坂と思いはじめました。上の方がなにを考えているのか、よくわかりませんが」

「とにかく、本隊の指揮は君だ。敵中に引きこまれないよう、注意しろ」

戦になれば、永倉は突っこみたがる。剣での闘いを考えると、どうしてもそうなるのだ。

そしてそういう人間を、銃は遠くから倒す。

「副長とも、会津藩とも連絡できなくなったら、退くことにします。それまでは、薩摩芋《さつまいも》を斬らせてください」

現実の対処としては、それ以外になさそうだった。百余名の新選組で、敵の全軍を止められるわけがない。会津藩が加わったとしても、無理だ。あらかじめ、放棄された戦場なのかもしれない。

放棄したのは、誰なのか。

その日は、伏見から突出してきた薩摩軍と、会津藩が小競《こぜ》り合《あ》いをしただけだった。

徳川慶喜が陣頭に立つ、という噂が流れた。会津兵の士気が、特にあがったようだ。会津、桑名の両藩だけは、本気で闘おうとしている。

翌日、朝から戦闘がはじまった。歳三の別働隊は敵の前衛を牽制し、永倉の本隊が突っこんでいく。会津兵も加わって、押しに押した。一里も押しこめば、勝ちである。しかし、後続がなかった。半日、新選組と会津藩が闘い続けたようなものだ。会津藩よりさらに敵中深く突っこんだ新選組の本隊は、後続がないのを心配してか、退がってきた。ここぞとばかりに、薩摩の小銃隊が撃ちまくっている。退がれば、当然ながら銃撃の余裕を与えてしまうのだ。

「なんですか、副長。なぜ、われわれが攻めこんでも、味方の掩護《えんご》がないんです？」

「わからん」

「あのまま攻めて、押し続ければ、擂鉢の底のような伏見まで後退させることは、難しくなかったと思います。そうすれば立場が逆転して」

「永倉、もうやめておけ。それより、大坂へ行く」

「大坂へ？」

「撤退ではなく、行くのだ。ここで、新選組はもう充分闘った」

「そうですか」

永倉は、あえて反論しようとはしなかった。なにか感じたのだろう。

新選組の犠牲は、十数名に達していた。その中には、井上源三郎も山崎烝《すすむ》もいた。

銃撃に対する、斬りこみ隊である。よくこれだけの犠牲で済んだ、という気もする。

淀は、砲撃に晒《さら》されていた。歳三はもう、それをふり返ろうとはしなかった。『誠』の旗を立て、隊伍《たいご》を乱さず大坂にむかった。

当座の宿陣先を決めると、歳三はすぐに大坂城に入った。

大坂城には、士気というものがまるで感じられない。

勝海舟の姿もなかった。

留守居のような男が出てきて、新選組は二の丸に入るようにと命じた。黙って歳三は頷き、その手配をした。

それから、島田魁を呼んだ。

「大型の船を二艘、力ずくでも確保しておけ。隊士十名を連れていっていい」

大坂沖には、旧幕府軍の旗艦とも言うべき、開陽丸《かいようまる》の姿がなかった。

歳三は、怪我の療養中の近藤に会いに行った。近藤の傷は思ったよりひどかったが、もう歩いても支障はなさそうだった。

「新選組は、江戸へむかいます、局長」

「なにを言っているのだ。決戦であろうが。あっさり勝てるとは思うな」

「戦は、ありませんよ、多分。少なくとも、主力同士がぶつかり合うような戦は」

「どういうことだ？」

「総大将がいなくて、戦になりますか？」

「総大将だと。上様のことを言っているのか、歳？」

「ほかに、総大将がいるのですか。今朝から、大坂沖に開陽丸の姿がないそうです」

「まさか」

「大坂城内は、火が消えたようですな。まだ、気づいている者は少ない、と思いますが」

「そんなことが、あるのか」

徳川慶喜の不戦の意思は、相当に強いものだろう、と歳三は考えていた。なりふり構わず、ただぶつかり合いを避けるためだけに動いている。

「上様が、江戸へ帰られるとは」

「いま、やるべきことは、隊士を無事に江戸へ移すことです。そのため、いろいろ手を打ちます。局長も、われわれが用意した方法で、江戸へ帰ってください。多分、船になると思いますが」

近藤は答えず、ただ考えこんでいる。

島田魁は、木津《きづ》川口の船を確保し、さらに沖に碇泊《ていはく》中の大型の船にも、隊士を送りこんだようだった。

二の丸から、火が出た。新選組が入った直後だった。失火である。敵を前にした城中で、ほとんど考えられないことだった。

すぐに、全体を木津川口のそばに移した。

大坂城の留守居から手当ての支給という、的《まと》はずれなことを言ってきた。それは、原田左之助と二人の隊士に、代表して受け取りに行かせた。

慶喜の大坂脱出が、旧幕兵の間で噂になりはじめた。当然、統制もなにもあったものではない。とにかく敵とぶつかって死のうと言い出す者、江戸へ逃げる準備をはじめる者などがいて、大坂は混乱しはじめている。

新選組は、整然としていた。

流言飛語に惑わされるな。歳三が言ったのは、それだけだった。鳥羽からの撤退が間に合わなかった者がいるが、それは放っておくしかなかった。本格的なぶつかり合いがまだ起きていないにしても、これも戦なのだった。遅れた者の何人かは捕えられ、そして首を打たれるだろう。

二隊に分けた。本隊と別働隊。つまり、戦の時の編成そのままだった。ただし、別働隊には近藤と沖田が加わり、ほかに負傷した兵も収容した。それに、島田魁を別働隊に入れることにした。船の確保の時から、歳三の指示で動いていたからだ。

十日には、大坂にいた隊士のすべては、二隻の軍艦に乗りこんでいた。新選組の迅速な動きを非難する旧幕臣もいたが、歳三は意に介さなかった。反吐《へど》が出るほど斬り合いはしてきたのだ。

冬の海は、穏やかではなかった。

歳三は、荒れた海面を見ながら、伏見と鳥羽の戦を思い返した。銃器による戦になることは、はじめからわかっていた。その点に関しては、新選組は確かに時代から取り残されている。しかし、百余名の小銃隊や砲隊などを組織しても、大きな意味はなかった。斬りこみをさせた方が、ひとりひとりの素質を確かめるという点で、有意義だったのだ、と歳三は思った。

銃というのは、一度持って構えれば、女も男も、老いも若きも、差などまるでない。つまり、近代戦なら、女でも充分に兵として通用するということだった。

新選組隊士を、女子供と一緒にしたくはなかった。それぐらいの思い入れは、まだ歳三に残っている。

「船は苦手です、私は」

蒼《あお》い顔をして、島田魁の大きな躰《からだ》が甲板にうずくまっていた。

船酔いのつらさは、以前、勝から聞かされたことがあるが、歳三はなぜかどういう船でも酔うことがなかった。

「気力だ」

歳三はそう言ってから、面映《おもは》ゆい気分になった。体質だ、と言えばよかった、と思った。

自分が船に酔わないのが、気力によるものとは無論思っていない。

「局長は？」

「平然としておられます。私も、励ましの言葉をかけられました。やはり、気力なのでしょうか」

島田は、生一本《きいっぽん》という言葉がぴったりの性格だった。人の言葉を、疑ったりはしない。

そういう意味で、京では使いやすかった。これからどうかは、わからない。

歳三は、白波の立った海面を眺めながら、また京のことを思い返した。

不戦。坂本龍馬が言った言葉が、鮮やかすぎるほどに甦《よみがえ》ってくる。不戦ということを中心に置いて、坂本はどれだけの展開を想定していたのか。そして勝は、小栗は、不戦ということを、どういうふうに捉えているのか。徳川家を滅ぼさないためか。それとも、日本という国を救うためか。その両方か。

徳川慶喜は、不戦の意思を貫くために、なりふり構わず大坂から逃げたのか。それを知りながら、西郷はまだ戦を仕かけてこようとしているのか。

新選組が、今後どう動けばいいのか、歳三にはわからなかった。自分がどう動くのか、それを決めるのが先だろう。決めさえすれば、新選組を動かせる。近藤も説き伏せられる。

蝦夷地における、新国家。無限の可能性があるように思えるし、絶望だけが待っているという気もする。

坂本なら、明解に説明することができただろう。蝦夷地で産出する鉱物、はっきりと見込みが立つ海産物。それを、どういうやり方で取引すれば、国家として成り立つだけの収益をあげられるのか。

徳川慶喜は、父斉昭に間宮林蔵が渡した、蝦夷内陸の踏査資料を、ほんとうに持っているのか。その上で、不戦を貫くことが可能だと考えているのか。

徳川慶喜の志を、信用してもいいのだろうか。大坂からなりふり構わず逃げた姿は、どこか戦を前にした公家にも似ていた。なりふり構わないところが、覚悟のあらわれなのか。それとも、政争は得意でも、現実の戦には臆《おく》してしまったということなのか。

歳三の気持は蝦夷地にあったが、誰がどこまで本気なのか読みきれない。だから自分の思いを、近藤に語ることもまだできないのだった。

冬の海は荒れ続けた。近藤は自若としているようだが、島田魁はほとんど身動きすらしなくなった。沖田は、熱っぽい顔をしている。ただ、船の揺れがこたえたようではない。

江戸が近づくと、島田もようやく眼に生気を取り戻した。永倉新八ら、本隊が乗った船は、すでに品川に到着しているのか。相互の船の連絡は、相手が見えないかぎりできない。

江戸へ帰ってきた、と喜びの声をあげている隊士がいた。歳三は、帰ったという気分とは無縁だった。

別の闘いが、これからはじまる。

四

近藤、沖田をはじめとする負傷者、病人は、神田和泉《いずみ》橋の旧幕府医学所に収容された。松本良順が、頭取である。

ほかの隊士は、品川の宿屋を仮の宿舎とした。京から久兵衛もついてきていたので、食べるものに不自由するということはなさそうだ。初日から、久兵衛は宿の厨房に入って働きはじめている。

二度、登城した以外、歳三は小栗忠順《ただまさ》と勝海舟の屋敷を往復していた。勝には、護衛の意味もあるのか、いつも山岡鉄太郎《てつたろう》がついている。外出の時は、さらに若い武士を二人つけていた。

登城に、大きな意味はなかった。

鳥羽伏見での実戦はどうだったかなど、的のはずれすぎた質問を受けただけである。刀の時代ではない、と歳三は鼻白んで答えたが、深く頷いている者もいた。

旧幕軍の一部は、装備も薩長並みになっている。軽輩を隊士として訓練した部隊で、旗本の子弟が集まった部隊より、フランス流を受け入れるのが早かったようだ。

新選組も新参の幕臣であるが、旧幕府から特に沙汰《さた》はなかった。江戸の状態は、臨戦態勢とは言い難い。

小栗と勝の間では、頻繁《ひんぱん》に使者が行き来し、時には歳三自身がそれをやることもあった。旧幕臣の中には、慶喜の大坂脱出を憤っている者も多く、小栗や勝が怒りの対象にされていた。二人で会うことは避けた方がいい、という判断があるようだ。

幕府という体裁は、上層部にはほとんどなくなっていた。二度、登城しただけで歳三にはそれがわかった。徳川家を守ろうという強い意思が、一部にあるだけである。要職に就いていながら、領地へ戻ってしまった者も少なくないという。

「この態勢で、薩長を迎え撃てるのか、歳？」

怪我を押して登城した近藤も、どこか不安そうだった。ただ、新選組の訓練だけは怠るな、と何度も言った。江戸攻防が決戦、ということを、近藤はまだ疑っていない。薩摩にしろ長州にしろ長い遠征で、江戸に引きつけて打ちのめせば、再起は不能だと考えているのだ。

それは、ある部分では間違っていなかった。薩長土が、どれほどの兵力を送りこめるのか。およそ、三万か四万。それなら、叩き潰すことは可能だ。薩長土は朝廷から錦旗《きんき》を受け、官軍と名乗っているが、それは敗軍に役に立つものではない。朝廷も、すぐに掌《てのひら》を返すのは眼に見えている。

ただ、京まで追撃する力は、いまの徳川にはない。

小栗や勝は、追撃が可能かということより、どうすれば戦をやらずに済むか、ということを考えているように思えた。不戦と言った言葉は、いまのところ貫かれている。

ただ、江戸にいて敵を前にした時、不戦と言いきれるのかどうか。自分たちの意思だけで、勝手に決められるのかどうか。

「土方、新選組に、百名を指揮できる者が、どれぐらいいる。無論、実戦でだ？」

小栗の屋敷の玄関脇の小部屋で、そう訊かれた。小栗も勝も、いまのところ肚《はら》の底まで見せようとはしていない。

「十五名、というところですか。フランス伝習隊の隊長級の指揮なら、二十五名。まあ、そんなところでしょう」

「二千五百の、実戦部隊は編成できるのだな。斬りこむのではないぞ。銃撃を主体とした戦でだ」

「やはり、二千五百でしょう。素手であろうと刀であろうと銃であろうと、戦の指揮の基本は、判断力なのです。血を見馴れているかどうか。人を殺したかどうか。それで、戦場での冷静さはずいぶんと違います」

「いずれ、二千五百名を、なんとかする。装備も含めてだ。大砲はいるか？」

「必要ありません。建物を壊すぐらいの効果しかなく、しかも動きが鈍ります」

「なるほどな」

「威嚇《いかく》の効果はありますが」

「二千五百の部隊を、できれば四つ編成したい。フランス伝習隊も含めてだ」

「相当な兵力になると思います。しかし、一朝一夕《いっちょういっせき》には」

「調練は、日夜続けられている。新選組も、それなりのことはしておろうな？」

「京にいたころから、訓練の日々だったと申しあげてもよいと思います」

「二千五百を預けるとして、総指揮はおまえか、近藤勇か？」

「何人になろうと、新選組の局長は近藤勇です。私はそばにいて、できるかぎりの補佐をいたします」

「ふむ」

小栗の眼が、歳三を見つめてくる。斜視にも、歳三はもう馴れていた。

「この指揮は、われらの理想をしっかり理解した者でないと困る。上様の、不戦の意思をだ」

「闘わないのなら、見栄えのする男を選んで隊長にされたらどうです」

「薩長が恐れる力を持っていなければならん。それには、兵の質とともに、隊長が誰かということが問題であろう」

「しかし、闘わないのであれば」

「場合によっては、闘わねばならん」

「どこでです？」

「それだ、問題は。私も勝も、それを決めかねてはいる」

「蝦夷地で？」

「それが、可能性として一番大きい。しかし、会津あたりで闘い、勝って話し合いに持ちこみ、蝦夷地へ退くという方法も考えられる」

蝦夷地で徳川の国を作るというのは、小栗の頭の中ではもう決まっていることのようだった。ただ、どこで敵を止めるのがいいのかは、勝とも意見が一致していないようだ。

「坂本のやつ、墓場から声だけでも出さんかな。闘う場合、すべての要素が必要になる。補給力、持続力。つまり、金の計算と、その金をどこから持って来るかなのだ」

「幕府の金蔵には？」

大坂には、かなりの金が蓄えられていて、それが船で慶喜とともに江戸へ戻った、という噂があった。戦ははじめたものの、薩長が軍資金に困窮している、という情報もあった。大坂の商人たちに、かなりの圧力をかけているという。

「幕府にあるのは、新たな出発のための金であって、軍資金ではない」

小栗が腕を組んだ。

坂本龍馬の才覚なら、誰も思いつかないような方法が出てくる、と小栗は考えているようだった。

江戸へ戻り、はじめて小栗に会った時、なぜ坂本を死なせた、と言われた。馬鹿野郎と、面罵《めんば》されたのだ。三度、面罵して、小栗はようやく落ち着いた。そして、新選組が坂本を守る方法はあっただろう、と呟くように言ったのだった。

それはあった。本気になれば、ひそかにやることも難しくなかった。ただ歳三は、あの時、そこまでやろうとは考えなかった。先が見えていなかったということなのか。坂本の話をあそこまで聞きながら、京へは入らない方がいい、という助言しかできなかったのだ。あの話をもっとよく理解していれば、幕府側から狙われている坂本が、薩長からも同時に狙われると、当然予測がついたはずだ。

坂本が無防備であったことも、自分とまで会ったことでよくわかっていたはずだ、と歳三は思った。

先を、見通せなかった。痛恨事だが、すでに坂本は死んだ。小栗や勝まで死なせないようにすること。それが、いま自分ができる唯一のことだろう。

「薩摩の間諜《かんちょう》が、相当数、江戸へ入っている」

小栗が、話題を変えた。頭が、次々に回転するのだろう、と歳三は思った。

「勝のところに、益満休之助《ますみつきゅうのすけ》というのがいる。これは勝に心酔しているが、同時に薩摩の間諜でもある。江戸弁が鮮やかな男だが。名を、頭に入れておくだけでいい」

山岡と一緒にいる益満に、歳三は一度会っていた。薩摩人だという感じは、まったく受けていない。

「益満以外の間諜は、見つけ次第処分して貰《もら》いたい。人斬りのおまえに頼むべきだろう」

「わかりました。教えていただければ、隊士を数名さしむけます。しかし、益満はなぜ斬らないのですか？」

「いずれ、なにかに使うつもりなのだろう、勝は」

小栗は、懐から皺《しわ》だらけになった紙を出した。数名の名が記されている。

「昨年の暮からの御用盗を、裏で手引きしていたのが、この者たちだ。一部にすぎんが。まだ江戸にいる、と思われている。御用盗をやった、相楽総三《さがらそうぞう》以下数百名は、薩摩船で上方へ逃げたが。町奉行所が、居所を摑んでいるかもしれん」

ならば奉行所で捕縛《ほばく》すればよさそうなものだが、小栗の頭には処分するということだけがあるようだ。奉行所の職掌からは、はずれるのかもしれない。

「江戸で戦ということは？」

「あり得ぬ。それは、勝と私の間でも一致しているし、上様も同意見だ」

「幕府海軍を駿河《するが》湾に勢揃いさせれば、江戸を戦場にすることなく、しかも犠牲を出さずに勝てます」

「結果、薩長の愚か者どもは、英国を頼る」

英国がまともに出てきたら、幕府海軍に勝ち目はない。仏国を頼らなければならない、ということになる。

西郷は、慶喜の不戦の意思をしっかり読んで、なにがなんでも江戸を攻めようとしているのだろうか。西郷とて、外国の植民地になる道は避けたいはずだ。

周到というより、計算高い。京でも、薩摩藩は常にそうだった。

「十万人」

また、小栗が話題を変えた。

「蝦夷地へまず十万を渡し、これはいま江戸にある金でしばらく養うしかない。蝦夷地の物産が、南で売れるようになるまでな。上様には、その間、松前《まつまえ》城にいていただく」

「上様は、承知されているのですか？」

「上様の御発案だ。危険が伴うので、私も勝もお止めしたのだが。しかし、上様がおられれば、十万を渡すことは難しくない」

蝦夷建国は、そこまで話が進んでいる。慶喜の大坂からの逃亡も、それならば理解できる。

「よいか。十万のうちの一万は、完璧に装備を整えた軍だ。それに、海軍が加わる。薩長は、すでに軍資金が尽きかけている。江戸で集めることは不可能。私は、そういうふうにしておくつもりだ」

「わかりました」

「三年のうちに、蝦夷地に渡る者は五十万に達するだろう。五十万を養う道をどうやって作るかが、いまの私にとっては焦眉《しょうび》の急なのだ。戦のことは、勝に任せる。土方、おまえは一万の軍の任務が、なんだかわかるか？」

「すべての外敵に対する、防衛ですな。薩長だけでなく、露国の侵略に対しても」

「その通り。一万で防衛できるほど、狭い土地ではないが、海軍が縦横に動ける」

小栗が頭に描いていることが、歳三には見えてきた。勝も、多分同じようなことを考えているだろう。

対等に付き合える、二つの国。坂本が言ったことが、どれほど卓抜な発想だったのか、いまになってよくわかる。

「とりあえず、薩摩の間諜は、どうにかいたします。上様の恭順《きょうじゅん》を、薩摩が信用するとは思えませんし、執拗に動向を探ろうとするでしょうから」

「わかった。行け」

それだけ言うと、小栗は部屋を出ていった。

歳三は、氷川《ひかわ》坂下の勝の屋敷から、小者を品川の宿舎に使いに出した。永倉新八、原田左之助、大石鍬次郎、島田魁と、増上寺《ぞうじょうじ》で落ち合う手筈を決めた。この中の二人が、薩摩の間諜の探索と処分の指揮に当たる。そして自分は、小栗の護衛に回る。

「新選組は、江戸へ戻ってもひとつにまとまっているようですな。見廻組など、自分の家に帰った隊士がかなりいるようだが」

退屈そうに寝そべっていた山岡が、声をかけてきた。勝は、部屋に籠《こも》って外出もしようとしないらしい。

「益満さんは？」

「知らなかったのか。牢《ろう》に放りこまれている。いろいろあってな。まあ、勝さんが身柄を引き受けるということになりそうだが」

「なるほど」

「なにが？」

「益満さんは、勝様にそこまでされると、薩摩には戻りづらいな。逆に、勝様が送った間諜と疑われかねない」

「益満はもう、薩摩に帰る気なんかないよ。できれば、江戸の市井《しせい》で女と暮したいところだろう。時の流れが、それを許せばだが。勝さんだって、益満を遊ばせるつもりなんかないか
らな」

奥から、用人が歳三を呼びに来た。

「こんな狭い家だ。おめえの声ぐらい、聞えちまうんだ」

勝は、憔悴《しょうすい》していた。落ちくぼんだ眼の奥の光が、異様な感じさえする。こういう勝を見
たのは、はじめてだった。

「龍馬が言いやがった時は、間違いなくできそうなことだと思った。ところが、同じことを
小栗が言うと、夢物語に聞える。上様が言われたとしてもだ。二人とも、夢に傾いてしまう、
というところがある」

「勝様の目的は、徳川家を守るということでしたな」

「そうだ。外国の植民地にならねえってことを含めてな」

「蝦夷地に、賭《か》ければよいではありませんか。どう転んでも、所詮《しょせん》は慶喜公の命ひとつ」

「気軽に言ってくれるな」

「徳川の当主を、退かれればよい、と私は思います。家茂《いえもち》公の実子がおられ、三年前にはそ

ちらを将軍家にという意見もあったのではありませんか。徳川の家督は、家茂公の実子が継がれるのが、筋というものです」

「思い切ったことを言うなあ、おめえも。まだ六歳の子供に、徳川の家か。まあ、隠居というかたちを取れば、朝廷への恭順の意を示すことにもなるわなあ」

「つまらぬことを、申しあげました」

「いや、俺の頭の隅《すみ》にも、それがあった。言われて、本腰を入れるか、という気になってきたぜ。ところで、小栗には、暗殺を依頼されたか？」

「はい」

「どうもなあ。江戸で新選組かよ」

「京で血にまみれた者たちです。江戸できれいにしていても、意味はありません。ただ、小栗様が思われているほど、効果があるかどうか」

「西郷は、読んでるよ。上様が蝦夷地にむかわれるとな。放っておいてくれりゃいいものを、やはり権力ってもんを前にすると、人間、小さくなる。龍馬の大きさが、あの薩摩芋にゃ理解できなかった」

「仕方がありませんな」

「勝負は、上様が蝦夷地へ渡れるかどうかだ。船はいかんぞ。英国の艦隊に頼るしか、西郷には手がなくなる。陸路だ。それなら、西郷も自分の力でなんとかしようとするだろうし。あの男だって、植民地を避けなきゃならねえことは、よくわかっている。ただ、薩摩が潰れるか植民地かを選べと言われたら、植民地だろうな」

しばらく、慶喜をどうやって動かすか、ということを勝は喋《しゃべ》った。これという案は、出てこない。

その足で、歳三は増上寺へむかい、永倉新八らと落ち合った。

「薩摩の間諜ですか。攻める前に、江戸を混乱させようという目的かな？」

「目的は、どうでもいい。とにかく、江戸にいる薩摩の間諜は、斬らねばならんのだ、永倉」

「わかりました。副長が、編成を決めてください」

「永倉は、いままで通り、本隊の指揮。行動隊は原田と大石が指揮し、島田は探索方に回る。行動隊の十名は、原田と大石が選べ。それぞれ、六名ずつを一隊とし、独立して行動する。探索には、四名。京の攘夷派《じょういは》の潜入とは違う。集団でまとまっているとは考えにくい。ひとりずつ、潰していくしかない」

「副長は、なにをやるのです？」

「俺には、別の仕事があるのだ、永倉」

原田と大石は、行動隊の指揮を任されたことでよしとしたのか、なにも言おうとしない。永倉だけが、不満そうだった。

「どういう仕事です、副長？」

「城内は、いろいろ面倒なことになっている。新選組の扱いを、人任せにはできん。局長が留守の間は、出るところへは俺が出て、言うことは言わなければならん」

「大体、いつまで新選組を品川に置いておくつもりなのですか。江戸市中の巡回を、全隊士でやってもいいと思いますがね」

「その解決も、しなければならんのだよ、永倉。放っておくと、忘れられかねない」

永倉はまだ不満そうだったが、それ以上なにか言おうとはしなかった。

歳三は、品川へは戻らず、神田和泉橋の医学所にむかった。

近藤との間で、どこまで話をつめるべきかはまだ決めていないが、たえず会っておく必要はあった。

近藤は、部屋で刀に打粉《うちこ》を打っているところだった。懐紙をくわえた近藤の眼に、京にいたころの覇気《はき》は感じられない。代りに、なにか覚悟のようなものが見えるような気が、歳三にはした。

「どうにもならんな、江戸は。ここにいると、逆によく見える。医学所へ、風邪の治療に来る重役もいる始末だ。本来なら、野戦病院の準備で、ここのみんなも飛び回っているはずだろう。それが、風邪を診ていて、よく眠るようになどと言っている」

「それはまあ、上の方の腰が定まっておりませんので」

「俺は、新選組の隊士を、江戸でもう一度募集したい」

「新選組を、これからさらに大きくするのですか、局長？」

「いまの幕閣《ばっかく》に、なにができる。当てにできるか？」

小栗の構想を、どこまで喋っていいのか、歳三にはわからなかった。新国家の建設というものを、まず近藤には理解させせなければならないのだ。

「待ってくれませんか、もう少し」

「歳」

近藤が、じっと歳三を見つめてきた。やはり、眼の底にあるのは覇気の光ではなかった。

「俺は、新選組の近藤勇として、死にたい。狙撃された怪我人のままではいたくないのだ」

近藤の声は、低く落ち着いていて、やはりある覚悟の響きを感じさせた。江戸に数日いる間に、旧幕府の力を見切ったのかもしれない。

「俺は、別の道を探っているのだよ、近藤さん」

「なんとなく、それはわかっている。しかし俺は、京の新選組のままでいいのだ。あの『誠』

の旗を仰ぎながら、京の市中を闊歩《かっぽ》していた新選組のままで」

「気持はわかる、近藤さん」

「なにも言うな、歳。俺たちは、なんのために京であれほど人を殺した？」

近藤が、眼を閉じた。

近藤は近藤で、新選組のありようを考え続けてきたのだろう、と歳三は思った。考えていたのは、なにも自分だけではない。そして、自分が考えていることが、一番正しいともかぎらない。

「薩摩の間諜が、江戸に潜入しています。新選組は、それを処分します」

「そうか」

「京にいる時と同じように、新選組は働けます」

「もういい、歳。新選組が、新選組らしく働くのはいい。しかし、もうかつての使命は終りかけている。これから脱皮するためには、兵力を増やすことだ」

近藤が考えていることが、歳三にはなんとなくわかった。一千以上の兵力を持ち、華々しく闘って死にたいのだ。

かたちは違うが、病の沖田とも似た、絶望の中に近藤はいるのかもしれない。

「働きどころは、俺が作る。だから、もう少し待ってくれ、近藤さん」

「いいのだ。おまえにはおまえの考えがあるだろう。幕府がこんな状態では、それぞれが自分の考えに従って進むしかない。おまえの道も、俺の道も、ともに男が選んだ道である、と俺は思う」

　男が選んだ道。そう言われると、歳三は言葉を返せなかった。こういう時代だからこそ、男が、男として選んだ道が、結局は正しいと思うしかないのではないのか。

「おまえは江戸へ来て、眼がいっそう強い光を放つようになった。それは、男が心に期すものを持っている、ということだろう。俺はそう見ているぞ、歳」

「心に期すものか。江戸を出発した時の俺たちにも、それはあったよな、近藤さん。激しい流れの中を、無我夢中で泳がなければならなかった。そしていつか、それを忘れた」

「世に出る。そう心に期していたのだ、歳。そして、新選組は世に出た。その意味で、俺たちは生ききったと言っていい。この激しい時代をな。次に考えるのは、自分たちのことではなく、新選組のことだ。それを考えているのは、多分、おまえと俺だけだろう」

「二人の考えが、違ったとしたら、近藤さん？」

「違って当たり前だ、という気も俺はしている。その時は、隊士が俺かおまえを選ぶ」

「それでは、隊規などなくなる。組織としてのまとまりも」

「それぞれが、まとまりをつければいい」

「近藤さん、あんたは俺と訣別する、と言っているのか？」
「歳、おまえと俺は、終生の友ではないか。多少、生き方が違ったとしても、友であること
が変るはずはない」

好きにやれ、と近藤は言っているのかもしれない。それぞれの考えをすり合わせ、目的を
ひとつにするような時代ではなくなった、というのが近藤の考えなのか。

「さし当たって、隊士を品川に留めておくことはできまい、歳」

近藤は、もうかすかな微笑みを浮かべていた。新選組の局長はあくまで近藤勇で、なにが
あろうとその下でひとつにまとまっている。歳三の考えている新選組は、そうであらねばな
らなかった。

「蝦夷地における、新国家の構想というものがあって、徐々にだが進みつつあるのだ、近藤
さん」

「待て、それ以上は、言うなよ、歳。おまえはおまえで、精一杯生きろ」

近藤から、突き放されたような気分が、不意に歳三を襲ってきた。

「隊士は、空になった大目付《おおめつけ》の役宅に入れるよう、話はつけてあります」

歳三は、かろうじてそれだけを言った。

近藤は、死ぬ気なのか。友なるがゆえに、歳三にともに死ねと言おうとしないのではない

のか。

索漠とした気分で、歳三は医学所を出た。

五

右腕は、もう肩より高くあがるようになっていた。銃創は、斬られた傷とはまた違うようだ。奥の方に、疼《うず》きが残る。

しかし、近藤はもう剣を握ることができた。大坂で松本良順の手当てを受けた時から、拳《こぶし》を握りしめ、膂力《りょりょく》が落ちないように注意してきた。脚も、床の中で一刻は持ちあげていた。

「もう、私は回復しているのではありませんか、松本先生？」

「まだ、傷口が脆《もろ》い。激しい動きをすると、出血します。外に出なくても、血は躰の中にも流れ出ます。それが肩に溜り、腕が腐ることも考えられる。そうなれば、右腕は切り落とさねばならん。もうしばらく、医学所にいてください、近藤さん。私は、近藤さんの躰を、元通りに治したい」

「片腕を切り落とすとは、松本先生もこわいことをおっしゃる。ところで、沖田の具合は、どうなのでしょうか？」

「この間も申しあげましたが、もう回復は見込めません。私は医師だから、気安めは言えないのです。沖田さんは、これから少しずつ弱っていくだけです」

「あの若さで、死んでいくのですか？」

「それが、労咳《ろうがい》という病です」

医学所には、ほかに負傷した隊士もいたが、沖田ひとりは別室に隔離されていた。

「なにが、沖田にとって一番よい、と松本先生は思われます？」

「どこか静かな場所で、心静かに眠りにつくことです。医学所でできることは、実はなにもないのです。そして、ここはどうも騒がしすぎる」

「そうですか」

「きのう、土方さんが来ておられましたな」

「沖田に会うのは、土方にしてもつらいのでしょう。あの明るい笑顔を見るのは。だから、潜むようにしてやってきました」

「それも、沖田さんは気づいていますよ。あ、歳さんが来ている、と私にはっきり言いましたから。死期の迫った病人は、そういうものなのです」

近藤も、沖田には会いたくなかった。それが自分の弱さだとはわかっていたが、そういうことで強くなりたいとも、思わなかった。

沖田に対しては、息子に近いような感覚がある。沖田もまた、幼いころから自分を慕っていた。天然理心流《てんねんりしんりゅう》は、沖田に継がせようと考えていたのだ。

「どこか、江戸市中に静かな場所を見つけてやることです」

松本良順は、それだけ言い、肩の傷の手当てを終えた。

医学所の、庭に出た。

右腕は吊《つ》っているが、掌を握りこんでたえず力を入れている。もう、ほとんど無意識だった。歩く時も、踵《かかと》はつかなかった。

新選組をどうするのか。

こういうことを考えなければならなくなるとは、想像したこともなかった。新選組は、新選組として闘い続ける。そう思い続けていただけだ。

狙撃され、しばらく寝こんだ時から、それを考えはじめた。鳥羽伏見での戦の様子を聞いて、幕府とはなんだったのか、ということも考えはじめた。前将軍は、大坂での戦を避けて、江戸へ戻った。隊士が江戸へ戻る手配は、土方が周到すぎるほどにやった。

新選組は、新選組であるべきだ。男が、一度燃やした火を消し、新たな火を見つけることができるのか。

土方には、それができるだろう。自分には、無理だ。自分で動かし難い頑《かたくな》さがある。時勢を見通す力もない。だから、新選組局長として生き、滅びる。

　それが、自分ができる唯一のことだ。

　しかし、隊士にそれを強要していいのか。頑さは自分だけのものであり、幕府がなくなったいま、違う生き方を選びたいという者もいるかもしれない。

　ならば、新選組は、『誠』の旗は、自分の心の中だけのものにしておくべきではないのか。江戸の戦の帰趨《きすう》がどうなるか、近藤には見当がつかなかった。徳川慶喜の動きを見ていると、江戸で戦をやる気はないのかもしれない、とも思えてくる。新選組は、闘う相手を失う、ということも考えられるのだ。

「久兵衛ではないか」

　庭の人影を見て、近藤は言った。京で、新選組の厨房を預かっていた料理人である。江戸までついてきているとは、近藤は知らなかった。

「これは、近藤様。こんなところでお目にかかるとは」

「おまえこそ、なにをしている？」

「はい。沖田様が召しあがれそうなものを作って、時々持ってきております。品川におりますので、毎日というわけにはいきませんが」

「そうか。まだ隊士の食事を作ってくれていたか」

「近藤様のお怪我は、いかがでございます。山南様のお怪我の時も、土方様に言われて、持参した料理を作りました。鯉《こい》を煮つめたもので、山南様も喜んでくださいました」

山南敬助《けいすけ》の名を聞くのは、久しぶりという気がした。北辰一刀流《ほくしんいっとうりゅう》だったが、試衛館にいたようなものだ。

山南に切腹を命じたのは、自分である。死を、いくらかでも役に立てたい。死期の迫った山南は、土方にそういう意思を伝えたのだという。介錯《かいしゃく》は、沖田だった。

山南は、土方と肝胆《かんたん》相照らす仲だった、と近藤は見ていた。沖田も兄のように慕っていて、それでも二人の稽古《けいこ》は、息を呑《の》むほどに激しかったものだ。

近藤に対しては、ある敬意を払っていた。剣については、天然理心流のいいところを学び取ろうという姿勢が見えた。近藤も山南を人間として認めていたが、それ以上に親しくなる、ということはなかった。

土方は、山南と新選組のありようについて、よく語り合っていたようだ。ただ雄々《おお》しく闘うのみ、と思い定めていた自分などより、あの二人は、時代というものの先を見ようとしていた。議論も重ねていただろう。そして新選組をどこへ導くか、二人の間で同意があったはずだ、と近藤は思っていた。土方は、二人の同意をもとに、いまも動いている。

土方の意見に自分が頷けるかどうか、近藤にはわからなかった。自分は、自分が考えている新選組の今後を、押し進めていくしかないのだ。もうそういう時機になっている。

「山南が好きだったという料理、俺にも振舞ってくれぬか、久兵衛？」

「えっ、近藤様に召しあがっていただけますか？」

「頼んでいるのだよ。総司のを横取りすることにならんかな？」

「いえ、たっぷりと作ってございます」

「そうか。じゃ、総司の部屋で馳走《ちそう》になることにするか」

沖田の部屋は、三棟ある医学所の病棟の奥の端にあった。

声をかけて入ると、沖田は床に起きあがり、近藤に笑顔をむけた。白い歯が、痛々しかった。

「久兵衛の自慢の料理というから、俺も馳走になろうと思ってきた」

「そうか。久兵衛、あの料理を作ってくれたのか」

久兵衛が、部屋の隅で頭を下げた。湿っぽい、狭い部屋だった。

「申し訳ありません、局長。しかし、江戸へ戻ってから、私の体調は回復しつつあります。次の戦では、局長のもとで、思いきり働いて御覧に入れます」

「無理はいかんぞ、総司。いまのおまえは、病を治すのが第一だ。いずれ、天然理心流はおまえに継いで貰わねばならんのだから」

「私が、ですか？」

沖田の澄んだ眼が、近藤を見つめてきた。

「おまえ以外に、誰が継ぐ？」

「副長だって、原田だって」

「俺の思う天然理心流を受け継ぎ、さらに突きの工夫を加えられるのは、おまえをおいてほかにいないぞ、総司」

沖田の眼から、涙が溢《あふ》れ出してきた。

「局長が長州へ潜入されようとした時、天然理心流の後継はこの私と、遺書に書かれていたのだと、歳さんから聞いてはいました」

「ずっと以前から、後継はおまえと決めていた。だから、元気になって貰わねばならん」

久兵衛が、二つの皿に料理を盛りつけて差し出してきた。

「一緒に食おう、総司」

「はい」

沖田の方が、先に箸《はし》をとった。近藤も、鯉を甘く煮こんだものを口に入れた。確かに、うまい。滋養もありそうだった。沖田は、皿の半分ほどをひと息に食った。そこで、久兵衛が皿を引いた。

「なんだ、久兵衛？」

「沖田様は、それぐらいでおやめください。少しずつ、召しあがる量を増やすべきです」

「なんだ、腹が減っているのに」

「その元気だ、総司。しかし、なにごとも、急《せ》いてはならん。躰も、じっくり治すのだ。そのためには、肺だけでなく、胃もいたわってやれ」

かすかに、沖田が頷いた。無理をして口に押しこんだ、ということが近藤にはよくわかっていた。

「横になれ、総司」

「大丈夫ですよ」

「なにを言ってる。早く回復して貰わねばならん。そのためには、まず安静にすることだ。おまえが起きていると、俺もすぐにこの部屋を出なければならず、したい話もできんではないか」

「局長、私になにか話が？」

「ずっと一番隊長を務めてきたおまえには、言っておかねばならん」

沖田が横たわり、顔だけ近藤にむけた。

「江戸での戦は、厳しいものになるだろう。しかし、負けぬだけのものが、われらにはある。

駿河湾に艦隊を並べて砲撃すれば、東海道を薩長が進軍することは不可能に近い。ならば、江戸攻撃で重要になるのは、中山道《なかせんどう》の進軍だろう。これを阻止すれば、不条理な錦旗を掲げた薩長土の兵は、一歩も江戸の土を踏むことはできん」

実際に戦があるとすれば、想定できることはそれだった。だから、新選組は甲府を押える。それで、中山道の軍は阻止できる。

近藤が言っているのは、あくまで徳川慶喜が闘おうとした時のことだ。闘いのために、新選組はある。闘いがないのなら、その存在の意味さえ失い、いままでやってきたこともすべて無駄なのである。

そうなったらそうなったで、滅びる道はほかにある、と近藤は思っていた。雄々しく闘い、雄々しく滅びる。近藤が考えているのは、それひとつと言ってもよかった。

「そうですか。新選組は、中山道を扼《やく》しますか。考えるだけでも、血が騒ぐなあ」

「どうした、久兵衛？」

出ていこうとした久兵衛に、近藤は言った。

「いえ、私が聞いていい話だとは思えませんでしたので」

「なにを言っている。隊士ではないにしても、俺はおまえを同志だと思っている。なにも、おまえに隠すつもりはない。それにこれは、唯一取り得る作戦であって、秘密でもなんでもないのだ」

「私を、同志と言ってくださいますか、近藤様？」

「当たり前だろう。土方は勿論《もちろん》、総司もそう思っているはずだ」

「誰よりも、隊士の身を気遣《きづか》ってくれているよ、久兵衛は。私も、得難い同志だと思っている」

久兵衛が、深々と頭を下げた。それでも、久兵衛は皿を下げて出ていった。

「分をわきまえているというのですかね、あれは。昔は、武士だったそうですが」

「腕も、なかなかのものだ。身のこなしを見ればわかる」

それから近藤は、しばらく甲州戦の話を続けた。いまの兵力の半分で、充分に甲州口は死守できる。遠征軍の疲れということを考えれば、もっとわずかでも可能だ。しかし、幕府にそれを実行するだけの力があるのか。まず第一が、やはり徳川慶喜である。そして、その下で誰が指揮をするのか。

考えても、どうにもならないことではあった。新選組はただ、戦の準備をするしかないのである。

「江戸ですよね、ここは」

不意に、沖田が言った。

「時々、京にいるような気になってしまうのです。夜、ひとりで天井を見ている時など」

「気持を、完全に休めておらんからだぞ、総司」

「日野《ひの》が、懐かしいですよ」

「日野か」

「歳さんがいて、山南さんがしょっちゅうやってきて、源さんもいて」

井上源三郎も、鳥羽伏見の戦で死んだ。父の代からの、古い天然理心流の門人だった。新選組の、創設以来の隊士でもある。

「行ってみたいな」

「なにも、変っておらん。俺たちが京で闘っていたころも、あそこはのんびりしたものだったろう。田舎の道場の主で終るのも悪くなかったかもしれん、と最近は時々考える」

「時代が、激しかったのですね」

「そうだ。田舎者の俺や歳も、じっとしていられなかったのだからな」

それから、日野の話になった。

長く喋りすぎていることに、近藤は気づいた。懐かしさが、自分まで包みこんだ、というところがある。

「俺は行くぞ、総司。とにかく、よく食って、よく寝ろ」

押し止《とど》めた。

「そうですか」

沖田が、一度眼を閉じ、開いた。身を起こそうとするのを、近藤は押し止《とど》めた。

「局長、私は新選組隊士として、一番隊長として、死にたいのです。そうやって、死なせてくれますよね」

「死ぬ話などするな、総司。とにかく、おまえの仕事は、病を治すことだ」

沖田の眼に、寂しさに似た光がよぎり、近藤はそれから眼をそらした。病が治ることはないと、ほかの誰よりも沖田が知っているのかもしれない。

庭に出ると、久兵衛が立っていた。

「品川の隊士は、永倉がまとめているのか？」

「はい。土方様は、いろいろおやりにならなければならないことが、おありのようです。新選組の宿舎も、大目付の役宅ということでしたが、若年寄《わかどしより》の役宅に決まったそうです。隊士の方々が家族に送金する金子《きんす》なども、土方様が集めておられます」

そして土方は、土方なりに新選組の今後を探っている。雄々しく滅びるという発想が、土方にはないのだ。そういう性格を、近藤はよく知っていた。土方の、執拗とも言えるような性格があったからこそ、新選組は京で強固な団結を誇ることができた。

土方と考え方がぶつかった時、それを止めようとは思っていなかった。たえず、新しい場所を求める。無意識に違いないが、土方にはそういうところがある。そして自分には、同じ場所に留まろうという気持が強い。

　土方が、なにをなし得るのか、近藤には見当がつかなかった。ただ、自分は新選組局長として終るつもりであり、なにがあろうとそれを変えるという気持はなかった。

　土方がやってきたのは、久兵衛が来た三日後だった。

「前に言ったことだが、近藤さん」

　土方は、どこか立合のような気迫を漲《みなぎ》らせていた。なにがなんでも、自分を説得しようというのだろう、と近藤は思った。無理に自分を立てる必要はない。信じたことなら、ひとりでやっていい。そう土方には言ってやりたかった。

「二千五百の、軍の指揮をする気はあるか、近藤さん」

「新選組としてか、歳？」

「いや、いままでにない、新しい軍として、新選組の隊士も、そのまま組みこまれ、それぞれ場所を得ることになる」

「しかし、新選組ではないのだな」

「新選組という名のみに、こだわるのはよくない、近藤さん」

「名にこだわるからこそ、男だぞ、歳。俺は、新選組局長、近藤勇という名に、こだわる」

「時代がこうなったら、新しく生きるべきだ、と俺は思う。新しい道を見つけるべきだと。それが、隊士たちのためでもある」

「隊士たちも、それぞれが自らの道を選ぶ場所に立っている。そうは思わないか、歳。幕府がなくなった時から、そうなのだ」

「近藤さん、俺たちは新選組を率いてきた者として、新しい道を見つけてやるべきではないのだろうか？」

「それは、おまえが見つけろ、歳。俺は、新選組の名にこだわる者たちに、近藤勇がここにいる、ということを示してやりたいのだよ。新選組に、命をかけた者たちだからな」

「気持は、わかる。痛いほど、わかる。しかし、近藤さん、慶喜公に、江戸で戦をしようという気はない、と俺は思う」

「江戸を守る。そのために、新選組は京で闘ってきた。そしていま、江戸そのものを守らなければならなくなった」

「江戸で、戦がないとしても？」

「俺は、ただ江戸を守るために、闘うのだよ。慶喜公を守るためですらない。はじめに守ると決めたものを、最後まで守り抜く。それが、男ではないか」

「もう少し、幅広く考えられないか、近藤さん。いまは、そういうことが大事な時だと、俺は思う」

「あれもこれも、と考える時ではない、と俺は考えている。道はひとつと思い定めないかぎり、死に方を誤る」

「死に方を考える時ではない。絶対に違うぞ。俺には、承服できん。隊士全員の、死に方を考えるというのか。生き方を考えるのが、ほんとうではないか」

土方の言い方は、打ちこみに似ていた。

「歳、新選組隊士は、生き方ではなく、死に方を考えて闘ってきたのだぞ」

土方の眼が、挑むような光を放った。近藤は、それを自然に受けとめた。しばらく、見つめ合った。

「あんたを斬ってでも、新選組の道をひとつにする、と俺が言ったら、近藤さん？」

「おまえに、俺が斬れるか、歳？」

「もとより、斬られるのを覚悟の上で」

「むなしいな、歳。おまえと俺が、斬り合いをするのか？」

土方の眼の光が、弱々しいものになった。

「たとえばだよ、近藤さん」

「俺のことをあまり考えず、おまえはおまえの信じる道を行け、歳。ともに死のうと誓ったようなものだったが、それも時代が反故《ほご》にした」

「夢を、もう一度持とうとは思わないか、近藤さん？」

「男の夢はひとつ。それが潰《つい》えれば、ただ雄々しく滅びるのみ」

「頑固な人だ、あんたは。そういうところが、実は俺は好きなのだが」

「もう、なにも言うなよ」

「言わんよ、近藤さん。ただ、俺は行けるところまでは、あんたと一緒に行く。行けなくなった時、自分の道を歩く。できれば、生き延びようと考えて欲しい。そして、俺のやることを見て、腰を抜かして欲しいな」

土方の眼に、かすかに涙が浮かんでいた。

訣別はすでに来ているのだ、と近藤は思った。ただ、別れ難い思いだけが、まだ残っている。

「総司は？」

「どこかで、静かに死なせる。それについて、おまえは心配しなくてもいい」

「そうですか。まあ、近藤さんが親父だ。いやな役を押しつけちまってるようだが、よろしく頼みます」

「人の命は、哀しいものだな、歳」

「総司、闘って死にたがっているでしょう？」

「無理だ。無様な闘いなら、やらせない方がいい。銃弾でも死なせたくない」

「そうですね」

「わざわざ、別れはしなくてもいいぞ、歳。俺たちはいつも、別れを覚悟して生きてきたのだからな」

土方が、かすかに頷いた。

外では、冷たい風が吹き荒《すさ》んでいる。それが、遠いものに近藤には聞えた。


（下巻へつづく）

この作品は二〇〇二年九月毎日新聞社より刊行されたものです。

【初出】「毎日新聞」朝刊二〇〇一年一月一日〜二〇〇二年四月三十日連載

黒龍《こくりゅう》の柩《ひつぎ》（上）

北方謙三《きたかたけんぞう》

平成17年10月15日　初版発行
平成28年4月1日　8版発行

発行人――石原正康
編集人――菊地朱雅子
発行所――株式会社幻冬舎
〒151-0051東京都渋谷区千駄ヶ谷4-9-7
電話　03(5411)6222(営業)
03(5411)6211(編集)
振替00120-8-767643
印刷・製本―中央精版印刷株式会社
装丁者――高橋雅之

幻冬舎文庫

ISBN4-344-40703-2　C0193　き-1-7